Philip Roth

阅读自我及他人

Reading Myself
and Others

[美]菲利普·罗斯——著　　麦熙雯——译　　　　　　上海译文出版社

致索尔·贝娄
那个我自始至终以最深切的
愉悦和景仰阅读的"他人"

致　谢

本书所收录文章，除一篇以外，首次发表情况均列于此；有些文章曾以其他标题发表，文章形式或许略有不同。

《写作与当权者》，法语版收录于《陷阱与裸体：作家与权力》（里佐利出版社，一九七四年），沃尔特·莫罗和埃莱娜·克莱门泰利编；英文版刊载于《美国诗歌评论》，一九七四年七至八月。

《谈〈波特诺伊的怨诉〉》，《纽约时报书评》，一九六九年二月二十三日。

《回答那些问我"你怎么会写这本书"的人》，《美国诗歌评论》，一九七四年七至八月。

《谈〈我们这一帮〉》，《大西洋月刊》，一九七一年十二月；后在"水门事件"版的《我们这一帮》（矮脚鸡图书，一九七三年）作为后记出现。

《总统向全国致辞》，《纽约时报书评》，一九七三年六月十四日；压缩版作为一个滑稽片段出现在《水门闹剧》中，这是一部时事讽刺剧，于一九七三年十一月和十二月在耶鲁戏剧学院作为轮演剧目上演。

《谈〈乳房〉》，《纽约时报书评》，一九七二年十月十九日。

《谈〈伟大的美国小说〉》，《巴黎评论》，一九七三年第三期。

《谈〈我作为男人的一生〉》，《文学协会》，一九七四年六月。

《八本书之后》，《安大略评论》，一九七四年秋季刊，第一期。

《〈新观察家〉专访》，《新观察家》，一九八一年五月；《时尚先生》，一九八一年九月。

《〈星期日泰晤士报〉专访》，《星期日泰晤士报》，一九八四年二月十九日；《国家》，一九八五年六月。

《〈巴黎评论〉专访》，《巴黎评论》，一九八四年秋季刊，第九十三期。

《"祖克曼系列"专访》，访谈者为阿舍·米尔鲍尔和唐纳德·沃森，收录于《阅读菲利普·罗斯》（圣马丁出版社，一九八五年）。

《美国小说创作》，《评论》，一九六一年三月。

《某些新近的犹太人刻板印象》，《美国犹太教》，一九六一年冬季刊。

《书写犹太人》，《评论》，一九六三年十二月。

《谈三个故事的故事》，《纽约时报》，一九七一年十月二十四日。

《纽瓦克公共图书馆》，《纽约时报》，一九六九年三月一日。

《我的棒球岁月》，《纽约时报》，一九六九年四月二日。

《柬埔寨：一个温和的建议》，《展望》，一九七〇年十月六日。

《我们的城堡》，《村声》，一九七四年九月十九日。

《艾伦·勒丘克》，《时尚先生》，一九七二年十月。

《米兰·昆德拉》，部分刊载于一九七四年《时尚先生》三月刊，部分刊载于一九七四年《美国诗歌评论》三至四月刊；全文作为《好笑的爱》（克诺夫出版社，一九七四年）序言。

《弗雷德里卡·瓦格曼》，《过家家，被弃的游戏》法语版序言（西格斯，一九七四年）。

《想象犹太人》，《纽约书评》，一九七四年九月二十九日。

《"我一直在希望你们能赞赏我的饥饿表演"；或凝视卡夫卡》，《美国评论》，一九七三年五月十七日。引文出自克诺夫版《城堡》和《审判》；其他有关卡夫卡作品的引文（及马克斯·布罗德的传记引文）均出自肖肯出版社版本。

目 录

第二部分

著者说明

　　本书初版中收录的二十三篇文章，由我在一九五九年出版第一本小说到一九七四年出版第八本之间的十五年时间里陆续写成。大多数文章写于那段时间的后期，少许几篇写于前期，几乎没有多少写在中间——说明这些文字主要是小说事业伊始，以及后来审视自己成果时的副产品。（为一九八五年企鹅版增补的内容——第一部分最后四篇访谈——发表于一九七九年至一九八四年间。）由于对我作品的认可——及随之而来的批判——几乎是在第一时间传到我这里的，我似乎感到一种召唤，在刚刚起步时就要去声明自己的文学立场，并为自己的道德辩护；后来，我试着用更全面的视角去看待我一直在读、在写的东西。

　　这些文章总体来看，体现了我对被书写的世界和未被书写的世界二者关系的持续关注。这个简单的划分是我从保罗·古德曼[①]那

[①] Paul Goodman（1911—1972），美国社会学家、作家。

里借鉴而来的，我发现它比对想象与现实的划分，或对艺术与生活的划分更有用。这是因为，首先，大家能很快地想通两者之间显而易见的区别；其次，我感觉，对于我自己每天往返其间的世界，再也找不到比这更好的描述了。我在两个世界之间不停往返，带着最新的消息、详细的说明、误解了的口信、绝望的询问、天真的期盼、令人困惑的挑战……不知怎地被安上了信差巴纳巴斯的角色，就是卡夫卡那部关于进不去的城堡的小说里土地测量员K.招募的信差，他不得不在村庄与城堡之间蜿蜒陡峭的小路上来回跋涉。

《阅读自我及他人》分为两个部分，每一部分的文章基本按时间顺序排列。两个部分在时间上多有重叠，但我自己——既是读者也被阅读——是第一部分的核心。这一部分主要由采访组成，我在其中描述了我的写作动机，从一本书到另一本书所运用的写作手法，以及我努力塑造的一些人物原型。采访最终以书面形式呈现，尽管其中有些是以对话开始，但它为后来成文设定了范围，表明了态度和重点。

第二部分由精选文章和随笔组成，其中多为应邀之作——为演讲、打笔战、介绍某个作家、记录某次活动而作。它们引出了伴随我创作生涯的那些艰辛、热情和反感。几乎在每一篇篇首下方，我都注明了写作缘由；在第一部分中，采访人、日期均有交代，在适当的地方，也对采访背景做了描述。有关这些文章详细的发表情况，可参见本书"致谢"部分。

第一部分

写作与当权者①

首先跟我们谈谈你的青春期吧，它跟你在《再见，哥伦布》里所呈现的美国社会的关系；你和你家人的关系；以及你是否感受到父权的重压，如何看待这种重压？

典型的青春期有着疯狂的爆发和暴风雨式的成长，相比之下，我的青春期或多或少是一段蛰伏期。在圆满度过朝气蓬勃的童年之后——我的童年在美国参加第二次世界大战那样戏剧性的历史背景下展开——我经历了一段相当冷静的时期，直到一九五〇年离家去上大学。大学里庄重的基督教氛围并不比我自己接受的那种犹太家教宽松，但我可以无视和对抗那些条条框框，而不感到被一贯忠于家庭的感情所困扰，我能够重新燃起高中时代几乎被搁置的对探索和思考的兴趣。从十二岁上高中到十六岁毕业，我大体上是个有责任感、举止得体的乖孩子，我生长于斯的社区自

---

① 采访者为意大利评论家沃尔特·莫罗，他就权力这一主题采访了多位作家并结集成书。（1974）

觉有序，我（倒是自愿地）受其规范的约束，也多少受缚于从我那有着正统宗教信仰的祖父母那里流传下来的清规戒律，尽管传到我这儿时已经相对弱化了。我也许是个"乖"孩子，部分原因是我明白，在纽瓦克我们那片犹太教区，除了做乖孩子没有太多其他选择，除非我想偷车或者挂科，但这两件事都在我能力范围之外。所以我既没有闷闷不乐地对现状表示不满，也没有大喊大叫地反叛——或者像天真无邪的小学时代那样出类拔萃，我成长的环境仿佛低设防监狱，只要我顺从听话，我就能像那些不给狱卒惹麻烦的囚徒一样享受到些许自由和特权。

青春期最棒的是男性间的深厚友情——不光因为从关系紧密的家庭解放出来的孩子能从中收获温暖可信的情谊，更因为它让孩子们有机会畅所欲言。在那些马拉松式的长谈里，我们常常粗声粗气地讨论渴望的性冒险，开各种无法无天的玩笑。通常，谈话在一辆停好的车里进行。我们——两个、三个、四个或者五个人——挤在一辆车里，汽车单个的金属外壳其大小、形状跟一间牢房差不多，也像牢房一样，将我们与普通的人类社会隔离开来。

那些年，我享受到的最大的自由和快乐，可能都来自那些汽车里往往持续几个钟头的对话，还有我们对话的方式。我少年时最亲密的伙伴——四个和我一样聪明、有教养的犹太男孩，日后全都成了成功的医生——回首当年的漫谈时，也许不一定会这么想。但我觉得我们从那些集模仿、报道、闲话、争论、讽刺和传奇故事于一体的漫谈中汲取了很多养分，我乐于将那些漫谈和我现在从事的工作联系起来，也把我们在车里为逗乐想出来的东西视为某种类似一个部落从人类发展的一个阶段过渡到下一个阶段的民间叙事。而且，我们正是通过那些千言万语，来报复当时正塑造着我们的文化力量，或试图阻止它靠近。我们不偷陌生人的车，坐在从我们的父亲那儿借来的车里，谈论能想象的最疯狂——至少是在我们的街区，我们的车就停在这里——的事情。

"父权的重压"在传统意义上被看作是压迫和约束的化身，但我在青春期时几乎不需要与之抗衡。除了因为我的一些小错，我父亲很少责备我。如果一定要说压力，我的压力不是来自他的说教或独断，反倒来自他毫无保留的以我为荣。我为了不让他或者我母亲失望而努力，我从来不惧怕他的拳头或惩罚，而是怕他们伤心。甚至在我长大以后，开始找理由反对他们的时候，我也从未担心过会失去他们的爱。

促成我平静地度过青春期的原因，也可能跟我读高中时父亲在经济上遭受的严重困境有关。他为了还清债务努力工作，显现出持久的决心和坚强的意志，他那时四十多岁，一下子成为我眼中悲壮与英勇的化身，几乎有亚哈船长和威利·洛曼的影子。潜意识里，我也问过自己他会不会崩溃，让全家人跟着他受苦——不过事实证明，除非真撞上石墙，父亲是打不垮的。总之，我的青春期正始于那段前途未卜的困难时期，当个普通的"乖"孩子也许就是我能为全家和睦稳定做的贡献了。直到很久以后，当我重新当上教室里的征服者，又开始所有叛逆行径、异端倾向时，我才真正感受到父权压力原本该有的沉重。当然，我说的这些，大多只是对那时候自己的一个心理推测，尤其现在都过去这么长时间了——不过可以肯定的是，我在青春期时，极少破坏我们家赖以生活和维系家庭关系的权力平衡。

性作为权力和征服的工具。你在《波特诺伊的怨诉》中发展了这样一个主题，并做到了一种对色情文学的亵渎，同时指出有关性的担忧深具强迫性和巨大的限制作用。请告诉我们，你这部戏剧性的寓言是来自什么样的现实生活经历，还是说，它是你思考或想象过程中的一次探险？

我是否"做到了一种对色情文学的亵渎"？我从未这么想过。因为一般来说，色情被认为是一种言语上的亵渎，在人们的想象里，它亵渎的是男女用以表达相互间深刻吸引的神圣举动。其实我想色情文学更像是一种人们对性器官本身执着关注的投射——这种执着的关注只含有那些考虑性功能时自然产生的基本感觉，除此以外，不含有任何情感。色情文学之于性关系这个总领域，就仿佛一份建造手册之于一整个家园。如果木工活能像性爱那样，此时此刻笼罩着一层魔法般神秘的（可打破的）禁忌的光环，那么我的说法就更准确了。

我认为我并没有"亵渎"色情文学。相反，我把色情文学对身体的核心痴迷处理成一种色情装置或者玩物，赋予它孔洞、分泌物、肿胀、摩擦、释放以及所有性构造那些深奥难解、错综复杂之处。然后,我将这种痴迷放在一个完全世俗的家庭背景下,在这个背景下,权力与服从以及很多其他问题都能置于广阔的日常视角而不是狭隘的色情文学透视镜之下。也许,就是在这种意义上,我被指责为亵渎或玷污了色情文学以其偏狭和痴迷的手段所构筑的包罗万象的神圣宗教,在色情世界里,这一宗教仪式一遍遍上演。和任何宗教仪式一样,这类仪式极其严肃,几乎没有表现个体或个体特质的空间,也不允许任何人为失误或意外。事实上,《波特诺伊的怨诉》的喜剧成分很大程度上来完全为了表现个体的意外灾祸,这一意外让一个原本可能成为主礼神父的家伙在不顾一切冲向神坛、脱掉衣服的过程中饱受困扰。他所有赤身裸体进入色情世界这一神圣领域的尝试都不断遭受挫败,因为根据亚历山大·波特诺伊自己的定义,他就是个犹太笑话里的人物——犹太笑话和色情文学可不同,它描绘一个完全世俗化的世界:去神秘化、去浪漫化、不带任何哄骗。尽管波特诺伊向往成为狂热的色情信徒,他的每句话、每个姿态都不由自主地违背了正统的性交主义者最推崇的信条。

我无法为你将《波特诺伊的怨诉》追根溯源到任何一个单一的经验,无论是心理上的还是身体上的。也许你想知道我是不是拥有关于“性作为权力和征服的工具”的第一手资料。答案是:我怎么可能没有呢?我也有欲望、性器、想象力、压抑、软弱、意愿和良知。而且,大约在大众六十年代后期对性传统开始攻击的二十年前,我就已在强敌把守的性爱领土上登陆,力争自己的一席之地了。有时我想，我们这一代男人就像诺曼底登陆的前锋战士，六十年代的嬉皮士孩子们踏着我们血淋淋的尸体上了岸，怀着胜利的喜悦冲向肉欲横流的巴黎，那是我们曾梦想解放的城市，在我们艰难地向内陆匍匐前进，向未知的黑暗处射击时。"爸爸，"小家伙们会问，"你们在战争中都干了什么？"对此我谦虚地认为，他们从别处获得的答案，要比从《波特诺伊的怨诉》中得到的糟糕得多。

你作品中现实与想象的关系。我们前面提到的各种权力形式（家庭、宗教、政治），有没有影响到你的创作风格和表达方式？或者说，写作有没有帮助你从这些形式中解放出来？

鉴于主题可能被看作是"风格"的一个方面，对于第一个问题，我的答案是肯定的：作为强制力量的家庭和宗教在我的小说中反复出现，特别是在《波特诺伊的怨诉》及之前的作品中。《我们这一帮》直指尼克松政府的强制欲望。这些主题本身肯定会"影响"我对待它们的方式以及我的"表达模式"，很多其他因素也同样会影响。当然，除了对尼克松的讽刺，我从未尝试过有意识、有计划的破坏性写作。意在对权力进行挑衅、亵渎的攻击向来只是我作品的个别"话题"，而非统领我写作的总目的。

举例来说，我二十三岁时创作的一个短篇《犹太人的改宗》，就体现了一种尚在最单纯阶段的忧虑，体现了我对我所亲历的普通美国犹太人生活中来自家庭亲情的压迫和来自排外的宗教信仰约束的忧虑。一个名为弗里德曼的好孩子迫使一个叫宾德尔的坏拉比下跪①，然后从犹太会堂的屋顶朝着广阔的空中纵身一跃。尽管以今天的眼光看，这个故事显得简单粗糙——简直像一场白日梦，但它和我后来写的亚历山大·波特诺伊一样系出同源。波特诺伊就是年长版的幽闭恐惧症患者小弗里德曼，但他无法像我在《犹太人的改宗》里创造的主人公那样让母亲和拉比屈服，奇迹般地摆脱捆绑、束缚他的枷锁。讽刺的是，早先故事里的男孩虽然屈从于他周围真正有德行的人，但他至少能短暂地反抗那些权威。而波特诺伊较少受这些权威的压迫——他们对他的生活并没什么指手画脚的权力——他的压迫其实更多来自对他们始终怀有的愤恨。因此，他最强有力的压迫者其实是他自己，这一点构成了本书颇具荒唐意味的悲怆感——也是本书和我之前一部作品《当她是好女人的时候》的共同点，后者同样着眼于一个成年人对孩提时代长期被滥用的权威的愤怒。

关于我是否能够将自己"从这些权力形式中解放出来"的问题含有一个假想，即我所经历的家庭和宗教仅仅是权力压迫，但事实复杂得多。我从未真正尝试通过作品或直接在生活中剪断自己和我成长的那个世界的纽带。现在的我可能跟那些日子的我——像小弗里德曼那样无权无势、基本上没什么别的明智之选——一样忠于我的出身。但这是经过对那些纽带和联系进行了

---

① 弗里德曼（Freedman），英文原意为"被解放者"；宾德尔（Binder），英文原意为"约束者"。

相当仔细的研究之后的忠诚。事实上，我依然珍惜我与当初塑造我的传统力量之间的纽带，它们经受住了想象力的猛烈攻击和漫长的心理分析带来的考验（以及随之导致的冷血心肠），目前看来将伴我终生。当然，我也通过对这些纽带的考验，很大程度上重塑了它们，并在此过程中对考验本身产生了强烈的依赖。

《我们这一帮》把尼克松总统推下了神坛，还从一个有关堕胎的声明中提取主题。你是从什么时候起强烈地感觉到政治权力作为道德强制所带来的压迫？你对此压迫又作何反应？你是否感觉你常用的荒诞元素是对抗此压迫的唯一途径？

我想我最强烈地感到政治权力作为一种道德胁迫是二战期间我在新泽西长大的时候。对于一个美国小学生，人们唯一的问题是他是否相信国家的"战争行动"，对此我全心全意给予肯定。我为去参战的表兄堂兄们的安危担忧，给他们写长长的满是"新闻"的书信，试图给他们鼓气；我和父母每个星期天按时收听加布里尔·希特的广播节目，满怀期待他能带来好消息；我跟进晚报上的作战地图和前线战况；周末还参加邻里组织的废纸盒和锡罐回收活动。战争结束时我十二岁，在随后的几年，我严肃的政治立场开始第一次成形。我的整个家族——父母、姨母姑母、叔父舅父——全部是虔诚的新政民主党人的支持者。他们中的很多人在一九四八年总统大选时投票给了进步党候选人亨利·华莱士，部分原因是他们觉得他和罗斯福很像，也因为他们大体上是下层中产阶级，对劳工和底层弱者充满同情。我可以很自豪地说，理查德·尼克松是我家厨房里公认的骗子，而大多数美国人被蒙在鼓里，要到二十多年以后才看清这个人。约瑟夫·麦卡锡如日中天的时候我正在上大学——那时我开始认定政治权力是一种不道德的强制。我通过为阿德莱·史蒂文森的竞选服务来表示反抗，并为大学文学杂志写了一首愤怒的自由体长诗来抨击麦卡锡主义。

越战的那些年是我一生最"政治化"的时光。那时，我白天写小说。表面上看，小说和政治毫无关联（尽管有段时间，在《当她是好女人的时候》里，我让主人公用她特定的措辞来掩盖她报复性的毁灭行为，以此暗示我们的官方语言，比如"拯救"越南人民的话语背后其实是系统性的毁灭）。我所说的"政治化"，是指一些比在写作中谈论政治或直接的政治行动更能说明问题的经历，好比捷克斯洛伐克或智利那些国家普通人的经历：每天都能意识到政府作为一种强制力量，在人们思想中持续存在，远非一个制度化、仅实施必要操控的不完善的体制可比。和捷克人或智利人截然不同的是，我们不需要为个人安危担忧，可以畅所欲言，但这并不能减弱我们生活在一个政府道德失控、极端自私的国家的感觉。我那时早上读《纽约时报》，下午读《纽约邮报》，晚上看七点和十一点的新闻——例行公事一般——就像我为生活所需定期摄取陀思妥耶夫斯基一样。那段时间，我对美国战争使命的感觉，不是对国家局面的担忧，而是和早先对二战时轴心国目标的感觉如出一辙。当时甚至开始觉得"美国"这个词几乎不再代表我出生成长并心有所属的地方，而是一个外国侵略者的名字，那个侵略者征服了我们的国家，我只有尽我所能地拒绝与之合作。忽然之间，美国变成了"他们"——伴随着这种失落和无力感而来的是反战运动特有的充满敌意的情感与论调。

回答你最后一个问题——我认为《我们这一帮》并没有运用"荒诞元素"。相反，这部作品试图通过它独有的一种风格来物化理查德·尼克松的道德品性中的荒诞元素。他这个人，而非对他的讽刺，是荒诞所在。当然，美国政治中有很多其他惟利是图、无法无天的人，但即便是约·麦卡锡也比这家伙更有人样。通常，人们还是要求领袖起码要有"人情味"，但尼克松（或者说当代美国）的神奇之处，就在于他这样一个即便并非精神异常，也明显很有欺骗性的人，居然能够赢得人们的信任和赞同。奇怪的是，这样一个和普通选民所推崇的形象大相径庭的人物——在任何一幅诺曼·洛克威尔的插画作品里，尼克松都有可能被描绘成一个老古板的巡视员或者孩子们爱取笑的刻板的数学老师——居然能在读《周六晚邮报》的全美人民面前蒙混过关，假装自己是一个美国人。

最后，我认为与外在的势力"对抗"或"斗争"并不是我作品的核心。《我们这一帮》是我过去十五年里写的风格迥异的八部小说之一，在这部作品里，我最关注的是表现力，是呈现问题，而不是带来变革或者"表明一种立场"。这些年来，作为小说家，我所从事过的所有严肃的"对抗"行动，与其说是针对那些试图控制世界的权威，不如说是针对我自己想象力的约束系统和表达习惯。

谈《波特诺伊的怨诉》[①]

能谈谈《波特诺伊的怨诉》的缘起吗？关于这本书的想法你考虑了多久？

有些想法从我开始写作时就已经有了，特别是关于风格和叙事的。比如，我设想以一种在我写作伊始被定义为"意识块"的方式推进故事：整块形态各异、篇幅各异的素材相互叠加，靠联想而不是按时间顺序结合在一起。我在《放手》中尝试了类似的手法，从那时起就一直想再次使用这种叙事方式，或者说用它来打破传统的叙事。

另外，关于文字风格，从《再见，哥伦布》开始，我就一直被具有口语色彩的文字吸引。它既有口语的起承转合、抑扬顿挫、节奏韵律和轻盈自发的特征，又绝对基于文本，富有与传统文学修辞相关的讽刺、精确和暧昧。我肯定不是唯一一想这样写的人，

① 采访者为乔治·普灵顿；本采访发表于《纽约时报书评》，同一个星期日《波特诺伊的怨诉》书评也于同一处发表。(1969)

我的想法也不是这个星球上一个特别新的抱负，但它的确是我在这本书里追求的文学理念，或者说理想。

我刚才问你"关于这本书的想法"考虑了多久，其实是更想了解你有关书中人物及其困境的想法。

我明白你想问什么，我之所以那么回答，部分原因就是因为我明白。

但你肯定不会希望我们相信，你构思这部形式自由、内容丰富的有关性告白的小说，纯粹是出于文学风格的考量吧？

对，我不希望如此。但你知道，撇开写作过程的构思其实毫无意义。我是说，我所有的"想法"——关于性、罪恶、童年，关于犹太男人和他们的异教徒女人的所有想法——在纳入一个小说的整体策略和目标之前，和其他任何人的"想法"没有任何不同。所有人都有小说"想法"；地铁车厢里挤满了抓着吊环扶手的人，他们脑袋里都充满了无法动手写的小说"想法"。我通常不过是他们中的一个。

但是，考虑到书里对私密性事的开放处理，以及露骨的污言秽语，若非今天这样的文化气候，你觉得它可能写于别的时代吗？或者说，它适合别的时代吗？

早在一九五八年，在《巴黎评论》上，我发表过短篇小说

《爱泼斯坦》，很多人觉得其中所展现的私密性事令人作呕。人们告诉我，我的对话一向缺少其应有的优雅精致。我认为，艺术界很多人在"今天这样的文化气候"里已经生活了相当长的时间，大众传媒已经适应，大众也习以为常。自乔伊斯、亨利·米勒和劳伦斯以来，秽语作为一种有用且有价值的语汇，性作为一个主题，都已经为我们所熟知。我认为没有一个三十多岁的美国严肃作家会觉得为时代所限，或者因为广告里说这是"摇摆的六十年代"就忽然觉得解放了。在我的写作生涯中，秽语的使用，大体上取决于文学品位和文学技巧，而非观众的习俗。

那么读者呢？你难道不为读者而写作，不为被阅读而写作吗？

为被阅读而写和为"读者"而写是两回事。如果你说的读者是指可以用其教育程度、政治、宗教背景甚至文学特性描绘的特定的读者群，那么我的答案是否定的。我工作时，不会想象和某个特定的群体交流；我想让作品根据它本身的意愿尽其可能地去交流。这样，作品就能够被阅读，而且按照其本身而被阅读。如果一个作者可以有个读者群在他脑子里的话，那不应该是任何特殊利益群体，作者对这个群体的信念和要求或赞成或反对，而应该是那些理想读者，他们把感受完全交给作者，进而换取作者的严肃创作。

举个例子来说明这个问题，也能回到刚才说到的秽语问题。我的新书《波特诺伊的怨诉》充满肮脏的语言和场景，而我的上一部小说《当她是好女人的时候》一点也没有。为什么呢？是因为我忽然变成了一个"放荡成性"的家伙吗？但是我的"放荡"行为又好像能追溯到五十年代写《爱泼斯坦》的时候？还有《放手》里的脏话怎么解释呢？其实我在《当她是好女人的时候》里丝毫未使用淫秽或露骨的性场面，是因为那些东西离题万里。

《当她是好女人的时候》首先是一个关于中西部小镇里那些自视极为传统和正经的人的故事。我选择他们传统、正经的说话方式作为叙事手段——或者应该说稍微强化、灵活处理了下他们的语言特色，但还是随意取用了很多他们的陈词滥调、惯用语和客套话。尽管如此，我决定在叙事中采用他们平实的话风，这么做不是为了像林·拉德纳在《理发》中那样讥讽他们，而是为了通过他们的说话方式，来表现他们如何看待事物和做出判断。至于秽语，我的处理很谨慎，对于罗伊·巴萨特这个当过兵的人物，我把他描绘成即便在考虑问题时——这时他可是安全地处在自己头脑里——他最离谱的打破禁忌的念头不过是想"f. 这个又 f. 那个"。我就是想借此说明，罗伊即使私下里对自己也无法完全说出"操"这个字，只能用它的首字母"f"。

契诃夫在谈论他自己的艺术目的时说，"解决一个问题和准确地呈现一个问题"是有区别的，而且"艺术家只有义务进行后面这项工作"。我使用"f. 这个又 f. 那个"而不是那个字本身，也是想要准确地呈现问题。

你的意思是，在《波特诺伊的怨诉》里，"准确地呈现问题"要求你大量运用污言秽语，也要求你直接表现很多私密性事？

是的，我是这个意思。秽语不仅是《波特诺伊的怨诉》运用的一种语言，也几乎是本书的主要议题。书中充满肮脏词汇不是因为"人们就是那样说话"，那是最没说服力的理由。再说，没有人真的会像波特诺伊那么说话，那是一种极端的无法摆脱的病态激情所致：他满嘴污言秽语其实是因为他想寻求救助。这是一种奇怪的，甚至疯狂的寻求个人救助的方式。但无论如何，小说的中心内容就是分析研究他的病态激情以及他的激情和良知之间的斗争。波特诺伊的痛苦来自他不愿再被传统禁忌捆绑，那些禁忌在他的经历里，都让他觉得渺小、被阉割，无论这种感觉正确与否。波特诺伊的可笑之处，就在于故事最后，不论打破禁忌还是遵循禁忌都让他气馁。相当可笑吧。

所以说，我在这本书里不仅仅是要再现现实，而是要把污言秽语上升到主题的高度。你可能记得在小说结尾，那个以色列女孩（波特诺伊为了得到她的身体和她在海法酒店房间里的地板上扭打了半天）厌恶地对他说："请你告诉我，为什么你一天到晚非讲这个字不可？"我把这个问题交给她来问波特诺伊——而且是在小说结尾处发问——是有意为之：这本书就是关于他为什么一定要用那样的语言。

你认为这本书会不会让有些犹太人觉得被冒犯？

我想这本书甚至会让一些非犹太人觉得被冒犯。

我是在想《再见，哥伦布》出版后一些拉比对你的那些攻击。他们说你"反犹"，也说你"自我仇恨"，是吗？

我在一九六三年十二月的《评论》上发表过一篇文章《书写犹太人》[①]，其中详细回应了那些攻击。还有些批评家也说我的作品给反犹主义提供了"燃料"。这些攻击肯定还会继续出现，尽管事实上（我觉得在我的小说里也能找到线索），那些批评家们根本不会明白，我为自己有幸生为犹太人而感到多么高兴。生为犹太人是一种异常复杂、有趣、道德要求严苛无比，又非常独特的经历，我喜欢这种经历。我看到自己作为犹太人而身处历史性的困境及其错综复杂的关系中。谁还能要求更多呢？至于你提到的那些攻击——是的，他们很可能会继续对准我。因为联合国对以色列"侵略"的谴责，以及黑人社群中反犹主义情绪的高涨，很多美国犹太人肯定感觉比很长一段时间以来更受排挤。因此，我想现下不可能期望人们迁就，甚至容忍这么无拘无束的一本书，尤其是在那些人们从来就没把我奉为救世主的地方。恐怕为了星期六早上的犹太祷告，总有人忍不住断章取义地引用小说里的文字吧！拉比们和我一样，要为人们的愤怒煽风点火。我那本书里有

---

① 见本书第 216 页。

的是句子可以拿来构筑义愤填膺的布道宣讲。

我听说，有人指出你的书受到兰尼·布鲁斯的夜间俱乐部演出的影响。你会认为布鲁斯，或其他如谢利·伯曼或者莫特·萨尔这样的单口秀艺人，甚或第二城市的喜剧艺人，对你在《波特诺伊的怨诉》里运用的喜剧方法有影响吗？

　　基本不会。我会觉得我其实更多地受到一个叫弗兰茨·卡夫卡的坐着的喜剧艺人的影响，特别是那出他称之为《变形记》的滑稽戏。有意思的是，我和兰尼·布鲁斯唯一一次面对面交谈是在他律师的办公室，我当时就想，他的技艺差不多成熟到可以去演约瑟夫·K.了。他那时看起来憔悴不堪，已现老态，但仍持之以恒。他对怎么表现得滑稽毫无兴趣——他的所谈所想全部围绕他的"案子"。我从未看过布鲁斯表演，但听过他的录音带和唱片，他去世后我看过一部关于他的舞台表演的影片，也读过一个他例行表演的脚本集子。我在他的作品里看到了曾经喜欢过的第二城市剧团里的最优秀的东西，那种把精准的社会观察和夸张、如梦的幻想结合在一起的能力，我敬佩他这一点。

那你提到的卡夫卡的影响是怎样的？

　　当然了，我不是说我把他的哪部作品当成我自己的范本照着学，也不是说我试图写一部卡夫卡式的小说。开始琢磨《波特诺伊的怨诉》的点子的时候，我在宾夕法尼亚大学教一门每周一次的课，那段时间我教了很多卡夫卡。现在回想起当年布置给学生的阅读作业——《变形记》《城堡》《在流放地》《罪与罚》《死屋手记》《死于威尼斯》《安娜·卡列尼娜》……那门课简直可以叫做"关于罪恶和迫害的研究"。我自己的前两本小说《放手》和《当她是好女人的时候》跟这些名作中最阴郁的一样阴郁。尽管我那时显然被这些阴郁之作深深吸引，但事实上我正在寻找发展自己天分的另一面的途径，特别是在数年呕心沥血创作《当她是好女人的时候》，一本行文毫无激情，女主人公忧心忡忡、如清教徒一般，孜孜不倦地探索平庸的书之后，我渴望写些自由自在、风趣好笑的东西。我那时已经很久没大笑过了。我的学生可能觉得，当我向他们描述可以把《城堡》拍成电影，让格劳乔·马克斯演K.，让奇科和哈勃演那两个"助手"的时候，我是在故意亵渎或者只是要逗他们高兴。但其实我是认真的。我想写一篇关于卡夫卡写小说的小说。我不记得在哪里看到过，说他会一边写东西一边对自己笑。当然应该如此！那些对惩罚和罪恶的极端关注真的很滑稽可笑。可怕，但也可笑。就在那之前，我不是刚刚看了一出《奥赛罗》，并从头笑到尾吗？不光因为那出戏排得不好，而且因为蹩脚的表演恰恰暴露出奥赛罗有多蠢。安娜·卡列尼娜把她自己投到火车下面，不是也有可笑之处吗？为了什么呢？在她付出了那么多之后？我问我的学生，也问我自己。我想象格劳乔走进村庄，村后的城堡若隐若现，他宣布他就是土地测量员；当然没人会相信他，人们当然会让他走投无路，他们不得不那么做——因为那支雪茄。

现在看来，从这些纷乱随意甚至有点愚蠢的想法通往《波特诺伊的怨诉》的道路崎岖无比又多变故，我无法在此一一阐明。书里当然有我的个人成分，但是你看，自从我抓住罪恶这个喜剧性概念的那一刻起，我就撇开了上一本书的负累，从我的旧想法中解脱了。

一九六九年七月二十七日文档

　　以下这篇两千字的文档是一种正在蓬勃发展的亚文学体裁的例子，这种体裁历史久远，尚在发展，但几乎不为公众所知。它就是小说家写给评论家的信，一种从不邮寄的信。这里，我是写信的小说家，戴安娜·特里林是那个评论家，这封信并未邮寄，因为这种信极少会寄出，其实甚至都极少被写出来，基本只存在于小说家的脑袋里：

　　1. 写作（或是在想象里写作）这封信是非常有助于宣泄情绪的：到凌晨四五点的时候，争论通常已经以令小说家满意的结果平息，他就可以停下手里的工作睡上几个小时了。

　　2. 评论家的解读是无论如何不可能愿意让小说家纠正的。

　　3. 不论在评论家面前，还是在追看作家跟评论家在光天化日之下角斗的公众面前，作家都丝毫不希望显得恼羞成怒——更不用说露出怒火中烧的样子了。

　　4. 什么地方有刻在石头上的永久规定，说小说家理应比其他人感觉更能被理解？

5. 亲朋好友的忠告："看在上帝的分上，忘了吧。"

所以小说家们——尽管他们天性使然是敏感、易痴迷的一群人——通常确实会忘掉不愉快，或者在想起来的时候不断提醒自己他们应该忘掉。而且，一个人一旦"屈尊"去驳斥他的评论者，传统观念就会让他觉得自己是个傻瓜，有鉴于此，长远来看，作家如果能忘掉别人的批评，继续自己的工作也许是有好处的。但压抑我们的传统观念对我们控制至此，书评家、评论家、图书记者都因而安坐于迫害目击者的位置，提供证词以后根本不需要面对被告方的呈堂质询，这些是否对文学文化有好处就是另一说了。

一九六九年七月二十七日

尊敬的特里林太太：

我刚刚拜读了你在《哈泼斯》杂志八月号上的评论文章，你在文章中把《波特诺伊的怨诉》和正在接受评论的乔·伦·爱克里的《父亲和我》做了比较。如果可以的话，我愿把自己和你笔下的"罗斯先生"区别开，就是你文章里所说的《波特诺伊的怨诉》的作者"。

根据你对他这部小说的解读，你争辩说"罗斯先生"是"在捍卫他的立场"；他在小说里"间接地""告诉我们"关于社会决定论的事情；基于小说里的证据，他是一个"毫无辨别能力的大众社会的产物"，也是"后弗洛伊德时代美国文学文化的……代表"；他小说里的"人生观"——和爱克里回忆录里的相反——没有"宣扬……勇气、和善、责任这样的美德"；他的"人生观（是）可怕的宿命论式的"。

你笔下的"罗斯先生"是爱说教、爱挑衅、严苛、好斗的，和当代的普通作家没什么区别，而且考虑到你评论的结构，他是一个完美的线人，能帮助我们将你戏剧化了的问题看个清楚。尽管他作为一个修辞手段可能有些用处，并显示清晰可认的典型性，但他其实是你创造出来的人物，就好像波特诺伊是我创造出来的一样。虽然你的"罗斯先生"和我都是犹太人，但你得承认这个明显的身份标识并不足以将我们等同为一个作家，尤其是考虑到我们之间一个关键的差别：那就是我们作品的数量，即从中推断我们"立场""观点"的那些小说的数量。

你笔下的"罗斯先生"是一个"从他那里我们能期待更多作品的年轻人"。根据我对你文章的理解，他在你评论的这本书之前从未有任何其他作品，而这本书"哗众取宠"的文学风格——他以此"通过最大尺度的笔法来获取他想要的效果"——即便没被你强行定性，也被你看作说明了这样一个事实：他是一个"毫无辨别能力的大众社会的产物"。你将他描述成一个"出色的……写手"，但他的写作技巧至今受限于他哗众取宠的风格。

和"罗斯"先生不同，我在过去的十三年间已发表出版了几十篇短篇小说、一部中篇小说和三部长篇小说。其中一部长篇比

"罗斯先生"的这本书早了两年，在精神上和《波特诺伊的怨诉》有天壤之别。如果有什么能证明我并非你评论中的那个"罗斯先生"的话，那就应该是这本《当她是好女人的时候》了。"罗斯先生"的风格哗众取宠，我这本书却有意寻常低调；他的书"滑稽好笑"——你谈到"疯狂搞笑的自我表露"——而我的书却恰当得体、一本正经；你从"罗斯先生"的书里发现他是"后弗洛伊德时代美国文学文化的……代表"，另一个著名评论家基于《当她是好女人的时候》却认为我不可救药地"倒行逆施"。

无可否认，敏锐的读者若对两本书都很熟悉的话，不难发现它们都关注了父母和孩子之间的战争。我在读你的评论时，惊奇地看到一句话，让我觉得你仿佛不是要将《波特诺伊的怨诉》和乔·伦·爱克里的回忆录比较，而是要拿它和我的《当她是好女人的时候》比较："然而，结果是，全然不同的作品可能基于相同的前提。波特诺伊因为他与生俱来的在性方面的问题而执意要寻找他痛苦的根源……"我的女主人公露西·纳尔逊也一样（如果我们说的是最广义的"性"）。虽然她和波特诺伊在文化和道德倾向上截然相反，但她受缚的激情和为人子女的怨愤让她在很大程度上堪称波特诺伊的灵魂伴侣。我甚至想过，在某种精神层面上，"罗斯先生"的书简直可以发展成我的书的一个增补本。在我看来，亚历山大·波特诺伊和露西·纳尔逊尽管不是特别"典型"，他们带着各自极端的不满和失望，仿佛成为我们耳熟能详的美国家庭故事里颇具传奇色彩的不幸孩子。一本书里，犹太家庭的儿子责怪性感的母亲；另一本书里，非犹太家庭的女儿责怪酗酒的父亲（这个父亲，她既爱且恨同时又惧怕——是她最无法忘怀的人）。当然，我们可以看到露西·纳尔逊是在一个完全不同的小说世界中毁灭她自己的，之所以存在这种差别，部分原因是由于给他们带来愤怒、失落和怀旧情绪的环境是截然不同的。

我还想指出，"罗斯先生"在你看来没有在他书里"宣扬"的"勇气、和善、责任这样的美德"在小说的开头几页已经作为一种生活方式得到了宣扬，并贯穿全书其后的部分（或者说这就是我的设计初衷）。以下是本书的开篇——介绍了威拉德·卡罗尔，他是愤怒的女主人公的祖父，她就是在祖父家里长大的："不图富有，不望出名，不逐权势，甚至不必快乐，但要文明教养——这就是他的人生梦想。"第一章随后展开写了威拉德对"文明"的看法，通过他简短的家族史展现了他根据个人理解所践行的诸如勇气、和善、责任等美德。小说在充分完成了对威拉德的生活方式的探讨以后才把焦点逐步转向露西，转向她对于自己定义的那种文明生活的热忱、她所理解的勇气和责任，以及她在争斗中仍为善良保留着的那片内心净土。

我并非要说我才是宣扬这些美德的作家，因为威尔老爹——他家人都这么叫他——在小说中并不比他孙女露西更加为我说话或是更能代表我。在这一点上，我也许和"罗斯先生"相差不大，美德和价值观在我的小说里（很可能在他的小说里也一样）得到的"宣扬"方式和所有小说里的方式基本一致——既不会和小说的中心思想分离，也不会与其完全合拍，但大体上通过小说的呈现方式来体现：也就是通过可以被称为小说的感官方面——语气、情绪、声音以及叙事中不同事件的并置等来体现。

我并不持有"可怕的宿命论"。这一点上，"罗斯先生"和我又一次分道扬镳了。你甚至可以说我的很多小说人物都把心思主要放在选择这件事上。我想，就连我的中篇《再见，哥伦布》的主人公尼尔·克鲁格曼和布伦达·帕蒂姆金这样仅有轻微困扰的人物都是如此，甚至比"罗斯先生"带着他可怕的宿命观横空出世还早了十来年。我也在想，就连我第一部长篇小说《放手》里所有充满痛苦的人物也都如此，而它比"罗斯先生"的作品早了七年，书里几乎每一页都有某个人物需要对他的生活做出选择——全书有六百三十页。另外，在和《再见，哥伦布》同时出版的短篇，《信仰的卫士》《犹太人的改宗》《爱泼斯坦》《狂热者艾利》以及《世事难测》这些故事中，你可以发现每一个主要人物都在有意识地、努力地做选择，即使有时是超出他生活规范的任性的选择，他因此而能表达出自己的精神世界，这个世界不为他人的决定所左右，甚至不为他自认为是自己本性的东西所左右。

露西的祖父为人谦逊，在道德上一丝不苟，温和又固执，我决定把他命名为"威尔①老爹"绝非偶然，同样地，我把露西生活的小镇命名为"利伯蒂森特②"也非偶然（或必然令人钦佩——

---

① Will，有"意志"之意。
② Liberty Center，有"自由中心"之意。

这不是重点），露西在这里拒绝了所有让自己获得解放的选择，她的选择让她更屈从于自己的抱怨和愤怒。这部小说和我其他小说一样，中心围绕控制人一生的权威这个问题。虽然小说家对人物、故事发生地点的命名通常不过是一种装饰，对小说的实质内容影响甚微，但在写作过程中，这些名字至少可以提醒我露西进退两难的困境。她对自由的渴望——令人心碎的过往对她束缚有加，所以她渴望自由——让她陷入愈加痛苦、无法忍受的处境，这是多么可悲又丑恶的讽刺，小说就是围绕着这样的讽刺展开的。我想，用同样的话来形容《波特诺伊的怨诉》主人公所面临的困境也不无道理。如此说来，我似乎变成你口中"罗斯先生"那样"可怕的宿命论式的"作家了，但我建议，将讽刺对象想象成为了个人自由而进行的奋斗——不论它是多么的残酷和可笑，会比你所谓的"强化一个立场"更有趣、更新颖。

至于"文学风格"，正如我前面说过的，我比你的"罗斯先生"拥有一份更丰富的实践记录。特别是我的长篇作品，用于"达到预期效果"的"笔法"大相径庭，因此针对我的立场或观点所下的定论也许无法完全解释我多样化的虚构创作。

我并非因此争论我的小说比"罗斯先生"的作品技高一筹，而是为了说明，我的小说和他那样的意识形态作家的作品（你将其描述为这场"不断升级的文学—政治对社会之战争"中的最新攻势）在意义上迥然不同。显然，我既不指望自己，作为一个人，因对某些事物的某些看法而受到豁免；也不认为，我的小说旨在反映生活的一个断面而别无他求。我想表达的是，对任何一个小说家来说，呈现和"立场"不可分割，而如果一个读者，出于偏见或论战，将它们一分为二——就像你对"罗斯先生"所做的那样——那对我（甚至对他自己）是不公平的。

依我看，"罗斯先生"之所以"哗众取宠"也许是有原因的。他对"以达到预期效果的最大尺度的笔法"的使用，甚至可能暗示了某种对文本更基础的成功的解读，而不是如你所推论的那样，因为他是一个"毫无辨别能力的大众社会的产物"。我想知道你指的是什么样的"产物"？而这个轻蔑的措辞——"毫无辨别能力的大众社会"——又包含了多少个人经验？看上去，你对文学创作所抱持的立场，几乎跟你所相信的"罗斯先生"对人的可能性的主张一样，是宿命论式的。你形容我的小说为"带有论点的闹剧"，但当你以寥寥数语概括小说的哲学和社会论点时（"罗斯先生［的书］将我们作为个体所遭受的命运归咎于社会，并且援引弗洛伊德作为他对人生可怕的宿命论观点的佐证……"），为了得出这样的结论，小说的大部分内容被推到了悬崖边缘，然而，没有任何迹象显示，读者把此书当成（你所认为的）闹剧来读也许会有悖于你所赋予此书的悲剧意义，或者有悖于闹剧本身也许即论点，而不是你所说的"传授要点"的话。

考虑到"罗斯先生"的书受众广泛，你表示，"一部作品的畅销，通常既取决于它的显性文本，又取决于它的隐性文本"。我大体赞同你的观点，尽管我并不像你认为的那样，在这些问题上是一个彻头彻尾的弗洛伊德主义者。在我看来，如果"隐性文本"所指的不仅仅是作品中未被详尽表达的东西，那么某个类似的解释能够更好地体现文学作品的真正力量。而我能想到的依然是，文本的呈现方式、大尺度的笔法、哗众取宠的氛围、极尽戏谑的自我袒露，以及所有类似的手段，假定它们能够传达作者在构思时的绝望、自觉、怀疑、活力和亢奋的程度。

你在评论的结尾处声称，"也许人的无意识隐藏得比《波特诺伊的怨诉》作者所意识到的更深"。那么，我是不是可以说，也许在"罗斯先生"的广大读者群里，有些读者看不到他的人生观。他们为自己的人生观所限，意识不到作者的人生观恰巧深植于戏仿、滑稽、闹剧、嘲讽、冒犯、谩骂和俏皮话，深植于胡言乱语、轻浮举止和逢场作戏，也就是那些喜剧的方法和策略里。

你诚挚的，

菲利普·罗斯

回答那些问我"你怎么会写这本书"的人[1]

《波特诺伊的怨诉》成型于四个被废弃的写作项目的废墟之中，一九六二年至一九六七年间，我在这上面花了相当多的心血——当时看来是白费力气。到现在我才明白，它们每一部都是后来作品的重要构件，之所以放弃，是因为每一部都涉及《波特诺伊的怨诉》中的重要元素，却都只及一点未及其余，不足以成为完整的故事。那时候，我并不明白为何自己对它们如此不满。

其中的第一部，是一份两百多页的手稿，着手于《放手》出版数月后。它如梦似幻，又富于幽默感，名叫《犹太小子》[2]，我以书写民间传说的方式来处理那些在纽瓦克的成长经历。对于任何真正让我感到棘手的东西，手稿往往给它蒙上一层"迷人的"独创性光泽，就好像某些梦境和民间传说里会有的那样，其中的大量暗示远远超出了我能在一部小说里审视或驾驭的范畴。但当中

---

[1] 写于 1974 年。
[2] *Jewboy*，带有贬低、冒犯的感情色彩。

也有个别我喜欢的东西，在放弃书稿的时候舍不得丢掉：比如人物形象鲜明逼真的呈现，这种呈现与我对童年的感觉很贴近；带着杂耍表演氛围的滑稽场面和对白；某些场景我尤其喜欢，比如大结局那一幕：当十二岁的狄更斯式孤儿主人公（开头被一个上了年纪的行割礼的人在鞋盒里捡到，当场就被可怕地割了包皮）离开深爱他的养父母，穿着冰鞋追随一位异教徒金发小姑娘——姑娘的名字他猜可能叫西里尔·麦考伊——滑过纽瓦克湖时，他那位开出租车的父亲（之所以设定为"开出租车的"，是因为我认识的所有父亲，都会在某个暴怒的瞬间对着方向盘吼道："没错，对这个家来说，我就只是个开出租车的!"）在他后面喊道："别走。""噢，你可要小心啊，儿子。"——那父亲在他身后喊道——"你脚下的薄冰!"然而，热衷反抗和冒险、一心只想追寻令他情窦初开的异教徒对象的儿子，对他的父亲回应道："别傻啦，爸爸，那只是一种修辞而已!"你瞧，未来的英语专业。"只是一种修辞"——即便当冰面已经开始在他八十多磅的体重下呻吟、塌陷，他还这么说。

第二部废弃的作品是一个名为《犹太好男孩》的剧本。比起前面一部，它更多地围绕犹太家庭、他们的儿子以及他的异教徒女友进行——不像《艾比的爱尔兰玫瑰》那般给人慰藉，而是更具攻击性。剧本的初稿后来在一九六四年于"美国地方剧院"的一个戏剧工作坊上进行了试读，由当时在外百老汇当演员的达斯汀·霍夫曼担任主演。这部作品的问题在于，我未经深思熟虑就采用的（而且严格遵守的）现实主义戏剧传统手法并不能为我提供足够的空间来探讨主人公的秘密世界。我对剧作形式欠缺了解又谨小慎微，加之合作过程本身使我对事物的感知力受到抑制、趋于传统，试读之后我决定趁早收手。又一次放弃，还是多少有些悲伤。我觉得这部剧作的喜剧外壳（父亲对母亲的话，母亲对儿子的话，儿子对女孩的话）是精确又诙谐的，但整个作品缺乏《犹太小子》耀眼的独创性和丰沛情感。

所以说，亚历山大·波特诺伊困境的根源是一种挣扎，而挣扎又使他产生了怨诉。在我的早期作品中，这种挣扎还非常模糊，我只能在写作技巧上对他的问题进行概括，先讲述故事梦幻、神奇的一面，再用更加传统、相对精确的手法进行还原。直到我在这个极受困扰的接受心理分析的人物身上找到了既能代表"犹太小子"（包括这个词对犹太人、非犹太人来说所包含的关于攻击、欲望、边缘性的所有意义）又能代表"犹太好男孩"（以及这个称谓所暗示的压抑、体面及社会认可）的声音，我才能让作品表现出主人公的困境，而不是让困境只停留在象征层面。

在为多年后《波特诺伊的怨诉》的成型进行那些最终夭折了的探索的同时，我也断断续续为另一部小说写了些不成形的初稿，并给它们起了五花八门的题目——因主题和侧重不同而异——《离开的时光》《美国中部》《圣女露西》，这些初稿最终于一九六七年以《当她是好女人的时候》成书发表。这种在一部未竟之作与另一部之间的不断切换，是我推进写作的典型操作，也是我应对创作瓶颈和不确定性的手段，以及检验和培养"灵感"的方法。这么做的初衷，部分是为了让从不同来源中吸取能量的小说保持它的鲜活性，如此一来，当条件成熟，这个或那个沉睡的野兽被唤醒时，有备好的动物尸体可供食用。

一九六六年中，在完成《当她是好女人的时候》手稿之后，我几乎是立刻着手长篇独白的创作。若没有这篇独白，污言秽语、臭气熏天的《波特诺伊的怨诉》看起来就跟路易莎·梅·阿尔考特的作品没什么两样。我当时并不清楚创作的走向，用游戏（如果你愿意的话，可以把它看成玩泥巴）而不是写作来形容我的创作活动似乎更准确，或者说是"实验"——这个被用烂了的自带讨好意味的泛指，暗示了大无畏先驱精神和自暴自弃的中立态度。

这篇独白出自那些演讲者中的一员。他们时常来往于学校、教堂和社会团体之间，为观众放映自然奇观的幻灯片。我的幻灯片放映在黑暗中进行，借助教鞭指示和同步评论（内含说明性的趣闻轶事），涵盖各界名流全身上下所有私处的全彩放大图。其中既有男女演员，但重中之重——鉴于幻灯片的教育目的——是那些知名的作家、政治家和科学家。它是不敬的、刻薄的、怪诞的、下流的、低俗的、打了鸡血的，又是很大程度上——我想是出于胆怯吧——未完成的……只是在这六七十页的书稿中，某处埋藏的有关青春期手淫的数千字描述，属于演讲者个人的小插曲，似乎让我在重拾这段文字时觉得它真实、有趣，值得保留下来。而之所以这么觉得，也许只是因为我记忆里从未在别处读到过有关这一题材的类似的大段描写。

　　并不是说那时候我是有意去写手淫和那些非常有针对性的亲密关系。相反，情况似乎是，我需要那些肆无忌惮和毫无意义的争吵——即我所体会到的欢乐——来帮助我接近主题。我知道我所写的约翰逊总统的睾丸、让·热内的屁眼、米奇·曼托①的阴茎、玛格丽特·米德的乳房、伊丽莎白·泰勒的阴毛是不可能发表的——作家的狂欢也许最好不要公之于众——正因为此，我能够放下包袱，详细地去描写这样一个非常难以启齿却又离我们很近的个体行为。对我来说，书写这个行为和手淫本身一样，是秘而不宣的，至少一开始是这样。

　　差不多在进行这场未命名的窥淫演习的同时——旨在放大和研究屏幕上清晰可见的他人的私处——我开始着手创作一篇有强烈自传色彩、以我在新泽西的成长经历为背景的小说。因为想不出更出彩的题目，就简单地以《艺术家画像》作为某种体裁的标题来命名这最初几百页的草稿。通过贴近事实，尽可能缩短事实和虚构的差距，我想我能够触及某种我脱胎于其中的犹太精神的核心。但是，我越贴近事实，越严格按自传形式创作，我的叙事就越少流露真情，越不能引起共鸣。我又一次地（现在看来是这样）在两个极端，难以驾驭的寓言或幻想和熟悉的表面现实主义或记录之间摇摆，并因此而使那个只要我愿意就能成为主题的东

① Mickey Mantle（1931—　），美国职业棒球运动员。

西陷入了绝境。它曾在我前面提到的那两部半途而废、以对立标题命名的作品里出现过，只不过我当时没意识到：我本人体面的中产背景下的亚伯和该隐之争，即犹太好男孩和犹太小子之争。

在创作《艺术家画像》的过程中，为拓宽视角、缓解单调，我设计了一些亲戚角色，他们住在一户人家楼上，而这户人家，多少以我自己的家为蓝本，原本会是这本书的中心人物。那些住在"我们家"楼上的亲戚，我叫他们波特诺伊。开始时，我所依据的是两三家亲戚的原型，我小时候常去那些亲戚家玩，在他们那儿吃饭，有时候还在那儿过夜。事实上，一个那时的朋友后来在书出版的时候接受当地报纸采访，说在他看来，我的家庭和波特诺伊一家并无相似之处；"但是，"他也补充说，"我猜菲尔大概不这么看。"我想，他因为出于对家庭的忠诚慎重和做人的谦逊原则，未向记者透露菲尔肯定觉得在某些方面我的家庭和波特诺伊一家确有相似之处，他自己肯定也那么看。

不过，对我来说，跟波特诺伊一家最像的是我在五年前于《美国犹太教》上发表的一篇文章里简短描述过的一个家庭，当我越来越被他们吸引并开始让他们在小说中扎根下来以后，尤其感觉如此[1]。那篇文章的原型是我一九六一年在芝加哥圣约之子会反诽谤联盟研讨会的讲稿。那次演讲中，我攻击了那时因哈利·戈尔登和里昂·尤里斯的书而走红的非现实的、愚蠢的犹太

---

[1] 参见《某些新近的犹太人刻板印象》，本书第 205 页。

人。文章中的那个家庭不姓波特诺伊，也尚未成为我想象的产物。我只是在阅读中碰到他们面貌各异、各式各样的化身。下文（缩减版）是我在一九六一年研讨会上的发言：

……我在艾奥瓦州立大学教的写作班上有几个犹太研究生，上学期有三个学生写的小说是关于他们作为犹太孩子的童年……让人惊奇的是——也许也没什么可惊奇的——每个故事的主人公都是一个犹太男孩，年纪介于十到十五岁之间，在学校成绩优异，而且都穿戴齐整、举止有礼。……［这个］犹太男孩……总是被人盯着，睡觉的时候、学习的时候，特别是吃饭的时候，总有人盯着他。盯着他的人就是他的母亲。至于他的父亲，小说里几乎看不到，父亲和儿子之间几乎仅仅是点头之交。他不是在工作就是在睡觉，再不就是坐在餐桌对面一言不发地狼吞虎咽。不过，这些家庭仍然不乏温暖，特别是和故事中的非犹太家庭相比，且家庭的温暖几乎全来自母亲……［但是］暖人的火焰可能灼伤他或令他窒息。主人公羡慕非犹太家庭里父母对孩子的漠不关心，那样，孩子似乎就有更多机会进行性方面的探险……我也想指出，在这些短篇小说里，年轻的叙述者由他们的非犹太朋友介绍认识的姑娘从来不是犹太人。犹太女人只限于母亲和姐妹，性渴望的对象总是他者……

然后是那些民间故事——作为美籍犹太人神话的真实的一部分，经由我的学生传到我这里——开始帮助我扩展对于波特诺伊式的人物的认识：他们可能是或者变成什么样的人？这时候，先前《艺术家画像》的草稿中所想象的那些住在"楼上"的"亲戚"的意义开始凸显出来：他们是容易犯错的、硕大的、拟人化的神，统治整个邻里社区；这个传奇性的犹太家庭高高在上，他们关于炸土豆、去教堂以及异教徒姑娘的争吵有奥林匹克式的波澜壮阔，我们这些住在楼下的普通犹太人借以生存的价值观、梦想、恐惧和希望，和他们楼上厨房里令人胆战心惊的闪电风暴相比，就黯然失色多了。

　　这一次，我没有像在《犹太小子》中那样，只当民间故事是民间故事——强调它梦幻、迷人、古怪、神奇、诗意的一面，而是有意采取与之相反的方向。从《艺术家画像》开始，我就有动笔写自传的冲动，并且一直受到这冲动的影响。我开始将故事的神话性建立在易于识别的、可以证实的、历史的背景基础上。因此，虽然波特诺伊一家人可能来自奥林匹斯山（途经西奈山），但他们会住在纽瓦克，他们生活的时代和方式我可以确保见证和亲历。

　　（如果必须让我说的话，那么我会说，我就是通过这样的花招而获得了异乎寻常的成功。小说出版后我收到了几百封来信，其中一封信来自新泽西东奥兰治的一位女性读者，她声称她认识我妹妹，因为她女儿和我妹妹都就读于纽瓦克的威夸依克高中，小说里波特诺伊家的孩子们就是在那儿上的高中。她说她记得我妹妹是一个甜美、可爱、有礼貌的女孩子，我如此毫无顾忌地披露我妹妹的生活隐私，甚至嘲笑她那不幸的需要增重的身材，这让她深感震惊。其实我和亚历山大·波特诺伊不一样，我从来没有姐妹，我想那位女性读者指的有增重爱好的犹太美女应该另有其人吧。）

　　但是在经历了一段时间的创作之后，我开始感觉，《艺术家画像》里我给自己设定的条条框框过于束手束脚，所以就连那部稿子也放弃了。这样一来，我才把波特诺伊一家从给其他家庭的家庭冲突充当陪衬的角色里解放了出来，但他们没有立刻成为主角。我把《艺术家画像》里最喜欢的段落拿出来，拼凑成一个由波特诺伊的儿子亚历山大讲述的短篇故事，名叫《一个犹太病人开始接受心理治疗》，可以看作是他对心理医生的开场自白。亚历山大又是谁呢？不过就是那个反复出现在艾奥瓦写作班上犹太研究生们写的故事里的犹太男孩，那个始终被"盯着"的犹太儿子，怀揣着对"他者"的性幻想。严格来说，《波特诺伊的怨诉》的写作，是在我发现波特诺伊的声音，或者更准确地说，是在发现他的嘴巴以及沉默的斯皮尔福格医生那双倾听的耳朵的时候才正式开始的。我用心理分析式的独白——彼时对于这种叙事手法我尚未付诸写作实践，但深谙其修辞上的各种可能性——是为了能把《犹太小子》中疯狂的幻想元素和《艺术家画像》及《犹太好男孩》中的现实主义记录令人信服地结合起来，也是为了能合理利用那个未命名的性器官幻灯片中的淫秽内容。我放弃了幻灯投影（及其带来的张口结舌），转而利用心理诊所的躺椅（及其带来的对内心隐私的揭露）；也放弃了好笑又施虐式的病态偷窥，转而利用直率又充满羞耻、受虐又充满快感、渴望报复又深受良心折磨的暴露表现。现在我也许可以开始了。

谈《我们这一帮》①

首先，美国有没有一种能将《我们这一帮》置于其中看待的政治讽刺传统？

有，但可能即使大多数受教育程度高的美国人也未必知道。政治讽刺作品不能长久流传。虽然讽刺作品大多情况下是就长期社会政治问题做文章，但它的喜剧效果取决于对短时间内情况的滑稽处理。即便是最好的讽刺作品，换一个时代阅读，我们也不太可能感受到当时读者所经历的那种喜怒哀乐。作品中机智和恶意的微妙之处会随时间流逝而消失，我们只能欣赏到作品中最广义的、最不受时代所限的元素，只能遍查注脚，建立元素间的

---

① 我在这里说的话最初来自我和兰登书屋总裁的一次长谈。1971 年，他为出版《我们这一帮》而深感不安。他反对这本书主要是基于对其品味的考量，觉得它不雅；同时他认为，如果此书能在政治上发挥任何作用的话，那也是反作用。因为毫无疑问会有其他读者和出版商的观点一致，所以我请求艾伦·勒丘克（也就是这里的采访人），是否可以帮助重建和扩展我对讽刺、尼克松以及《我们这一帮》这些主题的看法，以便它们以这种形式出版。（1971）

联系并得出推论，这才是这类写作的机锋。除了少数学习美国文学和历史的学生之外，如今没人有兴趣去阅读詹姆斯·拉塞尔·洛威尔十九世纪中叶从废奴主义视角出发创作的讽刺打油诗《比格罗诗稿》，或者另一位北方废奴主义者戴维·罗斯·洛克用方言写成的书信集《石油对纳斯比》。然而，以上两部作品都是非常优秀的喜剧创作，和笛福的政治讽刺甚至斯威夫特的一些作品一样恶毒而有趣。林肯对纳斯比信件推崇备至，以至于人们相信他说过，如果他能写出那样的作品，他甘愿放弃总统之位。

美国人之所以不了解历史上曾经辉煌一时的讽刺写作，另一个原因是今天几乎看不到这一类写作。他们若看到十九世纪全国各地普通日报上的政治讽刺文章，会惊异于它们丰富的想象力和讽刺的强烈程度，南北战争前后几十年间尤为如此。我不认为，当今美国会有任何一家日报刊载洛威尔旷日持久地抨击泰勒将军一八四七年竞选活动的文章，或者洛克在林肯就职期间讽刺北方民主党的文章。如果你看一眼十九世纪日报上对美国总统的奚落嘲讽，你一定会认为，一百年前的报刊编辑和读者更加热诚，不会像今天的编辑和读者那样被艾米莉·博斯特①式的得体观念吓倒。

---

① Emily Post（1872—1960），美国作家、礼仪专家，其《礼仪》被公认为经典读本。

还有哪些你欣赏的美国作家也是写这类作品的？

门肯。特别是他对哈定①幼稚的文风的攻击，他称之为"加梅利尔式语言"。门肯认为哈定的风格糟糕透顶，显露出某种妄自尊大。哈定死后，卡明斯写了一首悼词，讽刺哈定总统："男人女人小孩中唯独他写 / 一个简单陈述句能有七个语法 / 错误……"

你是说你在《我们这一帮》中对尼克松总统的态度和门肯对哈定的态度是一脉相承的？

是也不是。我不觉得自己的想法和门肯的密切相关，他对于上流社会的看法让我生气。但是作为美国公共话语修辞的批评者，他很风趣。我认为，没错，我的书里确实存在和他在《加梅利尔式语言》一文中所体现出来的相似的关注，但我们对拙劣的政治话语的处理方式不尽相同。他采用时评的方式分析和评价哈定的文字风格，而《我们这一帮》则是对尼克松风格的对话和思想的模仿与戏仿。我以幻想家、滑稽剧作者的创作方式进行创作，而门肯用的则是文学评论家的武器。

我相信，同样地，他觉得哈定先生好笑，而对尼克松先生我却不这么看。也许这是因为，从门肯的"加梅利尔式语言"到乔治·奥威尔的"新话"（尼克松总统同样非常擅长的相关类型的政治空话），在这短短的时间里，充斥了太多恐怖。门肯可能

---

① Warren Gamaliel Harding（1865—1923），即沃伦·加梅利尔·哈定，美国第 29 任总统。

永远不会从糟糕透顶的政治文章中得出奥威尔二十八年后在小说《一九八四》里得出的结论。门肯认为，美国民主不可避免地会制造出小丑或江湖骗子之类的领袖人物，他们无能的表现之一就是不会说英语。他把他们说的话和他们的说话方式当成一种娱乐，堪比巴纳姆-贝利的马戏世界。我们要在经历了奥威尔、二战以及德国等国家的野蛮集权之后才意识到，这种表面上充满喜剧效果的言辞可以变成政治专制暴行的工具。

你特别提到了两个十九世纪的作品，《比格罗诗稿》和纳斯比的信，它们都脱胎于南北战争那个年代，然后你又说到门肯的散文。有没有什么其他具有讽刺性的文学作品，对你来说，也和我们就《我们这一帮》的讨论有关？

　　可能非文学类的或者流行的讽刺作品也值得一提吧。"讽刺"一词用在这里也许不是特别贴切，因为我指的是像奥尔森和约翰逊、马克斯三兄弟、三个臭皮匠、劳雷尔和哈迪、阿伯特和科斯特洛这类谐星所代表的广义上的喜剧风格。最近我看过一个电影的名场面，就是阿伯特和科斯特洛有关棒球对话的一幕："谁是一垒手？"①那是一个充斥着双关和语言不确定性的神奇作品，其中典型的滑稽表演就是我在《我们这一帮》最长的一章"滑头又遇到一场危机"中试图采用的。当然，滑头——既不同于毫无色彩

---

① Who's on First，电影《没规矩的 1890 年代》里面的名台词，影片中的一垒手名叫"Who"。

的阿伯特又不同于老好人科斯特洛——是个老派的恶棍，是伪君子答尔丢夫那样的类型。但是，阿伯特和科斯特洛的闹剧风格还是很适合"危机"章节里滑头和朋友们干的骗人勾当。

你记得查理·卓别林和杰克·奥克在《大独裁者》里扮演希特勒和墨索里尼吗？他们表演里的某种味道我也希望在《我们这一帮》比较荒诞古怪的章节里体现出来。

总而言之，《我们这一帮》的喜剧效果和《傲慢与偏见》肯定不在一个层面上，万一没人注意到的话。《我们这一帮》致力于摧毁"尊严"的保护伞，像总统这样位高权重的人皆受其庇护。比如几年前，尼克松总统心血来潮给白宫警卫人员换上电影《学生王子》里类似德国贵公子的华丽着装，这绝非偶然。他比任何人都清楚，他需要装点门面来突显他至尊无上的权威，或者说他颇具权威的尊严。但是，我不想接受他这种"官方"的自封，他显然爱把自己包装成君主，而我却更乐意把他放在有宽松裤的滑稽闹剧里，我觉得那样更合适。

显而易见，这样的讽刺无意表现体面。体面——以及体面背后隐藏的东西——往往正是它攻击的对象。让一个讽刺作家讲究高雅简直就像是让一个爱情诗人少点个人感受。《萨蒂里孔》[①]是一部高雅的作品吗？《一个温和的建议》呢？斯威夫特建议把一岁大的孩子放水里煮、火上烤、锅里炖，来减轻他们贫穷父母的

---

① *Satyricon*，又名《爱情神话》，公元一世纪罗马宫廷诗人、小说家佩托尼奥所著，旨在嘲讽罗马暴君尼禄奢华荒淫的一生。

负担，为食肉阶层提供食物。这是一个多么肮脏、令人作呕的建议啊，即便在那些和他一样为爱尔兰问题忧心的人看来也是如此。想象一下，在一个体面至上的社会，这样的建议会引起什么反应："在招待朋友的筵席上，一个孩子可以做成两道菜；家庭聚餐的话，孩子的前后腿的四分之一已经可以作为一道好菜了，如果加点胡椒粉和盐放上四天再煮，味道将更好，尤其是在冬天。"

现在，讽刺被认为是文学。它被命名为"斯威夫特式的"。早在一七二九年，对于很多斯威夫特的同时代人来说，那可是坏品位，甚至比坏品位更糟。同样地，拉伯雷也不再被当成一个只会开屎尿屁玩笑的低俗作家——在坟墓里呆了四百年之后，他成了"拉伯雷式的"。很明显，诀窍就是把自己从一个专有名词变成一个形容词，而实现这一目标的最好办法就是死去。

想象一下，如果今天你想按斯威夫特《一个温和的建议》的模式写一个讽刺作品，写我们在东南亚的"介入"（委婉的说辞），那么结果就是：在约翰逊和尼克松总统的命令下，我们的军队听从斯威夫特的建议已经有一段时间了，对越南、老挝的孩子们既煮又炖，最近还烤了胖胖的柬埔寨婴儿。想象一下，如果有人要向尼克松总统提交提案，建议我们不该像现在这样滥杀亚洲孩子，我们应该采用更实用、更人道的政策，而既然已有数据显示，X数量的孩子无论如何都会死去，那么为什么我们不把他们杀了来喂越南难民呢？提案可能会以五角大楼文件的风格编写。那个叫麦克诺顿的家伙甚至可以起草一份一流的应急计划，说明怎么用凝固汽油弹烧烤，浇上酱油，然后上桌——这里面，按五角大楼标准，每日所需的维生素摄入量百分比由亚洲婴儿的肝、肺和脑拌在米饭里提供。

我们可以放心地得出结论，鲜有美国报纸会争先恐后发表这样一篇报道。如果它是关于一七二九年英国人对爱尔兰人的所作所为，那么它就是"斯威夫特式的"；但如果你用类似手法指责我们国家对越南人的所作所为——比十八世纪的英国人用他们有限的酷刑装置所能干出的任何事都要恶毒一千倍——你会发现你的讽刺作品在大多数地方都无法发表，因为它代表了坏品位。

确实如此。用普通的社区标准，或者任何法律名词描述的社会大众都愿服从的最低标准来衡量，上面所提到的作品全都品位低劣。按照普通的社区标准，它们简直耸人听闻——只是为了扰乱读者，让他以他也许不愿意或不习惯的方式去看待曾经熟悉的主题。你知道的，人们认真的时候会说："别开玩笑了，这可是严肃的话题。"但在讽刺作品里，作家就是要通过开玩笑来揭示问题到底有多严重。前面提到的"温和建议"，即把亚洲小孩做成烤排骨而不是"浪费"成炮灰，就是对此的举例说明。

耸人听闻、毫无品位的讽刺作品有一个显著特征，那就是高度变形。总的来说，美国人更熟悉漫画艺术中的夸张变形，而不是文学作品中的。读报的人每天都能看到政治讽刺漫画中的扭曲变形，他们不仅不会对漫画内容感到困惑，反而轻易就能理解隐含在漫画技巧中的社会评论。赫布洛克、朱尔斯·费弗和戴维·莱文，或者霍加斯和杜米埃这样的讽刺画巨匠，他们的创作技法，都可以运用在讽刺文学中。扭曲仿佛滴在化验样本中的染料，能让原本裸眼很难看清的品质清晰可辨。

你在上文提及《我们这一帮》的创作理念，能否再具体阐述下写作动机？这本书之前，你已经出版了四部小说；你清楚自己为什么在创作的现阶段选择写政治讽刺吗？

五十年代早期，在巴克内尔大学上学时，我是文学期刊编辑，那时我花同样多的时间写小说和讽刺作品。到了五十年代中期，我开始在《新共和》杂志上发表文章，这些文章表面上看是影评，但它们都具有讽刺喜剧的特征，如果它们有任何特征可言的话。我在《新共和》上发表过一篇嘲讽艾森豪威尔总统（艾克）的宗教信仰（和写作风格）的文章，因为我受到诺曼·文森特·皮尔某次布道的启发。皮尔告诉他的教区信众，艾克和耶和华关系紧密，互相直呼其名。顺便说一句，奥利弗·詹森那时还以艾森豪威尔的名义写过一篇滑稽搞笑版的葛底斯堡演讲稿，稿子的第一句是这样的："具体的数字我不清楚，但我想应该是八十七年前吧，一群人在这个国家建立了一个政府机构，我相信它涵盖了某些东部地区。他们为国家独立做了安排和计划，并在此基础上树立了一个信念，那就是每一个人都和其他人一样优秀。"

我的第一部小说《再见，哥伦布》，被阿尔弗雷德·卡津形容为"尖酸刻薄"，暗示了作品带有讽刺意图。某种程度上确实如此。但回想起来，那本书对我来说是一个很温和的喜剧，时有讽刺，时有抒情，用的是写恋爱新手的夏日浪漫的那一套。那之后我所写的东西都称不上讽刺，除非你称《波特诺伊的怨诉》为一首讽刺的哀歌。

我为什么会转向政治讽刺呢？一句话：因为尼克松。

触发——这个词恰如其分——《我们这一帮》的是尼克松在一九七一年四月对卡利定罪一事的反应。你记得在参议院听证会上，当麦克阿瑟参议员毫无理由地影射，军方律师约瑟夫·韦尔奇在波士顿的律师事务所里一个年轻成员有共产党背景时后者是怎么回答的吗？他说："参议员，在此之前，我从未见识过你的残酷和恣意妄为。"卡利当时已被控谋杀手无寸铁的越南美莱村平民，死在他手下的人的数量是查尔斯·曼森的四倍。当尼克松宣布卡利不需要在拘禁中等待上诉机会（同时赦免那些擅离职守的魔鬼，以及执勤时打盹儿的班尼迪克·阿诺德等人），只需被软禁，以便于（及时捕捉风向的）他审查上诉法院的决定时，我想的是：滑头，尽管我知道你不讲道德、诡计多端、投机取巧，从头到脚没一点诚实的地方，但我真的认为，即便是你，也不至于堕落到如此地步。

我和很多讽刺作家一样，本质上很单纯。他为什么不该那样堕落呢？他就卡利事件作出的声明，"清楚表明"凡是对他事业有益的事，他都会做。如果百分之五十点一的选民愿意把一个被定罪的杀人犯塑造成英雄，那么这里面也许有利可图——对他来说。

那么，你写这本书是否也因为大众代言人——报纸专栏作家、电视评论员甚至一些国会议员和参议员——对尼克松的反应方式让你深感沮丧？

只在很小程度上如此，因为仅尼克松本人就够让我血气上涌了。当然，"有责任感的"评论家们仍对他的公开演讲重视有加，这一点令人愈加沮丧。有一句陈词滥调是说："尊重总统职位。"仿佛在职并令其职位蒙羞的人和职位本身别无二致。再说，为什么要对总统职位虔诚有加？因为总统恰巧是为我们服务的。

关于尼克松的报道文章，我读到过的最好的出自以下几位记者之手：汤姆·威克、尼古拉斯·冯·霍夫曼、默里·肯普顿和《尼克松兴奋剂》的作者加里·威尔斯。他们似乎并不觉得，指出尼克松多么怪诞这一行为是人类的倒退。然后在公共生活领域，我们有"阿肯色州的旅行者"、参议员威廉·富布莱特。特里和海盗们对北越战俘营的袭击事件之后，他在参议院外交委员关系听证会上盘问国防部长梅尔文·莱尔德，他的言辞滑稽美妙，堪比马克·吐温——时机掌握得天衣无缝，假装的无辜也大有成效。富布莱特退休以后应该像马克·吐温、阿蒂莫斯·沃德和威尔·罗杰斯那样全国巡回演讲，把他作外交事务委员会主席的经历以幽默的独白方式讲给大家听。他和尤金·麦卡锡可以组成一个像拉姆和阿布纳那样的冷幽默二人组。

你真的认为《我们这一帮》能起到约束和改变尼克松行为的作用，会影响他的良知，让他觉得羞耻吗？你出版这样的讽刺作品期望达到什么样的目的？

我期望改变世界吗？几乎不可能。最初在课堂上学习那些讽刺作品时，我们被告知讽刺是对人或对制度进行的幽默的攻击，旨在激起改革，或者说能起到社会改良的作用。现在看来，那是对恶行多么乐观的态度啊，其实根本站不住脚。不管作家对改革，甚至革命，怀抱怎样的激情，讽刺写作说到底只是一种文学行为，不是政治行为。讽刺是道德愤怒转化成的喜剧艺术，如同挽歌是悲伤转化成的诗歌艺术。一首挽歌能期望在现实世界里达到什么目的吗？恐怕不行，它是一种组织和表达残酷、复杂情绪的方式。

讽刺艺术最彻底地升华，或者说社会化了，这样一种情感转变：起初渴望用拳头杀死你的敌人，然后（多半因为惧怕随之而来的后果）转变为试图通过谩骂和侮辱杀死他。这是痛揍某人的原始冲动在想象层面的开花结果。

当然，你让书里的恶棍总统被人谋杀了，不是吗？《我们这一帮》倒数第二章开头就宣告滑头·E.迪克松总统遇刺身亡，紧随其后的三十多页写了消息传出去后各家电视台的相关报道。你觉得会有读者指责你是在提倡或者鼓励谋杀尼克松总统吗？

如果有的话，那是因为在他们阅读这一章或者全书时缺乏最低限度的理解。我这么说不是指这一章品位高雅。我只是无法想象，滑头·E.迪克松被解决掉的可笑方式会激发暗杀总统的愿望。《我们这一帮》里的总统被发现死在一个塑料袋子里，像胎儿般蜷缩着，他生前曾极力为"未出生者"的权利奔走呼号，死时仿佛他们中的一员。他在一个袋子里毙命的结局，不过是讽刺的报应、恶搞的正义罢了。

后面一章他又活了过来，活得再好不过。诚然，是在地狱里。他和撒旦竞选魔鬼一职，在辩论中力挫撒旦。该章节的副标题是"卷土重来"，它意味着滑头·E.迪克松是无法被压制的，哪怕他被塞进袋子、封紧封口。

早在一九六六年，麦克斯·海沃德编译过一份令人心情郁闷甚至毛骨悚然的文献，并给它起名《受审》。它是苏联作家尤里·丹尼尔和安德烈·辛雅夫斯基在莫斯科受审的法庭记录。两位作家因在文学作品中"污蔑"国家而被判在劳改营服刑五年和七年。安德烈·辛雅夫斯基判决前的最后申辩尤其令人难忘。在整个审判过程中，但凡辛雅夫斯基试图解释他在《和平实验》里的意图，法官就（偏偏）以"对法庭宣讲文学"为由严加斥责。《和平实验》是一部优秀的小说，或者说寓言。里面讲到一个俄国偏远小镇的居民把牙膏当作鱼子酱来吃，就因为他们的领导人告诉他们牙膏是鱼子酱，我举的只是其中一个例子。法官可不愿听什么文学中的讽刺、幻想、夸张、玩笑、幽默或者虚构；他也不想管任何用果戈理、普希金或马雅可夫斯基打的比方，他要知道的只是："你为什么污蔑在战争中饱受折磨的俄罗斯人民？""你为什么这样写，这不正是合了西方敌人的心意吗？"但是，当辛雅夫斯基向法庭作最后陈述的时候——这也是他向法庭之外的世界里的所有人坚持传达的——他表现出了惊人的信念，他说："我想重复一下关于文学本质的几个基本论点。文学最本质的东西——这是研究文学的出发点——是言而非行……"

我并非自比安德烈·辛雅夫斯基，或者将自己的创作环境和丹尼尔所处的苏联的创作环境等而视之。我对辛雅夫斯基、丹尼尔这样的作家充满敬畏，敬畏他们的勇敢和他们对文学永不妥协的忠诚和献身精神。他们秘密创作，佚名发表作品，在被关进劳改营的恐惧中坚持工作，受到那些只写该写东西的作家的讥讽、嘲笑和辱骂。我无法想象自己在那样恶劣的环境下还能坚持创作，更别提在受审时像辛雅夫斯基和丹尼尔那样保持尊严和泰然了。

我用辛雅夫斯基的故事是为了说明，批评者为诋毁一个作者拿他们开涮的作品，可以如此不择手段地鼓励、煽动对作品的"误读"。换句话说，尽管我意识到你提出的问题，并认真对待它，但对那些为总统生命担心的人，我想说的是，他们与其担心《我们这一帮》对潜在暗杀者的影响，不如去游说政府，让加强枪支管理的联邦法案获得通过。当然了，让米切尔总检察长去推动停止对文学的法律保护的法案要比推动禁止花十五块钱邮购步枪的法案容易得多，但事实是，这个国家每年死于子弹的人要比死于讽刺的人多得多。

那么，你写"滑头遇刺"这一章的目的是什么呢？

对我来说，需要作出解释这件事令我很不舒服……书里嘲讽的是对官职的恭敬与令人不快的真相之间的巨大差异。一方面，我让成千上万的人涌入华盛顿，声称是他们杀了滑头·E.迪克松；另一方面，电视评论员描述起这些自封的暗杀者，就好像他们是当年肯尼迪——书里称他为"魅力总统"——被刺杀后蜂拥而至华盛顿吊唁的人。这一章与其说是嘲笑尼克松和他的伙伴们，不如说是嘲讽媒体的陈词滥调。（原谅我用阿格纽式的言辞；我向你保证，副总统和我对电视媒体的态度绝无相似之处。他能发现像美国全国广播公司和哥伦比亚广播公司这样完全墨守成规的传媒巨头居然是异端的、叛国的，这正体现了他的社会观察能力。）一定程度上，重点在于，不论滑头是死是活，是在白宫还是在坟墓，他都不值得如此大规模的致敬，而"滑头遇刺"一章的好笑之处就在于媒体对这一点视而不见。我想间接表明的是，大众传媒是官方现实的提供者，尽管他们对政府进行所谓的批评，但在关键时刻，政府仍可依靠它们混淆视听。

最后，这一章关注了政府撒谎的艺术，但这也只是全书的关注点之一。

让我就"滑头遇刺"一章再问你一个可能很多人很想提的问题。对于那些一直在为肯尼迪兄弟和马丁·路德·金的暗杀身亡而哀伤的人，你这一章里的某些细节，即便不令人厌恶，是否也会令人不安？

我估计马丁·路德·金夫人和爱德华·肯尼迪参议员都会同意，我们每次提到残酷罪行的时候，比如杀害国家领导人，没有必要每次都拉长脸，并誓证我们憎恨暴力。

我想，其实，作品里任何令人难受、不安的东西都出自想象力对一个狂暴的幻想故事的探索。举个极端又著名的文学例子：还有比读《罪与罚》更令人不安的吗？最近，我把它布置给我文学课上的学生阅读，而我发现那些习惯上课前一晚熬夜读书的学生都处在一种焦虑状态中，那种状态不光是熬夜造成的，似乎还有其他什么原因。读《罪与罚》即便不令人厌恶，至少也令人不快，看《奥赛罗》也一样。甚至辛格的《西方世界的花花公子》，因为其中的弑父情节，也曾在爱尔兰引起观众骚动。

在《我们这一帮》里，荒谬的风格，在我看来，能够平复读者因为那些逼真的弑父（或弑君）情节而产生的焦虑。它不至于像兔八哥漫画那样能冲淡所有焦虑——漫画里的暴力因为荒谬滑稽的情境而毫无道德后果——但二者具有类似的令人长舒一口气的喜剧结局。另外，读者从无害的、虚构的、施虐式的搞笑中获得快乐的同时，可能不禁想起美国总统被暗杀，并且意识到尼克松总统也有可能被暗杀。于是，忽然之间，一切就变得不那么好笑了。我想，这时候，最令读者不安的，其实是他发现自己正在享受一个虚构故事，同时清楚这个故事若发生在现实中的话会很恐怖。

总统向全国致辞^①

美国同胞们：

今晚，我要宣布一件非常重要的事。你们知道，参议院今天下午已投票通过免去我的总统职务。那当然是他们根据美国宪法所拥有的权利，而且你们也知道，我丝毫没有干涉他们行使此项权利，几个星期前众议院作出他们决定的时候亦然。他们和所有美国人一样，有权利不受总统干涉、不受任何来自行政部门压力地表达观点。这也符合我们说的三权分立的概念。你们现在可能已经知道，我自己政党内部的一些成员也投票支持立法部门解除我的总统职务。我认为那非常明确又令人欣慰地体现了他们思想的独立与诚实。我赞赏他们的行动，这一行动势必能加强我们境内的民主进程，增强美国民主在境外的形象。

尽管如此，根据三权分立的原则，行政部门和立法、司法部

---

① 这是对尼克松的一次戏仿，写于《我们这一帮》出版二十个月之后，参议员"水门事件"听证会进行得如火如荼之时。(1973)

门享有同等的政府管理权力。这当然是公正的，是"美国方式"的意义所在。而且，总统对于保障国家安全负有全部责任。众所周知，这项责任是写在总统就职宣言里，是每个总统在就职典礼上都要宣读的。华盛顿总统，他的画像就挂在这儿，宣读过，还有林肯总统，他的画像也在这儿。我们伟大的德怀特·戴维·艾森豪威尔也宣读过，他的孙儿刚刚在美国海军完成服役，和我的女儿朱莉缔结了婚姻，你们可以看到朱莉的照片在这儿。这边是我另一个女儿翠西亚的婚纱照，她的旁边是我的太太帕特。同胞们，我在就职典礼时手按《圣经》发誓尊重和履行我的职责，不光为了在我之前的那些伟大的美国总统，更为了我的家庭，为了你们和你们的家庭。就我个人而言，如果我继续逃避维护国家安全的职责，我将无法忍受自己。

这就是为什么我今晚决定，我将继续留任总统。同胞们，虽然我尊重投票决定免去我职务的参议员们的诚意和正直，但在深思熟虑之后，我认为，接受他们的决定意味着背叛美国人民对我的信任，意味着把国家的安全和发展置于危险境地。

你们知道，还没有哪一位美国总统曾因为国会的压力而在任期中下台，这在美国历史上没有先例。我想明确告诉你们，我无意打破先辈们树立的在逆境中屹立不倒的传统。

众所周知，两党中没有人把总统职位看作安乐窝。如果有人真这么认为，那么他也不适合竞选总统。就像哈里·杜鲁门所说的——你们该记得，哈里·杜鲁门跟我们共和党人通常意见相左——"如果你受不了高温，那就别呆在厨房。"我为自己这么多年来所承受的高温、压力感到自豪——年纪大些的人可能还记得，我和苏联总理赫鲁晓夫曾共处一个厨房。在那里，我曾以美国人民的名义和他针锋相对，而今晚，我要以美国人民的名义，不惜与国会针锋相对。

理查德·尼克松不会是美国历史上第一个被立法部门免去职务的总统。我敢肯定，美国人民选的不是那样的总统。坦率地说，如果我屈从于国会压力，从我的职务上离开，如果我今晚在电视上告诉你们，是的，尼克松总统迫于压力将立刻辞职，那将是对我就职宣言的背叛，那我将因为令你们深深失望而自愿下台，因为是你们，美国人民，把我推上总统这个位置。

同胞们，你们都知道，我作总统的这些年，一直致力于一个目标，那就是世界和平。当我在这里谈话的同时，基辛格博士、罗杰斯参议员以及国务院的主要成员正在世界各地进行着谈判和讨论，意图为美国、为全人类带来和平与荣誉。这些谈判都是最高外交水平的谈判，都秘密进行——但今晚，我很高兴地向大家汇报，我们对谈判的成功是非常乐观的。

为了我们，为了我们的孩子，为了我们的子孙后代，国会成员势必不愿将世界和平置于危险境地。但是，他们正在做的，是因为一些小挫折就让总统卷铺盖辞职。正因如此，我绝不辞职。与其努力去让国会里批评我的人喜欢我，我更在乎的是为现在和以后的世世代代争取世界和平。哦，当然了，退隐圣克利门蒂，享受美国人民向前任总统慷慨施与的荣誉和褒奖，这很容易。但是，如果有一条路能带领我们为了我们的子孙后代去结束战争、走向世界和平的话，我更愿意选择这条有挑战的路、光荣的路。同胞们，我从小被培养成为一个贵格会教徒，而不是一个半途而废者。

我想说些你们，特别是那些和我一样总试图把我们国家往好处想的人，可能不愿听的事情。尽管如此，今晚我必须说出真相，即使它令人难以接受，因为你们不该被欺骗。同胞们，我知道国会中有人对我今晚宣布的、自己早先的决定不以为然，我尊重他们的决定。我们可以肯定，有人会把我今晚打心底说的话变成政治资本，甚至会有人用我的话去编造一个国家危机来为他们自己或者他们的政党谋取政治利益。最危险的是，这个国家还有一些群体将暴力和不法视为一种生活方式，他们很可能会企图强行免去我的职务。

我向你们保证，本届政府绝不会容忍任何目无法纪的行为。本届政府也绝不允许经过历史考验的三权分立的宪法原则被一群牢骚满腹、充满野心又行事极端的少数派颠覆。本届政府意在保持和捍卫从建国以来传承给我们的伟大的美国传统，即美国总统由美国人民选举产生，在他任职期间，与他政见相悖的人不得以武力干涉其职务。在我们这样的民主国家，尊重异见当然是民主传统；但以武力推翻民选政府，对我、对所有美国人来说，都是不能容忍的。我向大家保证，只要我在位，我将迅速有效地处理那些鼓吹或参与暴力以实现政治变革的人。

为了阻止那些会诉诸暴力的人，也为了维持国家的法律秩序、维护遵纪守法的美国公民的正常生活和利益，今晚我已行使宪法赋予我的作为三军统帅的职权，已向参谋长联席会议下令武装部队在全国范围内待命。司法部和联邦调查局也已接到命令，将采取一切必要的措施维持国内的安定。国民警卫队也收到通知，在全部五十个州都已动员起来随时待命。此外，鼓励州和地方警察申请他们可能需要的任何驰援，不管是人手还是设备，以维护您所在社区的法律和秩序。

同胞们，我在宣誓就职时已许诺保护这个国家和这里的公民，我意在遵守誓言。没有人——包括你们这些参议员、众议员以及那些武装革命者——有资格对美国人说，他们在自由公开的选举中选出的总统不能坐在白宫里，不论那个人是我、华盛顿总统还是艾森豪威尔总统。今晚，我全心全意地向你们保证，你们，美国人民，选出的将赴任其第二个四年任期的总统，绝不会允许你们以压倒性优势投给他的选票白白浪费。

上帝保佑你们每个人。

晚安。

谈《乳房》①

我想问问你《乳房》的起源。你怎么解释它的创作理念？你觉得你写了一本很奇怪、很不寻常的书吗？你觉得《乳房》跟你以前的作品之间有联系吗，还是认为它是其中的一个异数？

回想一下我的作品，我觉得自己频繁地在写布鲁诺·贝特尔海姆②口中的"极端情境下的行为"。或者说，在《乳房》之前，我一直写的是普通情境下的极端行为。不管怎么说，我始终关注那些起了锚的男男女女，漂离了他们故乡的海岸，漂向大海，有时乘着他们自己的正义或怨恨的浪潮。比方说，在一篇《犹太人的改宗》的早期故事中，一个犹太男孩在犹太会堂的房顶上扮演上帝，他也许不像《乳房》里的凯普什那样身陷绝境，但他无疑处在和日常的自己、家庭、朋友之间一种全新的、令人吃惊的关

---

① 采访人是艾伦·勒丘克。（1972）
② Bruno Bettelheim（1903—1990），美国心理学家，生于奥地利。1943 年发表论文《极端情境中的个人和群体行为》，论述了集中营生活对人的影响。

系中。《当她是好女人的时候》里的露西·纳尔逊，《放手》里的盖布·瓦拉赫和保罗·赫茨，《波特诺伊的怨诉》里的亚历山大·波特诺伊——全都生活在他们的心理和道德困境中，他们的问题不是沉下去或浮上来，而是事实上不得不发明一种缓慢的前进方法。

凯普什有类似的困境——只有一点不同：令他沮丧的是，他的起锚无法追溯到心理、社会或历史根源。他想和他的同伴、过去的自己重新融为一体的那种渴望，在我看来，远比露西·纳尔逊或波特诺伊的让人心痛。那两个人物，在向往一个更社会化、更稳定的存在的同时，又以愤怒和野蛮为武器来捍卫自己的孤立。他们是两个极其固执的美国孩子，被封锁在与心爱的敌人原型进行的斗争里：精力旺盛的犹太男孩对抗统治厨房的克娄巴特拉母亲，严肃的异教徒女孩对抗典型美国小镇的巴克斯父亲。而美国凯普什可比这两位更具英雄气概：一个变成乳房的男人，这是我唯一能够刻画的英雄人物。

你写作《乳房》时遇到过什么困难吗？有任何避免踩到的坑吗？还是说故事或多或少是一气呵成的？

写这类小说的困难之一在于对读者的轻信作何要求：是请他接受发生在可辨认的世界中的荒诞情形（从而由这个出发点对想象的现实进行反应，关注相关情况），还是忽略信不信的问题，完全进入其他的想象领域——梦、幻觉、寓言、胡话、戏剧、文学自觉、施虐狂的世界，诸如此类。

卡夫卡在《变形记》里一开始就宣称，他的主人公所遭遇的灾难发生在一个有家庭、工作、上司、金钱和管家的真实可信、平淡无奇的世界中。如果你不接受这点，如果你像读果戈理的《狂人日记》那样读《变形记》，把萨姆沙想象成困在自己疯狂幻想里的某个人，那么你不太可能完全感受到卡夫卡小说的力量。十几个句子之后，卡夫卡直截了当地告诉你："这不是梦。"果戈理的《鼻子》则不同，他隔段时间就挑逗一下读者，拿柯瓦廖夫的不幸开开玩笑。小说的背景里始终有种搞笑、施虐式的想象不停地跳出来将一切引向闹剧和讽刺，故事的"真实性"因而始终处于悬而未决的状态。正如果戈理在结尾处说的，也许这不过是个荒诞故事，也许又不是。当然了，他不可能两者兼得，但对于一个不走寻常路的魔术师（乞乞科夫作为作家）来说，这再合适不过了。

我参考这些幻想杰作的目的是为了说明某些可能性，并不是主张自己有类似的成就或境界。在《乳房》中，我觉得我处理怪奇事物的方式是通过混合上述两种方法。我想让读者相信我幻想出的情况是发生在真实世界里的，同时又希望恐怖的"真实性"成为故事的问题之一。"这是真的吗，我该相信吗？"这是卡夫卡在他小说的第一页就定下来（或压下去）的问题，他声称变形"不是梦"，果戈理在这上面不顾及读者的感受、一味地恶作剧，这些问题都被凯普什自己吸收到了《乳房》里。对我的主人公（或者对我）来说，是否梦、幻想或者精神病人的妄想，这点非同小可，因而我不会挥一挥作家的魔杖就把问题变得不是问题了。

凯普什在故事中引用了《鼻子》和《变形记》，他的垂死挣扎部分是为了弄清楚发生在自己身上的事。我想，一个严肃认真的文学教授在遭遇自身的恐怖变形时想到果戈理和卡夫卡是顺理成章的；同时，与其让读者自己去猜测《鼻子》和《变形记》带给我的借鉴作用，不如直接在小说里表示清楚。事实上，《乳房》试图回应那些建立在心存怀疑的读者臆想基础上的反对和保留意见。它具有反驳或答辩而非幻觉或梦魇的设计。尤其是为了故事能达到最好效果，应该尽量直截了当把离奇的情况说清楚，这样对于自己不幸遭遇所带来的后果，主人公能和读者有差不多的认识。拒绝编造有关"深层含义"那样的大话，而是试图把问题——有关意义的问题——跟文学先例和恐怖的"真实性"一起融入故事里。

你说你想要直白的效果，但有一位评论家抱怨说"幻想在隐喻层面仍然相当隐晦"。

首先，一部小说在叙事层面清晰直白，在隐喻层面隐晦难懂，这不一定是件坏事。让我再以卡夫卡为例，《变形记》的力量不在于它的透明性。卡夫卡的写作策略（和他的过人之处）在于抗拒阐释，甚至是高阶阐释，但同时又吸引你去阐释。不论你从卡夫卡的故事里获得了任何智识层面的突破，这都不足以解释它的魅力；如果你把主要精力集中在解读"意义"上，那么你会错过他很多吸引人的地方。

我不是说艰深难懂本身是某种长处，说到底，一个作家容易骗自己相信他的高深之处恰恰在于他的难懂或隐晦。总之，问题不在于隐晦还是透明，而在于可用性。一个意象是否生动甚至有意义（如果你倾向于这么说的话），不在于我们能赋予它多少意义，而在于它所启发的整体想象的质量，在于它所给予作者挖掘自身执念和才华的自由度。一个小说家不是通过他"试图说"的东西来说服读者，而是通过他所传达的一种虚构的真实感，一种想象是如此无情、彻底，能把作者通过阅读、思考和"原始经验"吸收到的任何东西转换成专属于它的不可兑换的货币。

回到你前面说的那个评论家的抱怨：导致他受挫的东西跟杀死凯普什的东西非常像。要是我当初想到让凯普什说出"幻想在隐喻层面仍然相当隐晦"这句话就好了。那会是一个多么让人不可思议、不寒而栗的结尾啊！你那位评论家眼中的文学问题在我看来是一个引发凯普什进行大量反思的人类问题。试图解开"意义"的谜团其实就是在一定程度上参与到凯普什的挣扎之中，并且像他一样以失败告终。全美所有英语系的所有英语老师全部的聪明才智加起来也无法解救凯普什，无法帮他摆脱那个可怕的局面，甚至连任何文学阐释都徒劳无益。他的不幸中只有无情的教育，他最终学到的是，不管它是什么，它是真实的：他是一个乳房，他必须相应地行动。

而"相应地"意味着什么则是另外一个问题。凯普什在故事接近尾声时做着白日梦，想象自己变成了一个人的马戏团，或者说一个乳房的马戏团，那时他也提出了这个问题。他和格里高尔·萨姆沙不同，萨姆沙从小说的第一句话开始就接受了自己变形成一个甲壳虫的事实，凯普什却不停地挑战、质询、否认他的命运，即便在他确信自己变成了一个巨大的乳腺之后，他的头脑仍在积极地思考作为乳腺而存在的不同方式。

凯普什变成乳房后，一方面发现他对性有狂热的快感，另一方面他在精神上无比痛苦，被放逐、孤独的苦闷所折磨，我对他这两方面的感受之间的联系很感兴趣。你在这里建立的联系不是以更极端的方式概括了《波特诺伊的怨诉》核心的心理主题吗？

是的，但《乳房》的重点和含义都有所不同。从广义上讲，它是一种挣扎，为调节交战的（或者至少相互竞争的）冲动和欲望，为达成某种内心的平静或力量的平衡，或者也许只是为将各种对立维持在一个低破坏性的水准。这些对立存在于道德的、社会的渴望与对肉体及其享乐难以平复的纯粹的欲望之间，存在于节制的自我和贪婪的自我之间。当然，在这些虚构作品里，两者之间并非楚河汉界，或者完全对立。不管怎样，我想呈现的并非相互冲突的自我的图表，而是男人经历人类满足的复杂经济学的故事，他们在精神上、肉体上的渴望与他们要达到自己真实目的的欲望错综复杂地交织在一起。

尽管如此，我的这两部作品并不是就同一性欲主题的简单变奏。凯普什变形的荒诞让他在性方面的挣扎变得复杂，以至于把他和波特诺伊看成血亲，或者把他的麻烦仅仅看成性方面的麻烦，并没有真正的用处。波特诺伊尽管有自己的困惑和孤独，却对世界了如指掌（开一个受那本书启发的玩笑）。而凯普什是迷茫的，仿佛笛卡儿在《沉思》的开头说的那种迷茫："我肯定我是存在的，但我到底是什么？存在中什么是真实的？"与波特诺伊不同，凯普什没兴趣拿自己的痛苦娱乐别人，他也没有能力利用夸张的幽默来弥合他的外表和内心感受之间的差距。如果波特诺伊可以做到，那是因为他所面临的问题相对单一。

《乳房》中有没有对当下流行的性解放思想的间接批判？你在说到"满足的经济学"及其隐含的得失问题时，是否意在讽刺、批评目前备受重视的一种"自由的"性生活？与此相关的另一个问题是，你是否从一开始就准备批评或去浪漫化某些关于疯狂和异化的极端却日益流行的概念，尤其批评一种观点，认为疯狂和异化可以合理替代理智以及与平凡生活相处的和谐感？

我认为你不是在描述我的意图，而是更多地在描述一种观点，它可能激发了我去想象同时又被想象所吞噬，我愿意这么想。对我来说，继续写小说的一个动力是对"立场"日益增长的不信任，包括我自己的立场在内。这并不是说你坐下来写东西的时候，就把所有思想上的包袱都留在门外，也不是说在小说里你会发现你所想的和你告诉读者的其实背道而驰——如果确实如此的话，那说明你可能太糊涂了，是写不出什么好东西的。我想说的只是，我通常并不清楚自己在谈什么，只有在我停止谈论一件事——把它送到小说制造机锋利的刀口下，把它打磨成其他什么东西，不管它什么，反正不是什么"立场"，它能让我在完成以后说"好吧，尽管这其实也不是我要表达的意思，但已经比较接近了"——只有在这种时候，我才清楚自己在谈什么。

所以说，我在写作中无意批评除我自己以外其他任何人的观点。我不认为疯狂和异化是迷人的或令人羡慕的状态，精神错乱和疏离感不符合我对幸福生活的设想。你准确地识别出偏见，但盯住了一个根本不存在的争议问题。我明白你说的"去浪漫化"那些"时髦的概念"，但如果我的书真做到了这点的话，那也只是顺带而已。如果我有意写一部讽刺作品，哪怕是最温和的讽刺，那么我也会像教练那样，从指导席向读者发出一组完全不同的信号。

你是否想过《乳房》会引起女性运动支持者的敌意？据我所知，关于这本书，已经出现一些讨论的声音，不满主人公被塑造成这样一个认为女性只是为他带来性快感而存在的男人。你如何看待这样的解读？

我认为它不准确，不得要领。不论凯普什想的是什么，是女人、艺术、现实还是他父亲，都与他男人的身份无关，而与他不再是男人、与他的失去联结密切相关。用他的话说，在他变形之前，他曾是个"文学教授、情人、儿子、朋友、邻居、顾客、委托人以及公民"。他的变化把他的生活缩小到仅剩一件事：他的生理构造。

我会认为，女性读者，特别是那些受女性运动影响而变得敏感的女性读者，会对我的主人公和他的困境感到亲切。如果世上有一个人被变成了他本人和他人的"性对象"的话，那个人一定就是大卫·艾伦·凯普什了。从他发现自己变成了一个带着极端敏感的五英寸乳头的巨大乳房的那一刻起，他不就在和这种无所不包的性化趋势作斗争吗？这场斗争不单单局限于生存的形态及维度，而且同时在于为了成为某种"他者"，这些构成了本书的全部情节。

这当然是一个多义的斗争，它充满矛盾与迷惑，过程中有不同程度的智慧与成功。但凯普什在与自己柔软脂肪组织的抗争过程中所产生的困惑，可能最能引起女性的共鸣，尤其是那些爱思考生理上的自我与心理上的自我之间潜在关系的女性。

这本书一个令人吃惊的地方是它挽歌式的语调。大卫·凯普什为他的困境深深悲哀，就好像贝娄《抓住时机》中汤米·威尔姆为他的处境哀悼一样。考虑到你的书以一个如此奇异、吓人的灾难开场，读者可能更期待看到喜剧或者荒诞故事，而不是挽歌。你能解释一下为什么这么写吗？

我倒不觉得语调是挽歌式的。这是一个悲伤的故事，凯普什偶尔悲伤，但更准确地说，是有一个挽歌的音符试图让自己被听到，却被主导的理智语气所控制。而情绪上，与其说是哀伤的，不如说是沉思的——一种惊愕的平静中对恐惧记忆的心有余悸。康复者的心情。

这个故事可以更滑稽，更荒诞，或二者兼具。有很多精彩作品就能够运用那种既疯狂搞笑又令人毛骨悚然的幽默，堪称典范。《鼻子》里把对身体的残害当成绝妙玩笑来处理，而萨缪尔·贝克特在《莫洛伊》和《马龙之死》中，好像杰克·班尼①周日晚间节目里的吝啬鬼那样对待身体的腐烂。我喜欢那种类型的喜剧，而且不消说，一开始我就认识到男人变成乳房的想法可能令人毛骨悚然。

但我抗拒喜剧或者闹剧，很大程度上是因为，那些可能性都如此显而易见。既然在我开始之前，玩笑已经那么明显了，那么，也许最好反其道而行，不把整个故事当玩笑……另外，某种逆反情绪也促使我做出这样的决定，我想任何作家都可能有这种感觉，就是别人认为应该是他的"保留节目"的，他反而不情愿拿出来。

总之，在我看来，如果我要给出什么新的东西（就我自己的作品而言），最好的办法是将这种潜在的滑稽场面严肃对待。我认为故事里还是有很多滑稽的片段，但我可以接受。我不觉得因为要跟素材所引起的期待对着干，或者抗拒走老路，就要把自己变成威廉·欧内斯特②。

---

① Jack Benny（1894—1974），美国喜剧演员、制作人。
② William Ernest（1849—1903），维多利亚时代的英国诗人，代表作《不可征服》。

谈《伟大的美国小说》[①]

首先,《伟大的美国小说》与你之前的小说有多不同?

如果说《伟大的美国小说》是一部截然不同的作品,那是因为它的喜剧倾向——即便在我最阴郁的书和故事里也有呈现——被允许掌控我的想象力,并将想象力带到它想去的地方。尽管《我们这一帮》同样滑稽、明目张胆、粗鲁无比,但它的目标明确,有一个惩罚性的目的,限制了幽默的潜在范围。而在《波特诺伊的怨诉》里,尽管喜剧性也许是它最明显的特点,但悲伤、怀旧以及(就我所见)具有感召力的抒情调子中和了幽默,并将独白置于令人相当熟悉的文学和心理场景中;喜剧是人物综合和表达他对自己及自己困境的感受的手段。

《伟大的美国小说》里,讽刺的靶心被一个巨大的想象世界替代,这个想象世界和现实之间的联系比在《我们这一帮》里更松

---

① 这是一篇我对自己的采访。(1973)

散。除了在序言和尾声里，喜剧不像在《波特诺伊的怨诉》里那样，由一个自觉的叙述者开启再关闭或者不停地开启，利用幽默塑造你（和他）对他自己的认识。扩大聚焦，大体上将喜剧演员本身从舞台上转移，进而实现一种限制较少的喜剧创造。这样的喜剧不会因为贯穿其中的熟悉的人物而被削弱或减轻，这本书也没有试图通过标榜可取的社会或政治价值来为其肆无忌惮之处辩护。它所遵循的，是它自己的喜剧逻辑——如果闹剧、滑稽表演也有所谓的"逻辑"的话——而不是政治讽刺或独白的逻辑。

但是小说肯定有针对美国大众神话的讽刺，不管它多么形同儿戏。它的喜剧性也许并不像你想象的那样毫无论战的意图甚至可取的社会或政治价值。你为什么要那么想呢？

《伟大的美国小说》中的喜剧不为喜剧本身以外的任何所谓更高价值而存在，它的价值不在于社会、文化改革或道德教育，而在于喜剧创新。破坏性的，或者无法无天的，好玩的——为了好玩而好玩。

这其中包含一种艺术，将它与以施虐、胡诌和虚无为乐区分开来；然而，对施虐、胡诌和虚无有所感肯定会成就这样的喜剧（并让人享受其中）。我不想用"讽刺"一词来形容本书，因其暗示了为了更高目的而采用冷酷手段，这与我觉得自己正在做的事情不符。用"好色"来形容反而更贴切，因为它暗示了探索无政府状态和非社会化的纯粹乐趣。

从《波特诺伊的怨诉》起，我的作品所采取的方向可以部分归因于我对内在的非社会性与日俱增的反应和尊重。这并不是说我有兴趣为我们当中无政府—力比多主义者做宣传，相反，《波特诺伊的怨诉》——关注的是虚张声势的超我和野心勃勃的本我之间斗争那喜剧的一面——如今回过头看，似乎重新调整了那些作用在我想象力上的各种力量。

能否解释一下为什么你想像个坏小子一样出人头地——尽管是以一种乖孩子的方式？为什么以一种不亚于彬彬有礼的语气与礼仪争吵？为什么要在平衡的句子中固守力比多？为什么一个人的作品要被形容成"无所顾忌的""无法无天的"，而不是"负责任的""严肃的"和"人道的"？在你一九六三年发表于《评论》杂志的《书写犹太人》[①]一文中，在回应关于"自我仇恨"和"反犹主义"的指控时，你完全试图通过你的作品来佐证你的正义。现在看来，那是否一种防御性的混淆呢？

不，它表达了对受到指控的故事的核心关注；那时我的措辞，一种专注于良心、责任和正直的语言，它远非借来混淆问题，而是就在手边，那些年我一直在写的小说《放手》用的就是这种语言。

那时候，我还只有二十多岁，把小说想象成某种宗教召唤，

① 参见第216页。

把文学想象成一种圣礼，而这种对事物的认识日后有待改进。类似崇高的观念在自负的年轻作家中并不少见，就我的情况而言，它们和我作为犹太孩子所吸收的对道德追求的嗜好很好地吻合，也与五十年代救赎式的文学精神很好地吻合，我就是在那样的精神背景下被引入高雅艺术的，在那个年代，文化忠诚而非政治忠诚决定了你的划分，是属于被诅咒的军团，还是被赐福的骨干。我可能会成为一个糟糕的艺术家，或者根本成不了艺术家，但我已经宣称自己忠于艺术，特别是托尔斯泰、詹姆斯、福楼拜、托马斯·曼的艺术，他们艺术的魅力不仅表现在作品中，也表现在他们文学上的英雄主义和忠诚正直。因而我想象我已经把自己和那个（旁人和自己眼中）道德上不可接受的人隔绝开来。

选择这个职业——文学这个职业——我最不愿意看到的，就是自己被指责为无情无义、怀有报复心与恶意、背信弃义。但我入行后最早经历的大事之一就是遭遇这样的指责。在道义上，我有雄心壮志，也愿意精益求精（如果说那时心智尚未完全成熟的话），我被深深吸引并从事写作的文体，是据我所知对道义良知探究最深的文体。但结果是不少犹太人说我良知全无，而且态度跟纳粹所鼓吹的态度相近。那时候我认为，必须在公开场合和出版物上辩称自己并非他们所说的那样。我解释说，他们对我的形容毫无根据且与事实相悖，我坚称"道义"和"公正"就纹饰在指引我前进的旗帜上，而在前进的道路上，我不仅是作家，而且是犹太人。

现在我想——那时候没想到——和犹太评论家的冲突，在我写作事业的开始，其实给了我难能可贵的锻炼机会。一个原因是那冲突呼啸着将我从教室里拽出来，让我认识到读者不可能都是凯尼恩学院的新批评主义学者。有些读者会很在意你写的东西以致耿耿于怀——不过，阅读不正应如此么？我对他们如此解读我的作品感到气愤，但我从未因他们不读我的作品而抱怨；我从来没有被忽视的感觉。

另外，来自犹太评论家和读者的攻击以及我那些年经历的一些困难，都让我不无惊奇地开始明白，世界上对我和我作品的赞誉将不会是众口一词的，离家最近的地方可能也将是最难赢得赞美的地方。更重要的是，我最后发现，我严肃对待自己的方式和别人持有的"严肃"概念大相径庭。后来（可能比应该花的时间更长）我意识到自己和犹太对手间认知上的巨大差别——我们的不同意见很大程度是因我们厌烦和容忍的认识系统是对立的，特别是在对传统意义上的"低级趣味"的认知上。

简单地说，反对能让我学到东西，部分原因是我写作初期没怎么遭遇反对意见。但是，也不能说友好热情的读者群对于作家，就只能是没有积极作用的镇静剂或只能满足其虚荣的自我。欣赏作品的读者群最大的价值在于他们能够通过对于作家的集体认识（因此也是简单化的认识）而提供一种刺激，他们把作家放在文化强弱序列上的某个特定位置，从他的作品和（想象的）自我形象中选择性地获取互不相关的元素加以利用。和敌意的反对意见一样，亲善的刺激在激起作家内心的顽固、逃避或胆大妄为等情绪时会发挥它的效用，能化解任何怨念。作家的反应几乎总是过度的，超出了他工作的必要性（当然是按一般狭义的必要性来说），和关注他们的读者群之间的关系有时甚至会影响他们的行为，比如杰·戴·塞林格就是一个特殊的极端，诺曼·梅勒是另一个极端，不光影响他们作为作家的行为，还影响他们作为朋友、丈夫、公民、同事等的行为。

"名声，"里尔克曾写道，"不过是所有围绕刚刚崭露头角的名字的误解之总和。"梅勒主义和塞林格主义就是对那些误解高度自觉的有力回应：前者攻击误解的根源，向胆怯和守旧挑战（你觉得我坏吗？你根本不知道我有多坏！你觉得我是个恶汉吗？我可是个有礼的绅士呢！你觉得我是个绅士吗？我是个恶汉！诸如此类），如此有意为之，可以说是通过不知疲倦地公开进行自我实现来超越误解；后者的塞林格主义拒绝被任何形式的误解（和滥用）打扰，甚至在必要时不惜牺牲发表作品的机会。我怀疑对读者有些认识的美国严肃小说家都在梅勒主义和塞林格主义之间摇摆，每个人都处于这两个极端之间的弧线上的某个点（不用说，他也可能是错的），这个点跟他的气质相契合，于他的作品有滋养作用。

回到我一九六三年在《评论》上为自己所做的辩护。我举了福楼拜和艾玛·包法利夫人的例子，包法利夫人之所以令人难忘，是因为这个人物塑造得既栩栩如生又富有深度，并不是因为她一定代表了那个时代的法国中产阶级女性。接着我说，同样地，我小说中的人物并不是为了提供具有代表性的犹太人样本，尽管他们很可能代表了一部分犹太人。

现在我宁愿当初没有通过引用世界文学神坛上受人尊敬的艺术家来描述或者合理化我的意图，我真希望当时我引用的是汉尼·扬曼，一个活跃在夜间俱乐部的喜剧演员，他一边在罗克西舞台上疯狂地拉小提琴一边随口抱怨着说出的俏皮话，曾让十岁的我印象无比深刻。但正因为我受到的攻击都是关于我是否严肃、是否有分寸感、是否计较后果，我在文章中不敢再显得轻率。但文章却让我处境更糟。如果我当时在那种情况下勇敢点，承认尽管我的创作意图确实和高雅艺术相连，但我对低品位艺人及他们粗俗艺术的忠诚度不亚于我对高雅艺术家的，那样的话我至少可以为自己手头的工作提供更全面的描述和阐释，即便那会让反对我的人更加反感。

你真的认为自己是汉尼·扬曼的信徒？

我现在这么认为。我也是杰克蛇·H. 的信徒。他是一个中年脏话专家，也是一个街坊邻里各种桃色绯闻的宝库（而且很棒的是，他还是我一个朋友的父亲）。在我宁愿弹子机而不是父母陪伴的那几年，他是街角糖果店的老板。我哥哥有个朋友，也是他在海军的兄弟，叫阿诺德·G.，我也是他的信徒。阿诺德是一个无拘无束的犹太客厅小丑，他那些关于性方面受挫和困惑的下流故事，帮我在早期的青春期去除了一些有关感官世界的神话，去除了有关体面世界的神话。而汉尼·扬曼，他一边抱怨亲朋好友一边在小提琴（就是那种用来鞭策每个犹太小男孩成为举世闻名、温文尔雅、知书达理、受人尊敬的小提琴大师耶胡迪·梅纽因的小提琴）上制造搞笑的噪音，去除了我们对文化优越感的渴望的神话，或者说去除了经由文化实现优越感的神话。他通过自己所演绎的那些笨手笨脚的形象来表明，他的那些犹太观众更可能在家长里短的争吵和无休止的社交让步中，而不是在实实在在的舞台上度过他们的一生。

后来，我也成为一些文学教授和他们推崇的作品的信徒。例如，我在芝加哥大学的研究生院图书馆花整个下午读《鸽翼》，被詹姆斯语言上的圆滑机智和道义上的一丝不苟深深吸引，一如当年无数个下午和晚上在街角的糖果店"我的"摊位上，被粗鲁、大胆、低俗、咄咄逼人的小丑表现所吸引。现在想来，身为一名作家，我始终面临的一个问题，就是如何同时忠于两个完全对立的经验范畴——一个源自天性，一个源自后天训练；一个极端是攻击性、粗俗和淫秽的，另一个极端则是更含蓄以及在任何意义上都很精致的。不过，这个问题并非哪个美国作家所独有的，当然也不是当下这个时代所独见的。

早在一九三九年，菲利普·拉夫就写过一篇简短而精辟的文章，指出美国文学中"波士顿和康科德精简、严肃、半公文式的文化"与"边疆、大城市里的下层世界"之间的对立，并由此将美国作家划分为两个相反的阵营，一个叫"白脸"，一个叫"红皮"。根据他的划分，詹姆斯是白脸，托·斯·艾略特也是："白脸不断地追求宗教规范，倾向于与现实的精致疏离……他们中水平最高的那些在精致的道德氛围中游走，水平低的则故作文雅、自命不凡、迂腐不堪。"惠特曼和吐温以及他们之后的安德森、沃尔夫、法雷尔等，拉夫认为他们都是红皮，指出他们对事物的反应大都是情绪化的、自发的、缺乏个人教养的……在表达人民的活力和愿望时，红皮作家表现最佳；但表现最差的时候，他是粗俗的反智者，既好斗又从众，回归到一种最原始的边疆人的心理状态。"

战后美国的情况是，很多红皮——出生于棚屋或糖果店或红菜汤①地带——上了大学，进了英文系，那之前，英文系基本上是白脸的地盘。随之而来的是各种各样的文化背叛、转换、困惑、启蒙、混杂、寄生、变形和斗争。但在这里我要探讨的，不是英美文学研究对于我们这些来自半文盲、半同化的犹太城区的红皮来说，所具有的个人和社会意义，或者我们这些犹太人的存在对于那些研究学者的意义（写出来会是怎样一部小说啊）。我要探讨的重点是，二战后社会和阶级对人的限制快速减弱，不同群体间的文化交流增多，因而涌现出了这样一批作家，他们中的很多人现在四十多岁，虽然他们并非都和菲利普·拉夫意气相投，甚

---

① borscht，对美国俄裔犹太人的谑称。

至互相看不对眼，但他们都在一定程度上调和了拉夫所说的"杂乱不统一的美国创作状况"。然而，这种和解本质上是一种置身两个世界的局促不安，无法融入其中任何一个世界，尽管人们希望，对风格的不安，对那种尴尬者在公共场合可能不停表现出的滑稽姿态以及怪异的警惕，意味着不安会表达自己。简言之，红皮已经不再生活在纯真年代，而白脸也并非一百万年（更准确地说是从一七三三年之后）都变不成我所描述的"红脸"，至少从我自己的例子来看是如此。

依我看，我是个红脸作家这一事实能够解释我职业生涯中每一次自觉、刻意的突变，每一部作品都急剧偏离前一部，仿佛作者对自己的创作感到羞愧，倾向于尽量拉开自己和作品之间的距离。拉夫在他的文章中提醒我们，同时代的白脸詹姆斯和红皮惠特曼"互相之间只有轻蔑"。而红脸作家对于双方的轻蔑都怀有共鸣，并在自己作品里重新演绎这种冲突。凭良心说，他无法偏向冲突的任何一方，但不安的良心才是他文学感知力行动的媒介。因此他才需要不断地自我分析、自我辩解。

让我们回到杰克蛇。在《伟大的美国小说》中，你对他的忠诚明显比对亨利·詹姆斯的要强烈很多，是吗？

是的，这部书里有杰克蛇的影子，比在《放手》和《当她是好女人的时候》里更明显。我不是说，我现在后悔以前一直没有写《伟大的美国小说》那样的作品。正是因为我在之前一系列小说——《当她是好女人的时候》为其中之一——中尝试将道德权威、社会约束与规范的问题重重的本质戏剧化，我才找到了这种"肆无忌惮"的方法。虽然我当时并非有意为之，但现在看来，谁或什么东西应该影响和审判一个人的生活始终是我的大部分作品的关注点。应该从谁那里领受诫命？是帕蒂姆金一家，还是露西·纳尔逊或者滑头·E.迪克松？这些角色，正如我想象的那样，他们的生活细节截然不同，所处的虚构世界也不同，但每个人都声称自己是社区的合法道德良知，这很大程度上是作品探讨的焦点。在我看来，《再见，哥伦布》《当她是好女人的时候》《我们这一帮》里面讽刺、伤感、嘲弄、幽默或者严肃的程度，似乎取决于我对那些个人声明的信任度（及其危险性）。

《放手》《波特诺伊的怨诉》《乳房》中探讨的道德主权问题实际上是主人公会对自己发出何种诫命的问题。在这些作品中，怀疑是对内的，指向主人公模棱两可的个人需求和禁忌。甚至可以把这些主人公——盖博·瓦拉赫、亚历山大·波特诺伊及大卫·凯普什——当成一次炮弹投射的三个阶段，炮弹射向的是横亘在个体身份与经验之间的屏障，是横亘在克己复礼和古老质朴的恐惧以及恐惧之外道德和心理层面的未知领域之间的屏障。盖博·瓦拉赫撞到墙上，倒下了，波特诺伊在破碎的弹片中试图继续前进却被卡在了墙体，一半身体在墙内，一半在墙外。只剩下凯普什从血淋淋的洞口穿出来，进入另一端的无人之境。

总而言之，除非我将限制和禁忌的主体，在针对性越来越强的、体现以头撞墙会出现的后果的一系列小说中戏剧性地表现出来，否则我在杰克蛇导师，那个下流糖果店老板身上，看到的肆无忌惮的喜剧性，是不可能在小说中发挥到极致的。

书写棒球这个道德上"中立"的主题，而不是比如犹太人或性关系这样的主题，是否起到了宣扬无政府主义精神的作用？

可能吧。不过，在写这本书之前，我写过一个很长的短篇小说，叫做《在空中》。它讲述的是一个不入流的犹太剧院经理被迫经历了一系列奇怪的探险，部分充斥着暴力和色情，并与《伟大的美国小说》一样极具喜剧色彩。但那只是一个短篇，而且，大概正因为我觉得里面那些关于被伤害和被侮辱的幻想（既令人生厌又让人好笑）具有明显的"犹太特色"，因而无法得到进一步的发展。

我认为，之所以终于完成一部关于棒球的小说，一个原因是棒球恰好是我非常了解的少数主题之一。假如我对林业、音乐、铸铁或鹿特丹市同样熟悉的话，我相信我老早就会基于这些知识写小说了。我没有早点儿写棒球这个我这么喜欢的主题，是因为我一直觉得在严肃性和深刻性方面，棒球主题发挥有限。当然，在过去五十多年间，一些才华横溢的作家在这方面做得很好，特别是林·拉德纳、马克·哈里斯和伯纳德·马拉默德。尽管我钦佩他们的聪明才智（以及从艾萨克·罗森菲尔德、J.F. 鲍尔斯这样优秀的严肃作家的棒球故事所获得的乐趣），但对素材的势利偏见限制了我的想象力。

是什么让你改变了主意？

　　我的事业那时所达到的阶段，我在文学冲动中发展出的自信，加上我在那个打破一切神话的六十年代的个人经验。

　　这种自信，部分体现在一种更强烈的愿望，即故意、系统地表现乖张——不仅颠覆官方文学文化的"严肃"价值（毕竟，这种颠覆如果不是新的惯例，也是我们这个时代的标准产物），颠覆我自己在"严肃"写作上的可观投入（本篇自我采访就是例证）。[①]

　　我进行"不严肃"写作已经有一段时间了，比如《波特诺伊的怨诉》里《打飞机》一章，《我们这一帮》和《在空中》里多处，但仍未像我现在所渴望的那样"不严肃"到底。奇怪的是，或许也不那么奇怪，我给自己定了一个目标，成为某些犹太评论家说我一直就是的那种作家：不负责任、良知全无、毫不严肃的作家。啊，但愿他们知道他们的批评意味着什么，以及这样的成就所代表的个人胜利！梅尔维尔写完《白鲸》后给霍桑的一封信中，有一句话深深吸引了我，我把它和其他给予我灵感的东西都订在我的布告板上。他说："我写了本邪恶的书，却感觉像羔羊般纯洁。"现在我知道，无论我多么努力，我都无法真正希望自己是

[①] 本书也是例证。

"邪恶的";可如果我长期努力地工作,我可以是不严肃的。在我看来,还有什么比写一部关于体育的小说更不严肃的事呢?

如果说乖张、逆反以及我对非严肃的追求帮助削弱了我对棒球主题的势利态度,那么我们刚刚经历的十年则为我提供了把握这个主题的抓手。关于这点,我并非一开始就明白或者最后才明白,而是现在懂得了。我会就此解释一番。

上文中,我把六十年代描绘成打破神话的年代。我的意思是,很多先前在我短暂的人生中被认为是可耻的、令人作呕的东西,不论讨厌与否,都强加给了美国大众;很多无可挑剔的东西被认为是渎神的,变成了受攻击的对象;很多原先被认为本质上是坚不可摧、密不透风的美国的东西,一夜之间被推翻。这些对制度造成的震动是巨大的,对我们这一代年轻人的震动也不小。我们可能是美国历史上受到最多政治宣传的一代,我们的童年被二战主导,中学、大学时代是冷战最糟糕的时候——柏林、朝鲜半岛、约·麦卡锡。我们也是承受大众传媒和广告业狂轰滥炸的第一代人。当然,我们并不比其他时代的年轻人更轻信,只是我们要吞下去的东西太多,它们被以最巧妙的方式强喂给我们,这种方式被设计用来替代直接的肉体折磨。在大学里以"沉默"著称的那一代人,实际上被套上了约束衣,他们惨遭某种虔诚、空想和价值观的束缚,这些东西若放在今天,恐怕只有像滑头·尼克松那样真正的怪人才会谈论。

即便是我,作为那一代人中持不同意见、高度怀疑一切的一员，也不比那些套了约束衣的人更有准备去接受后奥斯瓦尔德美国的冲击和巨变。我看那十年中第一个打破神话的事件，就是李·哈维·奥斯瓦尔德去除了约翰·菲·肯尼迪的神话光环。而肯尼迪的神话自最后一枪打响那一刻就开始了，而一旦这个人们口中的"卡米洛王朝"的总统被宣布死亡，关于领袖气质和坚不可摧也是脆弱的和必死的就已经不言自明了。鲍比·肯尼迪的神话留给了西尔汗·西尔汗去打破。更微不足道的人物，比如杰姬和泰迪·肯尼迪，则要靠自己去破除自己的神话，他们一个与希腊航运巨子奥纳西斯结合，另一个与玛丽·乔·科佩克尼之死牵连，假以时日，其关涉魅力、权力和正义的传奇将被彻底颠覆。

所有这一切都很令人迷惑、惊奇，但并没有深刻到考验或改变人与国家间纽带的地步，是越南考验和改变了我们和国家的关系。我在二战的宣传中被培养成一个爱国的孩子，我与这个国家的情感联系，很大程度上建立在那种战时美国的神话（以及现实）的基础之上，这让我跟这个战时美国在精神上的联系更接近林登·约翰逊的而不是杰里·鲁宾的。我后来鄙视约翰逊并不代表我丝毫不曾受他观念的影响，他诚挚地认为他领导的美国是不可能站在错误立场上的，即使所有事情都似乎表明美国错了。事实上，那个二战时的美国在大喊，不对，不对——"林登，承认吧，事实不是这样的。"相反，他上了电视，声称事实就是如此，而他能够公开作如此宣称的唯一真实途径，就是从丑陋糟糕的混乱局面中抽身，自己洗手不干。林登·贝恩斯·约翰逊是那个时代伟大的神话破坏者中的最后一位，在他之后，废话艺术家再度登场。

以上都是背景，现在进入正题：六十年代人们对高高在上的美国制度和美国信仰发出激烈、疯狂甚至病态的攻击，更重要的是，出现了一种反历史或者反神话，它挑战了这个国家由艾森豪威尔将军（我们最伟大的二战英雄）十年前开启（目前依然由他负责）的对自己的神话崇拜。正是这些社会现象为我提供了掌握棒球的抓手，让我在所有事物中选择了棒球，并将其置于小说的中心。这并非要打破棒球的神话——没什么好让人激动的——而是在棒球中发现一个可以将冲突戏剧化的途径。这里冲突的双方，一方是大国倾向于一直延续下去的良性的民族神话，另一方是始终潜伏着的恶魔般的现实（我们在六十年代见识过的），它绝不会为了理想化的神话而妥协。

如果我承认在作品中能找到反复回响的主题、深度、暗示及意义，那就仿佛跟我说过的、从根本上做到毫不严肃的意图自相矛盾了；事实也确实如此。正是从这个矛盾中，或者说，通过尝试将这些矛盾的冲动维持在势均力敌的状态下，这部作品才逐渐成形。维持这种对立不仅仅是一种制造文学能量的机械的手段，它要求你像忠于自己的信仰那样去忠于自己的怀疑和不确定，对想象力创造出的"真相"及可能提供灵感和范本的现实保持同样的怀疑。一场全面的闹剧很少只面向外部，它也一定会向自己开刀；它的创新性很大一部分在于质疑自己，将质疑作为一份或讽刺或人道或其他性质的声明。从这个意义上说，体裁就是信息，而信息是不可知的:"我告诉你(告诉你,告诉你),我不知道。"

我的一个早期读者,赞美这部作品时说:"这是美国真实的样子。"可假如他说"这是在美国写出的闹剧的真实的样子",我也许会更高兴。那才是赞美。我并不主张我知道美国"真实的样子"。"不知道"或"不再确切知道",是让很多工作和生活在这里、把这里当家的人现今的困惑之一。正因为此,我才设计幻想家沃德·史密斯,那个自称"史密提"的叙述者,作为(传说中的)《伟大的美国小说》的作者。他所描述的是美国对像他那样的人来说是什么样子的。

我这么说,不是为了否认这部小说,或者出于自卫假装它是个骗局。我试图欺骗谁呢?为什么欺骗呢?我之所以说书是史密提写的,意图之一就是质疑小说的"真实性",去嘲弄任何表示写该书是为了提供某种答案的声音。不过,这样做不是要败坏它,而是为了从"美国到底是什么样子"的问题转向由一个如此棘手和困难的问题所激发出的一种幻想(或历史的改写)。我不想争辩说史密提的梦是我们生活的真正梦想,他的妄想如同一个楔子楔进神秘的美国现实。但我想说,他的幻想和那个在战争时期折磨着国民想象的幻想(充斥着打破一切神话的混乱、动荡和暗杀)大同小异。

我最后把故事设定为"非美国活动调查委员会"对共产主义活动的调查,这样也能给史密提一个喘息的机会。尽管他听起来像在一个美国的乌有之乡,讲述着一个虚构的"爱国者棒球联盟"

里虚构的鲁珀特·蒙迪们被毁灭的故事，但他那个版本的历史源于我们都能认出的发生过的事件，那些事件和史密提显然是凭空捏造的"真实"的美国历史，在离奇、滑稽的层面上旗鼓相当。在书的最后，我试图建立一种通道，从看起来像真实的虚构过渡到看起来像虚构的真实，或者一个连续体，从看似可信的不可信到看似不可信的可信，循环往复。我想，这就像我们当中很多精神错乱的同胞每天早上必须从事的活动一样，一边读报，一边为他们预言性的独特妄想而眩晕。毫无疑问，美国的确是机遇之地，而如今，就连白痴都在享有平等机会。

所以，总而言之，我认为史密提把自己与梅尔维尔和霍桑相提并论，称他们为"我的前身，我的族人"是有道理的。他们过去也在追寻某种包罗万象的小说或传奇，通过某种隐晦、紧张、神秘的方式，构成有关国家疾病的"真相"。史密提的作品，正如这些杰出先辈的作品一样，企图想象有关病中美国的神话；而我的作品，在一定程度上，则是去想象一部关于想象美国神话的作品。

谈《我作为男人的一生》^①

在《我作为男人的一生》中，和在你的其他作品一样，角色和他的心理医生之间的关系举足轻重。这种关系为什么反复出现在你的作品中？你为什么对它特别感兴趣，它在你的创作中起到了什么样的作用？

我想你指的是以下四部作品：《放手》，年轻疯狂的丽比·赫茨对丈夫的日益疏离和忧郁感到绝望，在芝加哥和心理医生度过了倒霉的一个钟头；《波特诺伊的怨诉》，它是一个欲望缠身、深陷母子关系的年轻犹太光棍对心理医生的独白；《乳房》，里面的大卫·凯普什是一个聪明的文学教授，却一夜之间变成了一只硕大的女性乳房，每天就他的新情况和心理医生探讨辩论；《我作为男人的一生》，里面的彼得·塔诺波尔是一个困惑的作家和受辱的丈夫，在状况频出的婚姻瓦解以后精神崩溃，在努力弄清所发生

———————
① 采访者为玛莎·萨克斯通。（1974）

的一切的漫长过程中，与他的心理医生就观点（以及价值观和语言）的根本性差异进行斗争，这场斗争最终摧毁了他们之间真挚而抚慰心灵的友谊。

所有这些处于痛苦和困境中的角色都求助于医生，因为他们相信心理分析可以帮助他们避免完全崩溃。至于他们为什么如此相信，鉴于篇幅有限，我在此就不做赘述，在小说中我也未作太多考虑。我主要感兴趣的是，不快乐的人在何种程度上觉得自己"生病了"，或者情愿把自己看作"患者"，以及他们每个人怎么看待指定的治疗。从一本书到另一本书，患者和医生之间的关系大有不同，就好像 J.F. 鲍尔斯故事里的天主教徒和他们的牧师之间的关系那样。

在《我作为男人的一生》之前，我作品中的心理医生没有一个可以作为小说传统意义上的具体形象。《波特诺伊的怨诉》中的斯皮尔福格医生，不过是波特诺伊向他重演自己的生活场景和闹剧的对象，像忏悔室里小心翼翼藏着的牧师（或者脚灯照不到的黑暗里的观众），一直保持沉默，直到唠唠叨叨的忏悔者／表演者为寻求赎罪／掌声贡献出最后一点让人害臊的细节（或表演）。不仅如此，这个虚构的斯皮尔福格医生听到的是一个高度风格化的独白，我猜想，这和真正的精神病理学家日常所听到的告白，在大意和语调上的相似度，就跟一首爱情十四行诗和恋人们在汽车旅馆或电话里的耳语，在押韵上的相似度差不多吧。

写《波特诺伊的怨诉》时，我在寻找一种策略，让我能将私密的羞于启齿的性细节和粗鲁的施虐式的性语言带入小说，这些在很大程度上与我的前三本书无关。就像人很快就不会——如果他还有些分寸感的话——用牛奶纸盒装伏特加一样，我想要寻找的，是一个合适的容器来盛放我准备分发的那些不太可口的东西。那时候我觉得，心理分析这个主意是我找到的容器，我可以借它来冲破好品位和谨慎的屏障，这才是目前任务的核心。至于《波特诺伊的怨诉》，我并没有打算写一部"关于"心理分析的作品，而是利用这种默认的病人—心理医生惯例，以获取我先前无法接近的素材，那些素材，若放在另一个虚构的环境里，会让我觉得它们是色情的、暴露的，除了淫秽之外别无其他。

　《乳房》中出现了另一个心理医生，这次他或多或少代表了一种合乎常识的开明的声音。克林格医生偏爱破除心理分析疗法神话的语调和词汇。困难在于，他所面对的折磨——凯普什变成了人形大小的乳腺——无限神秘又极其可怖。不过，对于病人来说，什么折磨不是如此呢？另一方面，干克林格这一行的每天要听半打的病人诉苦，这些人就算不把自己当成乳房，也几乎坚信自己就是睾丸、阴道、腹部、脑子、屁股、鼻子，或者左脚、大拇指、心脏、眼睛，或者你有的一切。"我是个阴茎！她是个阴道！我的同伴是个屁眼！"医生确实会碰到很多这样的病人，但在一个你不得不用另一个名字称呼自己（甚至可能希望别人也用它称呼你）的了不起的世界中，你该怎么办呢？

　克林格医生胜利了。在听从了医生对事物日常的、反世界末日、反神话化的看法（医生胆敢对那个超现实的性器说："得了吧，凯普什先生！"）之后，大卫·凯普什不光能维系脆弱的理智（对于这位前文学教授来说只是一半的理智），也能保持少许的道德尊严。

《我作为男人的一生》里出现的斯皮尔福格医生在他的患者那里就没那么好运了，患者（这里是彼得·塔诺波尔）在医生那里也一样。直到最后，双方都没有就对方的现实感形成共识或互相妥协，但这并不是因为斯皮尔福格是一个傻子和暴君，他既不是从患者童话里走出来的全知分析师，也不是从反弗洛伊德民间故事里走出来的又蠢又坏的大白痴；也不是因为塔诺波尔对医生和他的方法缺少共鸣。如果塔诺波尔拒绝像斯皮尔福格看待他那样看待自己，那么部分是因为塔诺波尔无论何时都无法像塔诺波尔看待塔诺波尔那样看待自己。患者塔诺波尔最终拒绝了斯皮尔福格版本的自己和自己的世界，认为它们全是虚构；但是，作为一个将自己和自己的个人生活当作小说主题的小说家，他同样拒绝认为，他自己的小说只是虚构。

波特诺伊如何看待他自己并不是他那本书的主要问题（至少直到医生在结尾处说出他那唯一一句台词之前都是如此）。波特诺伊很清楚如何表现自己——他的怨诉绝大部分是他对自己、自己的过去、自己可笑的命运被如此定格的认知。在《乳房》里，凯普什必须通过接受教育才能理解自己的身份，这在很大程度上违背了他带有逆反色彩的意愿，所以直到最后他才向医生所说的、他之前认为荒诞不经的话妥协，他接受了关于他的变形的荒诞描述，也接受了对应的解决方案，即同样荒诞的"忍受它"。但是，对于塔诺波尔来说，表现和描述自己才是最困难的，而且他也一直未找到相应的解决方案。我想，塔诺波尔试图寻找合适的语言来实现自我，正如更早些时候试图通过合适的行为去实现自我，这才是全书的核心，也是我在他的自传中加入了他虚构自己生活这一内容的原因所在。我希望，在大家对小说进行整体思考的时候，可以把它理解成塔诺波尔为实现自我描述而进行的一场奋斗。

八本书之后 [1]

你的第一本书《再见吧，哥伦布》于一九六〇年赢得了美国文学界最负盛名的奖项——国家图书奖，当时你只有二十七岁。几年后，你的第四本书《波特诺伊的怨诉》在获得评论界和读者高度认可的同时，也给你带来了恶名，这一定改变了你的个人生活吧，改变了你对自己作为一个有很大公众"影响力"作家的认识。你是否认为你的声望加深了你对生活的阅历感、反讽性与深刻性的认识？抑或因为声望而明白更多事情？抑或忍受来自其他人的怪异投射有时已经超出了你的承受范围？

　　我的声望——与对我作品的赞誉相反——是我设法敬而远之的东西。当然，我知道它就在那里——肇始于《波特诺伊的怨诉》，掺杂着因其"自白式"叙事策略所引起的种种幻想，同时也源于它在市场上获得的成功，仅此而已，因为我除了出版作品外，

---

① 这里的采访人是乔伊斯·卡罗尔·欧茨。（1974）

实际上根本没有什么公共生活可言。我不觉得这是一种牺牲，因为我从来不想过那样的生活。我也没过那种生活的性子——这部分解释了为什么我从事小说创作（而不是表演行业，我读大学时曾一度对表演感兴趣），也解释了为什么一个人关在一间屋子里写作几乎就是我生活的全部。我享受独处，就像我认识的一些人享受聚会一样。它给了我极大的个人自由，也能让我切实地感受到自己的存在——当然，它也为我提供了安静和休憩的空间来开动想象力，以便完成工作。成为陌生人幻想的对象不会带给我任何乐趣，而那恰恰是你所说的声望所包含的吧。

为了独处（还有鸟儿和树木），我过去五年间大都住在乡下，眼下每年有大半年时间住在离纽约一百英里以外树木环绕的郊外。我有六到八位朋友，他们的家都在我房子周边二十英里的范围内，每个月我都会跟他们小聚几次。其他时间，我白天写作，黄昏散步，夜晚阅读。我一生中几乎所有的公共生活都是在课堂上度过的——我每年有一个学期教学的工作。虽然现在我可以靠写作为生，但自从一九五六年做全职教师以来，我或多或少都要从事一点儿教学工作。近年来，我的声望已经伴随我走进了课堂，但一般来说，过不了几星期，学生们就会发现，我既没有暴露癖，也没有支起摊子向他们兜售我的新书，他们起初可能有的担心和误解就会褪去，我也就能回归一名普通文学老师，而非一个名人。

"忍受来自其他人的怪异投射"当然不仅仅是成名小说家才需要面对的。反抗那些怪异的投射还是向它们屈服，在我看来，是美国日常生活的核心所在，尤其在日益要求获得可感性和确定性的情况下。每个人都要在言行上去模仿大众媒体和广告无情投射在他们身上的最拙劣的简化版自己，同时，他们还必须和来自亲朋好友的期望相抗争。实际上，这些日常人际交往中产生的"怪异投射"是我在《我作为男人的一生》中一个关注点——这本小说也可以叫《不要随心所欲地处置我》。

既然你已算是享有很高知名度（我不想去用"成功"那个不讨人喜欢的词），有没有不太知名的作家想利用你、操纵你去为他们的作品摇旗呐喊？你有没有觉得遭到过特别不公正或不准确的评论？我也想知道，相对于初入文坛的你，现在的你是否更感到自己有了一个圈子？

不，我没这么觉得，也从未受"操纵"去为不太知名的作家摇旗呐喊。我不喜欢去为了广告和推广的目的而做的"推荐"——不是因为我缺乏热情，而是因为我无法用十五或二十个词汇来描述我认为特殊或者值得关注的作品。如果特别喜欢所读的作品，我会直接给作者写信。有时候，当我发现我被某个作家某部作品中的某个方面深深吸引，同时感觉这个方面可能被忽视，我就会给作品精装本的出版商写较长的文字来表示对该作家的支持。出版商总是承诺会使用全部荐语，然而到最后——因为我们生活在这样一个堕落的世界里——最开始由七十五个词汇构成的学术赏析被缩减成平装本封面上一声廉价的吆喝。

自从"享有很高知名度"以来，我曾为五位作家写过一些文字：爱德华·霍格兰（《来自上世纪的笺注》）、桑德拉·霍赫曼（《辞退书》）、艾莉森·卢瑞（《泰特家的战争》）、托马斯·罗杰斯（《追寻幸福》和《世纪之子的告白》）以及理查德·斯特恩（《一九六八》和《其他人的女儿》）。一九七二年，《时尚先生》杂志为筹划中的一期特写做准备，邀请四位"老作家"（他们这样称呼我们），艾萨克·巴什维斯·辛格、莱斯利·菲德勒、马克·肖勒和我，要求每人就一位我们各自欣赏的三十五岁以下的作家写篇简评。辛格写的是巴顿·米德伍德，菲德勒写的是比尔·赫顿，肖勒写的是朱迪思·拉斯科，我则选了艾伦·勒丘克来写。[①]我们俩都曾在雅斗艺术家中心呆过很长一段时间，我就是在那儿认识他的，后来读过他的小说《美国式恶作剧》的手稿，很是欣赏。我限定自己只对这本书做描述性的介绍和细读分析，几乎不包含什么溢美之词，但还是在秘密警察中间引发了恐慌情绪。一位知名报纸评论员就在他的专栏里写道，"一个人只有深入纽约文学圈错综复杂的世仇和争论中"，才能明白我为什么写那篇一千五百字的文章，最后他把我形容成一个"吹捧型作家"。他大概没想过，正是出于对新锐小说家的喜爱，我才和辛格、肖勒、菲德勒一道，接受《时尚先生》的邀请来谈论他的作品。如此评价也太不明就里了吧。

---

① 原文参见本书第 260 页。

近年来，我常碰到来自"小众文学"记者（狄更斯称他们为"文学的虱子"）——他们将恶意的猜测和幼稚的天真观念混合、包装成所谓的"内幕"——而非职业作家（无论年轻的还是已经成名的）的"操纵"。实际上，我自研究生毕业以来，从没像现在这样意识到：真诚的文学交往是我生活中富有价值又必不可少的一部分。和我欣赏的作家以及我感到心灵相通的作家交流正是我摆脱孤立的方式，给了我某种社群归属感。好像不论在哪里教学或生活，我总能有一位可以交流的作家朋友。这些我在各地——芝加哥、罗马、伦敦、艾奥瓦、雅斗、纽约、费城——遇到的小说家，基本上我现在还跟他们保持着联络。我们交换作品定稿、分享新观点、互相倾听，如果可能，我每年拜访他们一两次。迄今为止，我们中那些一直保持友谊的人，虽然已不再认同其他作家的创作方向，但既然我们对彼此的正直和善念都没有失去信心，这种不认同的态度也就没有主流优越性或学术上屈尊俯就（或者理论性的长篇大论、竞争性的沾沾自喜以及无情的打压），而这些有时会出现在专业人士为阅读受众所写的评论里面。小说家是我接触过的最有趣的读者群体。

弗吉尼亚·伍尔夫在一篇尖锐、优美又愤怒的短文《论书评写作》里建议道，应该取消针对书籍的媒体报道（因为百分之九十五的此类报道都毫无价值可言），那些从事评论的严肃批评家应该努力让自己受雇于小说家，因为小说家通常极其迫切地想知道诚实而又睿智的读者是如何看待他们的作品的。为了酬劳，批评家——可以称之为"顾问、评注者或阐释者"——将在私下较为正式地和作家会面"一个小时"。弗吉尼亚·伍尔夫这样写道："他们会就被讨论的作品发表意见……顾问将开诚布公地表达看法，因为影响销售和伤害感情的担心已被移除。私下讨论也能降低出风头或进行报复的诱惑……他能把注意力集中在作品本身，告诉作者他为什么喜欢或不喜欢这部作品。作者本人也能从中获益……他可以陈述他的立场，指出他遇到的困难。他将再也不会像现在这样常感批评家在谈论他没有写过的东西……和他自己选择的批评家私下畅谈一个小时，将会比充斥着作者本意之外的五百字评论更有价值。"

很好的想法。在我看来，能和埃德蒙·威尔逊坐上一个钟头，听他评论我的作品，这绝对值一百块。如果弗吉尼亚·伍尔夫愿意对我的《波特诺伊的怨诉》做出评价，我将满足她提出的任何要求，前提是她的要求不高于得到中国所有的茶叶。没人会拒绝服药，如果这药方是真正的医生开出的。这种体系的好处之一还在于，既然没人会轻易浪费辛苦挣来的钱，大多数江湖骗子和能力不够的人就会被淘汰出局。

至于"批评界特别不公正的对待"——当然彼时我气血上涌、怒火中烧，感到被深深伤害、耐心耗尽，但最后，我主要是跟自己生气，因为我居然放任自己去气血上涌、怒火中烧，去被伤害、被逼到耐心全无。当"特别不公正的对待"已经和让人无法忽视的指控联系在一起时——比如指责我是"反犹主义"——我便不能独自生闷气，而是公开回应了那些批评。其他时候，我生气，然后忘掉它；坚持让自己遗忘，直到-——那可是奇迹中的奇迹——我确实把它忘掉。

最后：到底谁能得到"批评界的关注"呢？为什么用这样一个短语来抬高谈论小说创作的文字的价值呢？依我看，一个作家得到的只是埃德蒙·威尔逊所说的，"那些碰巧和（作家的）作品有过接触的不同智力水平的人观点的集合"而已。

埃德蒙·威尔逊的话从理想意义上看是对的，但很多作家还是会为他们受到的"批评界的关注"所影响。《再见，哥伦布》脱颖而出并受到高度赞扬的事实，必然在一定程度上鼓励了你，而那些批评家也必然将大批读者引向了你。我从一九五九年开始读你的作品，立马就被你的写作手法所打动，你毫不费力（或许应该说是看上去毫不费力）地把口语化、喜剧性、近乎悲剧的、极端道德化的内容整合在一个具有极高可读性的框架内，给我的感觉是，故事是传统的故事，但同时又极具革命性。我想到了《犹太人的改宗》《狂热者艾利》以及中篇小说《再见，哥伦布》。

你作品中一个比较突出的主题似乎是主人公认识到他生活中的缺失，并为此而感到遗憾，最后又反讽地"接受"了这种缺失（仿佛不论多么痛苦，它都已经成为作品主人公的宿命而无法逃避）。比如《再见，哥伦布》里的年轻女孩和《我作为男人的一生》里她的另一个自我，两个人最后都遭到拒绝。但这种缺失可能也包含了更广泛的情感和心理暗示吧，即美丽而过于年轻的女性显示出了超越个体的特征。

1. 你准确地看到了一个旧作中的人物以新的化身回归。《再见，哥伦布》的女主人公，既然她是作为一个小说人物存在或是"代表"了主人公的另一种归宿，在《我作为男人的一生》中被重构（重新评估？），变身为塔诺波尔的迪娜·多恩布施，"富有、漂亮、受到爱护、聪明、性感、友爱、年轻、精力充沛、机灵、自信、野心勃勃的"莎拉·劳伦斯型女孩，却被塔诺波尔抛弃，因为她不是这个文学青年浪漫的抱负所认可的那种"女人"——像莫琳那样久经世故、独立自主、性情多变、争强好斗且难以驾驭。

此外，迪娜·多恩布施（作为一个次要人物）被塔诺波尔重构、重新评估，出现在他自传式叙事（有益的虚构）前的两篇故事里。首先是《青春年少》里那个放荡、幼稚、驯顺又善良的郊区犹太女孩，在她家乒乓球桌下与塔诺波尔交欢。然后，在《情场失意》中，她又作为一个富有魅力、精明、在学业上有很大抱负的大四学生，在祖克曼教授断了和她的恋爱关系——去找他喜欢的"受伤的"女人——之后告诉他，他在光鲜"成熟"的外表下其实就是个"疯狂的小男孩"。

这两个人物都叫莎伦·莎茨基，她们跟迪娜·多恩布施的关系就像虚构故事中的人物相对于未被书写的世界里的原型一样。这些莎伦其实就是迪娜在塔诺波尔个人神话中所扮演的角色，但前提是她已经被塔诺波尔从他自己的生活中放逐。这个神话，这个自我的传说（常常被读者误认为含蓄自传的有益虚构），其实就如同建筑师对基于手头现实材料建造出来的——或将要建造出来的——东西的某种理想化绘图。这样一来，塔诺波尔式的虚构就成了塔诺波尔对他自己命运的体认。

或者，就我所知，这个过程是反过来的，旨在揭示个体命运隐秘运行方式的个人神话，使得记述个人历史的文本难以卒读，因而让人困惑不已——这样，作者只好把故事再讲一遍，仔仔细细将已抹去的部分重新建构，只是，他书写的底板也许并不是一张可以刮净、重写的羊皮纸。

有时候，我觉得只有小说家和疯子才会如此对待只有一次的人生——让透明的变得模糊，模糊的透明，晦涩的明晰，明晰的晦涩，等等。德尔莫尔·施瓦茨在诗作《创世记》中写道："'为什么我必须讲这歇斯底里的故事 / 必须被迫说出这些秘密？ /…… 如果不能反抗，我的自由在哪里？ / 这么多话脱口而出……？ / 此情此景我还得忍受多久 / 关于我幸免于难、身处其中的生活：为什么？'"

2. "……缺失，并对此感到遗憾，最后又反讽地'接受'了这种缺失。"你提出了一个我以前没有思考过的主题——所以这里我想多说几句。塔诺波尔当然因为自己的过错而气得暴跳如雷，但正是这气愤的反应（以及随之而来的尖叫）让他看到他的过错是由他自己性格决定的，是典型的塔诺波尔式的。他就是他的过错，他的过错就是他。"这个我就是我，就是我自己，而不是别的什么人！"《我作为男人的一生》的最后一句话旨在点明一种对自我及其历史的态度，它比"反讽地'接受'"所暗示的态度更为严苛。

在我看来，恰恰是贝娄在他最后两部充满痛苦的作品中，回应了"缺失，并为此感到遗憾，但……反讽地'接受'了这种缺失"的主题。这在贝娄早期的作品中也曾出现过（我认为并非很令人信服），尤其是在《抓住时机》的结尾处——我一直认为结局不够自然，他突然大段地使用《瓮葬》式行文，感伤地提升汤米·威尔姆的悲惨处境。我比较偏爱《离开黄房子》的结尾，欣赏它对缺失那种动人而又反讽的拒斥——无需"海涛般的音乐"来帮助人们体会最本初的情感。如果说《我作为男人的一生》结尾处（或者讲述过程中）真的存在对某事物不无讽刺的接受的话，那就是决绝的自我。令人愤怒的挫败感，对禁锢人性的深恶痛绝，深深地融入那反讽的接受里，接下来就只剩一个感叹号了。

我总是被《审判》近结尾处的一个段落所吸引。在那一章里，K. 站在教堂里，仰望牧师，突然间充满了希望——那段内容和我这里所说的相关，特别是和"决绝"这个词相关。这里的"决绝"包含两层意思：既是说他是努力、决绝和目标明确的——但又被彻底固定在一个位置上。"要是他走下讲坛来，K. 要跟它取得一致，不是没有可能的，而且也不会没有可能从他那里得到决定性的、可以接受的主意，比如说，不是要让他指出怎么样去操纵案子的进展，而是要知道有什么办法可以从这案子中解脱出来，可以回避它，可以置身其外，无牵无挂地生活。这种可能肯定是存在的，K.近来常常这样想。"[1]

如今谁不这么想呢？一旦讲坛上的人变成了自己，反讽便登场。只要人能够从讲坛上下来，他很可能获得一个决定性的、可以接受的主意。当法庭实为某个人的发明创造时，怎么才能设计出一个完全不受法庭制约的生活方式呢？我想指出的是，伴随那场抗争而来的对缺失反讽式的接受才是《我作为男人的一生》的一个主题。

不知是你还是某个试图模仿你的人，曾经写过一个男孩变女孩的故事？那故事对你来说是怎样一种噩梦般的可能性？（我指的不是《乳房》：它对我而言是一部文学作品，而非什么真实的心灵之旅，与你的其他作品不一样。）你能否——你是否可以——通过发挥你的想象力或挖掘你的潜意识来理解作为女人的一生？——作为写作者的女人的一生？我知道这只是一种猜测，但如果你能选择，你是想作为男人还是作为女人（当然你也可以选择其他）度过一生呢？

答案：二者皆可。就像《奥兰多》里的主人公那样雌雄同体。即按照顺序转换（如果可以按照你的安排来的话），而非同时并

① 见《卡夫卡小说全集》（Ⅰ）（韩瑞祥等译，人民文学出版社，2003）。

存。如果我不能平衡两种生活之间的差别，那么，那种生活就不会跟现在的有很大差别。在做了一辈子犹太人之后突然不做了，这不也是挺有意思的事嘛。阿瑟·米勒曾在《焦点》中想象过相反的"噩梦般的可能性"，一个反犹主义者被全世界看成他所仇恨的犹太人。不过，我不是在谈错置的身份或者肤浅的改宗，而是魔法般地完全变为他者，同时保留对原初自我的身份意识，佩戴原初自我的身份标识。六十年代早期，我曾创作了一部独幕剧（并未上演），名为《再次埋葬》，讲述了一个已故犹太人的故事。当他被给予作为异教徒而重生的机会时，他拒绝了，最终沦为被遗忘的命运。我完全理解他的感受，不过如果我在冥界被给予同样的机会，我不确定我是否会做出同样的选择。我知道这会在《评论》杂志上引起反对的声浪，但是我必须学会与这样的声音共处，就像我第一次做的那样。

舍伍德·安德森曾写过一个短篇《成为女人的男人》，那是我读过的最美丽感性的故事之一。故事里的男孩在酒馆的镜子中看见自己变成了一个女孩，我不知道这是不是你指的那种小说。不管怎么说，我并没有写过关于性别转变的小说，除非你想到的是《我作为男人的一生》，想到小说主人公有一天穿上他太太内衣的情景，但他如此行事不过是暂时给自己的性别放个假。

我当然也写过关于女性的作品，并且对其中的一些形象有强烈的认同感，而且在写作的时候也会把自己想象成她们。《放手》

中的玛莎·里根哈特和莉比·赫兹;《当她是好女人的时候》里的露西·纳尔逊和她的母亲;以及《我作为男人的一生》里的莫琳·塔诺波尔和苏珊·麦考尔(还有丽迪亚·克特雷尔和两个莎伦·莎茨基)。我发挥想象力——无论发挥了多少——对"作为女人的一生的理解"都体现在那些作品里了。

我一直把《再见,哥伦布》看作是我的试笔之作,人物塑造方面比较薄弱,在书中也没有对那个女孩着墨过多。之所以着墨不多,大概是因为她被塑造成一个过于冷静的角色,知道怎么得到她想要的东西、怎么照顾自己,如此人物不能引发我更多的想象力。另外,我越看到女性离开家庭独立生活——就是布伦达·帕蒂姆金决定放弃做的——我越觉得她们不是那么沉静。从《放手》起,我开始书写女性的脆弱,也开始看到这种脆弱不光决定了女性的生活——她们时常感觉到脆弱是她们生命的中心——也决定了那些她们赖以寻求关爱的男性的生活。从那本书起,女性人物成为我的想象力能够控制并扩展的角色。她们的脆弱如何影响她们和男性的关系(每个男人也有他的性别特有的脆弱),这是我谈到的八个女性人物的故事核心。

在《波特诺伊的怨诉》《我们这一帮》《乳房》以及你最近的棒球狂想曲《伟大的美国小说》中的一些章节,你好像在庆祝属于艺术家的纯粹的游戏态度,几乎达到了一种忘我的境界,套用托马斯·曼的话说,反讽无处不在。苏菲派有句箴言,大意说宇宙就是"无尽的游戏，无尽的假象"；同时，我们大多数人所经历的却是致命的严肃体验，所以我们感觉有必要——确实我们无法不感到这种必要性——在写作中保持"道德关怀"。《放手》《当她是好女人的时候》和《我作为男人的一生》的大部分篇幅，甚至在像《在空中》这样精彩绝伦、恶魔缠绕的中篇里，你都拥有高度的"道德意识"，那么在你看来，你对喜剧的迷恋是否只是对你性格另一面的反叛，还是永久性的？你是否期待（不，你不能吧）某种强有力的钟摆力量将你送回若干年前，彼时的你正致力"严肃的"甚至是詹姆斯式的创作？

纯粹的游戏态度和致命的严肃关怀是我最亲近的朋友。一天结束的时候，是它们陪伴我在乡间漫步。还有"致命的游戏态度""游戏的游戏态度""严肃的游戏态度""严肃的严肃关怀"以及"纯粹的纯粹性质"，我也和它们交好，但从最后那个家伙身上毫无所得；他只会拧绞我的心脏，让我无话可说。

我不知道你口中的喜剧作品是否那么无我。《伟大的美国小说》中那种炫耀般的展示与自信，和《放手》相比，难道不是包含更多的自我吗？《放手》里面所进行的对自我的探讨是必须不断努力消除自我、抹去自我。我认为喜剧也许是充斥自我最多的地方；至少，它们不是自我贬损实践的地方。我写《伟大的美国小说》写得特别高兴的原因，恰恰在于它带来的自我肯定——或者说自我庆祝，如果有这么个说法的话。（又或者，说"卖弄"也行？）所有那些被我判定为偏激、琐碎或者赤裸裸的创作动机，我允许它们在这本书里崭露头角，并朝它们的目的地行进。当我体内那位身穿长袍的审查员挺身而立，负责任地表示："看看这里，你不觉得这有些过于——"我就会从写这本书时常戴的棒球帽下面，回答他说："那恰恰是我保留它的原因！就放在前面！"我想看看，如果所有一眼看去"有些过于"的素材都放开去用的话，能写出什么样的小说来。我明白，那样的话，作品可能会一塌糊涂（有人告诉我那种情况确实发生过），但我只是想坚持写作的乐趣，将写作当成一件快乐的事。这就足够让福楼拜在他坟墓里睡不安稳了吧。

我也不知道接下来的预期或期待是什么，自从《波特诺伊的怨诉》出版后，我就开始酝酿《我作为男人的一生》，但中间写写停停，直到几个月前才完稿。每次停下来时，我都去写点别的"好玩的"东西——也许正因为这本难产的书带来的绝望，让我想在其他作品里面耍宝搞笑。不管怎么说，当《我作为男人的一生》在"道德"文火上慢炖时，我写出了《我们这一帮》、《乳房》和《伟大的美国小说》。目前来看，火候未到，至少我还没闻到任何香气。眼下，我并不觉得痛苦；我感觉（还是眼下）我的职业生涯好像自然而然地进入了某种休整期，没有什么必须完成的东西，也没有什么急于开始的——只有些零碎的东西，碎片化的执念，时不时闯入我的视野，接着，沉寂下来，消失不见。那些成书想法的产生通常看起来是随机的或者出人意料的，但在作品完成后，我能看到其实一本书的形成，是我之前的作品、近期尚未消化的个人经历、日常生活环境以及最近在阅读或讲授的作品合力作用的结果。这些因素之间不断变化的关系最终把主题事件带到视野的聚焦点，接着我便借助沉思，找到处理这个主题的方法。"沉思"一词只是用来描述我工作时看起来的样子；事实上，在我的内心深处，我被苏菲派化了。

《新观察家》专访[1]

《波特诺伊的怨诉》之前你已成为知名作家，但波特诺伊让你举世闻名，在美国你成了明星。我甚至读到，尽管你隐居郊外，但有报道说你和芭芭拉·史翠珊在曼哈顿闲逛。在美国这样一个媒体主导的国家，成为名人对你来说意味着什么？

一方面，它可能意味着你的收入会上涨，至少一段时间内如此。你成为名人可能只是因为你的收入增加了。小有名气与名人或明星的区别通常与金钱、性有关，或者像我这种情况，与两者都有关。据说我赚了一百万，据说我就是波特诺伊本人。成为名人就是成为品牌。我们有"象牙香皂""香脆麦米片""菲利普·罗斯"。"象牙香皂"是能浮在水上的香皂，"香脆麦米片"是能在嘴里发出脆响的早餐麦片，"菲利普·罗斯"是用一片肝脏自慰的犹太人，还从中赚了一百万。出名就是这么回事，半个小时以后就

---

① 采访人是法国记者和作家阿兰·芬基尔克劳。(1981)

不会更有趣、更有用或更好玩了。人们以为出了名能给作家带来更多的读者，但其实名气只会给多数读者带来障碍，读者必须越过这个障碍才能直接感知作品。

六十年代后期，性被大肆吹捧为生命的核心、人类的救赎等等。在很多人看来，《波特诺伊的怨诉》以其淫秽的语言、色情狂的坦率，似乎和当时对性的看法是一致的。但是在随后的几部作品里，你似乎退出了那种"前卫"的立场。你在文章和采访中提到的不是萨德或巴塔耶，而是在性书写方面比较克制的作家，比如詹姆斯、契诃夫、果戈理、巴贝尔、卡夫卡。你是故意要让性崇拜者失望，还是要在体面阶层重树信誉？

　　我没有退出任何立场，因为我从来没有坚持过任何立场。如果我对性事业抱有任何热情，那我永远不会写出像《波特诺伊的怨诉》一样荒诞的作品。没有事业会在自嘲中蓬勃发展，你会因自嘲而被开除出局。我也不是为淫秽事业奋斗的战士。波特诺伊的淫秽是他的处境而不是我的风格所固有的。无论在小说中还是小说之外，我都没有理由秽语连篇，我只有在秽语切题时才感到有使用它们的权利。

　　《波特诺伊的怨诉》出版三年后，我发表过一个中篇小说，讲一个男人变成了一只女性乳房。其中我所想象的场景比《波特诺伊的怨诉》里的任何场景都更可怕、更沉重，但不一定能令性崇拜者满意。《乳房》甚至被解读为对性救赎主义的批判。

你的好几部作品都以第一人称写作。它们的主人公和你有很多相似之处。波特诺伊和你一样出生于纽瓦克,《欲望教授》里的大卫·凯普什是教授,和你在宾夕法尼亚大学一样教授文学课程。你最近的一本书《鬼作家》开头讲,大约二十年前,一位年轻作家在寻找一位能够认同他的艺术的精神上的父亲。这个叫内森·祖克曼的年轻作家刚刚发表了一组故事,这些故事必然会让我们想起你的第一部作品《再见,哥伦布》。这一切是不是意味着我们应该把你的书当成几乎不加掩饰的告白或自传来读?

你们应该把我的书当成小说来读,要求它带来小说可以带来的乐趣。我没什么可告白的,也不想向任何人告白。也没有人要求我坦白或许诺如果我那样做就宽恕我。至于我的自传,我都用不着开始告诉你它有多乏味。因为几乎所有章节都是关于我独自坐在房间里,对着打字机,其平淡无奇能让贝克特的《无法称呼的人》读起来像狄更斯。

这并不是说我没有从自己的经历中大量取材来充实自己的想象。但这不是因为我喜欢表现自己、祖露自己甚至表达自己。我这么做是为了创造自己,创造多个自我,创造多个世界。给我的书贴上"自传"或"告白"的标签,不仅篡改了它们虚拟的本质,而且,如果我可以这么说的话,轻视了它们能让读者视其为自传的艺术性。你不会通过当众脱裤子来营造亲密的氛围,因为那样做会导致大多数人本能地移开目光。

告白、自传这些词构成了读者和作品之间的另一道障碍，即在这种情况下，制造出一种无论如何在注意力分散的读者中都尤为强烈的诱惑，引诱他们将小说降格成八卦来读。

这并不是什么新鲜事。这几个月重读弗吉尼亚·伍尔夫，我偶然发现了她一九一五年小说《远航》中的一段对话，对话出自一个想写书的角色之口。"没有人在意。你看小说的目的无非是想知道作者是个什么样的人，如果你认识作者，那你就是想看看他把哪些朋友写进了小说里。而至于小说本身，它的整个构思，它观察事物的角度，对事物的体味，及其与并置事物的关系等等，一百万个人中间也难得有一个人注意。"

纪德说："艺术是一种被夸大的想法。"一个夸张促成了波特诺伊的诞生，而我们清楚他的命运：这个角色已经成了一个原型。另一个夸张创造出了莫琳，《我作为男人的一生》里神奇的疯女人，嫉妒与偏执的复仇女神。但似乎波特诺伊已经耗尽了法国读者的好奇心，《我作为男人的一生》这本我很欣赏的书在这儿几乎无人知晓。它在美国读者，比如女性主义读者那里，反响如何？

我只能告诉你，在《我作为男人的一生》问世几年之后，一篇女性活动家的头版文章出现在一个颇具影响力的曼哈顿周刊《村声》上，文章用了《为什么这些男人仇恨女人？》这样强有力的标题，标题下面是索尔·贝娄、诺曼·梅勒、亨利·米勒和我的照片。《我作为男人的一生》就成了指控我的最具破坏性的证据。

为什么呢？因为在一九七四年，世界才刚刚发现女人是好人，且只有好女人；她们受到迫害，且只有受到迫害。但我写了一个坏女人，她迫害、利用他人，这可就坏事了。一个没有良心的女人，滥用一切权力，睚眦必报，无比狡猾和狂野，不分对象地仇恨和愤怒。写这样一个女人是违反新伦理的，也和拥护它的革命相悖，是反革命的，站错了立场，触犯了禁忌。

当然了，《我作为男人的一生》不仅仅是对女性主义虔诚的挑战。书中有一个场景，莫琳为了欺骗彼得·塔诺波尔跟她结婚，从一个怀了孕的女黑人那里买了一份尿样。在另一个场景里——他们最后一次野蛮的打斗——莫琳在被塔诺波尔打的时候把屎拉在了裤子里，从而在他们婚姻最痛苦的时刻抹去了他们身上的悲剧色彩。小说无疑旨在挑战美国文化的虔诚，挑战其中普遍存在的道德说教和陈腐老套的多情善感。你同意这样的解读吗？

我是否同意小说的意图、构思和完成都在于一个挑战？不同意。我的抱负远大于此。不过，你可以进一步描述小说所引起的反响。它受到了严厉的评论，卖得很差，平装版出版后没多久便绝版了，我的书第一次就这样消失了。我不应该公开猜测为什么会发生这种情况。这个工作就留给像你这样的托克维尔们来做好了。小说在我的国家跟在你的国家一样无人问津，希望这能给身为法国人的你一点安慰。

你似乎对我们的社会在艺术品与读者之间设置的障碍深感担忧。我们已经谈了名气和媒体对作家目的的扭曲，谈了八卦，即将阅读降格为窥淫癖的平庸的扭曲。我们也谈了虔诚，即利用文学达到宣传目的的激进分子的扭曲。但是不是还有一个障碍？那就是结构主义的陈词滥调，你的欲望教授大卫·凯普什在他的第一堂课上就批评过："你们会发现（但并不是所有人都会同意），我并不赞同某些同事的观点：最有价值、最迷人的文学基本上是不指向外部世界的。我可能会穿着夹克、打着领带走到你面前，可能会称呼你女士或先生，但我还是会要求你们别当着我的面谈论'结构''形式''象征'。"是什么让先锋派的原则如此有害？

　　我不认为结构、形式、象征这些词是先锋派的专有。在美国，它们通常是最天真的高中文学老师的惯用语汇。我教书时可不像我的欲望教授凯普什那么温和。我严禁学生们用这些词，违者逐出课堂。这样做的结果是，学生的英语，甚至有时候是思想，获得了不错的提升。

　　至于结构主义，它真的没有在我生活中扮演过任何角色，恐怕我不能如你所愿骂它一通了。

我并不期望你谴责它。我只是好奇你的阅读理念。

　　我读小说是为了摆脱令人窒息的狭隘人生观，让自己被引诱到富有想象力的同情中，它有一个不属于我自己的完整的叙事视角。我是出于同样的原因才从事写作的。

你现在如何评价六十年代？那是一个自由的十年，人们可以按照自己的感受写作并过上自己想要的生活，抑或是一个傲慢的年代，充满狭隘的新教条，如果你不想惹麻烦的话最好向它们致敬？

我对十年世界历史这样宏大的命题没有判断。作为美国公民，我为越南战争感到震惊和羞耻，为城市犯罪感到恐怖，为刺杀事件感到恶心，为学生运动感到困惑，同情自由主义压力集团，为无处不在的戏剧性感到高兴，对各种华而不实的奋斗目标感到沮丧，为性解放而兴奋，也感到富有对抗与变化的整体氛围让人振奋。六十年代后期，我在写《波特诺伊的怨诉》，那是一部喧闹、挑衅、粗鲁的作品，其构思无疑受到了时代氛围的影响。我认为，如果早十年，我是不会也不可能那样写的，不仅仅是因为五十年代盛行的社会、道德和文化模式，还因为当时作为一名年轻作家，我仍在积极参与文学研究，宣誓效忠于道德上更为严肃的小说阵营。

不过到六十年代中期，我已经写了两部不容置疑的严肃的作品《放手》和《当她是好女人的时候》，迫不及待地想把注意力转向别处，转向能调动我天赋中更有趣的一面。我现在有信心在我的小说中展示那一面，部分因为我已经三十多岁了，不再需要像二十多岁时那样努力证明自己成熟可信，部分因为我为当时日新月异的时代氛围所感染，它激发了几乎每一个人去实现自我转变和自我试验的壮举。

你在法国以"美国犹太作家"甚至所谓的"纽约犹太学派"成员（连同贝娄和马拉默德）著称。你接受这个标签吗？

这是新闻界的陈词滥调，毫无实质内容，而且也不准确。首先，我们三个人里面，只有马拉默德来自纽约，他在布鲁克林一个穷人区里度过他的童年，成年以后的生活几乎都在远离纽约的地方度过，在俄勒冈和佛蒙特的大学任教。贝娄出生在蒙特利尔，几乎一生都住在纽约以西八百英里的芝加哥，芝加哥不同于纽约，就好像马赛不同于巴黎，曼彻斯特不同于伦敦一样。为他最早带来公众知名度的作品《奥吉·马奇历险记》的开头不是"我是个犹太人，出生在纽约"，而是"我是个美国人，出生在芝加哥"。

我出生在新泽西的纽瓦克，童年时期，那是一座有着十五万人口的工业港口城市，以白人工人阶级为主，三四十年代时仍然是纽约以外的边远地区。哈得孙河将纽约和新泽西分开，就好像隔开英国和法国的海峡——至少对于处于我们这个社会地位的人来说，两边在人类学上的鸿沟几乎就是这么大。我住在纽瓦克的一个中下层犹太社区，直到十七岁离家去宾夕法尼亚郊外的一个小学院上大学，学院由浸礼会成员于十九世纪中期建立，我上学时还要求学生每个星期去教堂做礼拜。大学环境和纽约以及纽瓦克我家所在的地区有天壤之别，令我想见识一下"美国"其他地方是什么样子的。我给"美国"加上引号，是因为它当时在我头脑里，和在弗兰茨·卡夫卡头脑里一样，不过是个概念。那时我十六七岁，深受托马斯·沃尔夫和他对普通美国生活抒情描写的影响，也受到了从大萧条中兴起的平民主义言论的影响，这种言论被二战时的爱国热情转变为一个广为流传的国家神话，宣扬美国的"土地"如何"广袤"，"人口"如何"多元"。我当时读了辛克莱·刘易斯、舍伍德·安德森和马克·吐温，但他们中没有一个人让我觉得，我会在纽约城甚至在哈佛找到"美国"。我可以在哈佛接受良好的教育，但私下里那不是我想要的。

所以我选了一个普通的学院，它坐落在宾夕法尼亚中部美丽的农业山谷中一个漂亮的小镇。在那里，我每周一次和信奉基督教的男女同学一起去教堂礼拜，他们出身传统，大多兴趣庸俗。我全身心投入到那个时代传统的大学生活中的尝试持续了大概六个月，尽管无法忍受教堂，但很显然，我养成了在布道期间坐在长椅上读叔本华的习惯。没多久，我就扮演了一个从《格列佛游记》中误入校园的智马角色。

大学毕业后我到芝加哥大学研究生院呆了一年，然后去了华盛顿特区，在那儿参了军。一九五六年，我回到芝加哥，在芝加哥大学教了两年书。那时，我开始写后来收录于我的第一本书《再见，哥伦布》中的故事。一九五八年夏天书顺利出版后，我辞去了大学的工作，搬到了曼哈顿，过起了年轻作家而不是年轻教授的生活。我在下东区住了大约六个月，很不愉快：我不喜欢那里的"文学"场面；对出版界不感兴趣；对五十年代那里流行的性革命也不得要领；而且我也未在出版、制造或金融业供职，所以就觉得没有理由继续住下去。随后几年，我住在罗马、伦敦、艾奥瓦城和普林斯顿。我一九六三年返回纽约，为了摆脱纽约以南五十英里的普林斯顿的一段婚姻，我在那里的大学任教，后来接受了精神分析。分析治疗结束后——六十年代也结束了——我就移居乡下，并且一住多年，直到现在。

所以说纽约是个错误。但犹太背景是你作品的主要灵感来源，从《再见，哥伦布》到《鬼作家》，我觉得最有意思的是，作为小说家，你最关注的是犹太世界里能提供的一切喜剧可能，而不是人们意料之中的悲剧元素。你对此作何解释？

用我的个人经历解释。

我和贝娄、马拉默德一样，生于犹太家庭，从小就有自己是犹太人的自觉。我的意思不是家里根据犹太传统教育我，或者教育我遵守一切犹太规则，而是我生来就是犹太人这点让我很快意识到了身为犹太人的后果。

我住在一个大都是犹太人的居民区，上的公立小学里百分之九十的学生和老师都是犹太人。住在这样的少数族裔或少数文化聚居区对我们那一代美国城市孩子来说并不少见。纽瓦克现在是一个以黑人为主的城市，噩梦一般衰落破败，但五十年代后期之前，它和很多美国工业城市一样人口多元，因为十九世纪末二十世纪初从德国、爱尔兰、意大利、东欧和俄国来的移民大量涌入并定居于此。这些移民刚开始大多身无分文，一旦脱离贫民窟，他们就在城市里建立了社区，在那里他们可以享受熟悉的舒适和安全，同时经受着向新生活方式的艰巨转变。这些社区后来也变成城市里相互竞争而且不无排外的亚文化圈，每一个都有自己独特的美国化风格。当移民潮基本停止后，这些亚文化并没有消散，反而自一战时起因自身日益富裕和稳定而转变为美国生活的一个永久特色。

我的意思是，我的美国绝不像倘若我作为一个犹太孩子成长其间的法国和英国。那不是我们几个人和他们所有人的问题。我所看到的是所有人中的几个人。成长过程中，与其说感到被铁板一块的多数派压制——抑或对其感到不屑或敬畏——我感觉自己属于由相互竞争的少数派组成的多数派的一部分，而这些少数群体没有一个让我觉得他们身处的社会或文化地位比我们的更加令人艳羡。所以在面临大学择校时我的选择就不足为怪了。我从未真正亲眼见识过那些所谓的美国人，尽管据说他们也住在我们这个国家。

尽管如此，我自出生起生活的环境里就充盈着一种具有丰厚情感与历史的犹太人定义，虽然它多数时候和我的经历相左，我依然无可避免地被裹挟其中。在这种定义里，犹太人是苦难承受者，是被嘲笑、厌恶、轻蔑、鄙视、讥讽的对象，是包括谋杀在内的各种暴行的受害者。如果说这样的定义跟我自己的经历不符，那它必定和我祖父母及他们的先辈的经历相符，也和与我们同辈的欧洲犹太人的经历相符。欧洲犹太人生活中的悲惨遭遇和我们在新泽西的日常生活差别如此巨大，这一点一直令我苦苦思索。就是在这两种生存状态的巨大落差中，我找到了自己早期短篇小说和《波特诺伊的怨诉》故事里的世界。正因为一个身处新泽西的犹太人和那些可怕的事件有某种联系，他的犹太身份才具备了喜剧性。

我再谈谈"学派"，那个没用的标签里最后一个词。给棺材再钉上一个钉子，然后我们就完事了。

贝娄、马拉默德和我显然没有组成任何纽约学派。如果我们组成了一个犹太学派，那只是（在奇怪的意义上）我们每个人都找到了自己的方法来超越其犹太背景与生俱来的狭隘主义，将原先市井小巷里爱热闹的人的轶事——以及那些爱辩论的人、爱怀旧的、爱作公关的和宣传的人的故事——转变为具有完全不同意图的小说，但仍然保留着根植于我们所熟悉的土地的丰富多彩的生活细节。考虑到我们在年龄、教养、出身、阶级、气质、教育、知识兴趣、道德意识形态、文学背景、艺术目标和抱负等方面的差异，即使这样的相似性也微不足道。

当然，《鬼作家》并不仅仅关于犹太人。其中一个主题是关于你所谓的"书写犹太人"。年轻的内森在他职业生涯的初期就被指控为反犹分子敌人提供信息，狼狈为奸。是什么让书写犹太人这么成问题？

有些犹太读者会认为，一些小说里的描述破坏了犹太人的形象，因而对作品持反对意见。但这些读者并不一定是庸俗的、爱妄想的，正是这一点让书写困难重重。如果他们神经紧张，那也是情有可原。他们不想要给反犹主义者带来安慰或加强反犹主义者对犹太人刻板印象的书，不想要伤害已经是受害者的犹太人感情的书，犹太人如果不是被某种形式的反犹主义迫害，那也受到过我们社会某些地方盛行的对犹太人的反感的伤害。他们不想要伤害犹太人自尊的书，也不想要对提高犹太人在非犹太世界中的声望几乎没有任何作用的书。在本世纪数以百万计的犹太人遭受的可怕创伤之后，他们有这样的担忧不难理解。事实上，正因如此，对不同事物所抱持的坚定信念才更难调和。因为无论多么厌恶反犹主义，无论遇到最轻微的反犹实例时多么生气，无论多么希望安抚受害者，我在小说中的工作，不是为犹太受难者提供安慰、攻击他们的迫害者或让犹豫不决的人倒向犹太人一方。我的犹太批评者——在美国有很多——会告诉你，我竭尽全力避免站在犹太人一边。在与他们在这个问题上意见不合二十多年之后，我只能说他们是这么看的，而我不这么看。这是一场毫无结果的讨论，让书写犹太人如此成问题的原因正在于此。

采访之前，我读了《鬼作家》，我想当然地认为你就曾是那个年轻作家内森·祖克曼，而洛诺夫——祖克曼非常钦佩的一位严肃的苦行僧式的老作家——是马拉默德和辛格的结合体。但现在我认为，你在新英格兰过着半隐居生活，和洛诺夫不无相似；你大多数时间都在阅读写作，换句话说，就是洛诺夫所说的，全部生活几乎就在"将句子颠过来倒过去"。你是洛诺夫吗？或者，说得更直白一点，你是否认同作家作为隐士的理想，即作家为了艺术而必须做一个远离生活的自我任命的僧侣？

艺术也是生活，你知道的。独处是生活，冥想是生活，伪装是生活，想象是生活，沉思是生活，语言也是生活。将句子颠过来倒过去难道就比制造汽车少些生活吗？阅读《到灯塔去》难道就比挤牛奶或者扔手榴弹少些生活吗？文学事业的与世隔离——不仅仅是清醒着的大部分时间独自坐在屋里——和在巨大的喧嚣中日益增多的轰动一时的人或事或跨国公司一样，也与生活息息相关。在我看来，主要是通过艺术，我才有机会至少是我自己的生命的核心。

我是洛诺夫吗？我是祖克曼吗？我是波特诺伊吗？我猜，也许吧。很可能是。但到目前为止，我还没有像书里的人物那样被如此清晰地描绘出来。我仍然是无定形的罗斯。

在我看来，你对于美国文化中那种诉诸感性的道德说教尤其反感，但同时你极力主张你继承了美国传统。我的最后一个问题很简单，但愿不是过分简单，美国对你来说意味着什么？

美国给予了我最大限度的自由去从事我的职业。美国有我想象中唯一对我的小说有持续热情的文学读者群。美国是我在世界上最了解的地方，也是我唯一了解的地方。我的意识和语言由美国塑造。我是一个美国作家，跟水管工不是美国水管工，矿工不是美国矿工，心脏病医生不是美国心脏病医生一样。美国之于我，就像心脏之于心脏病医生、煤炭之于矿工、厨房水槽之于水管工。

《星期日泰晤士报》专访[①]

我想，当评论家将祖克曼三部曲读作诚实的告白，认为祖克曼就是菲利普·罗斯时，你会感到生气。但有时很难不这样读。

这样读起来很容易。这是最简单的阅读方式，就像读晚报一样。而让我生气的是我写的不是晚报。萧伯纳在写给亨利·詹姆斯的信里说："人们想从你这儿得到的不是艺术作品，而是帮助。"他们还希望自己的信念得到确认，包括对你的信念。

但新闻式的写作手法想必是不可避免的，除非读者忘记了他所知道或读过的关于你，菲利普·罗斯的一切。

如果我的书如此有说服力，以至于他们（这些读者）完全相信，我呈现给他们的人生是炽热的未经变形的，就像我们所经历过的那样，好吧，我想这并非小说家不得不背负的最糟糕的十字

---

① 采访人为英国诗人、评论家、传记作者伊恩·汉密尔顿。（1984）

架。比他们根本不相信我要好。现在的时尚是赞美你不相信的书。"这本书真是太棒了,我一点都不相信里面说的。"但是我想要的是相信,我努力争取赢得它。如果所有这些机智的读者在我的作品中能看到的只是我的传记,那么只能说他们对小说麻木不仁——对模仿、腹语、讽刺麻木不仁,对每本书赖以构筑的对人类生活的万千观察麻木不仁,对小说赖以创造比真实世界还真实的幻象而使用的所有精妙手法麻木不仁。讲座结束。还是我们应该进一步探讨?

既然你不排斥,我们何不更进一步?在《解剖课》中,有一个叫米尔顿·阿佩尔的角色,他是一个享有盛名和权势的批评家。书评人们很笃定他就是欧文·豪。我不会要求你确认或否定这一点,不过我确实觉得,一旦对号入座,读者就很难不跟着传记的思路走(比如,罗斯对抗豪),有时以牺牲祖克曼和阿佩尔之间的虚构冲突为代价。

我不会为了赢得一场战斗而去写一本书,我宁愿跟索尼·利斯顿[1]打上十五个回合。那样至少一个小时就结束了,我就可以去睡觉了。而写完一本书,幸运的话,也要花上两年时间。一天八小时,一周七天,一年三百六十五天,笔耕不辍,这是我知道怎么做的唯一方法。你不得不独自坐在屋子里,只有窗外的一棵

---

[1] Sonny Liston(1932—1970),美国职业拳击手。

树跟你交谈。你不得不坐在那儿，一稿接一稿地产出大量的垃圾，像一个被忽视的婴儿等待一滴母乳。

任何想赢这场战斗的人，都必须比我更加执着，也更加愤怒。这本书里之所以有米尔顿·阿佩尔，不是因为我曾被欧文·豪用白纸黑字驳倒。而是因为，当作家这件事一半是要保持愤怒，以及正确。要是你知道我们多正确就好了！你能找出哪个作家，他不会因为被歪曲、误读或未读而感到气愤，而且不确定他是正确的？

你找不到的。我的三部曲写的是一位美国作家的事业，而且他还是犹太人。如果我忽略仇恨、偏执和深沉的愤怒，忽略"他们是错的而我们是对的"这样的事实，我就呈现不出人们脑袋，哪怕是诺贝尔奖得主的脑袋里装的整个丑陋的真相。我正好认识几个诺贝尔奖得主。游走在那个高尚的圈子里，我可以向你保证，尽管这些人"对人类做出过杰出的贡献"，但他们可能并没有你想象的那么宽容和善。假如他们的批评者被装在笼子里在第五大道上游街示众，被丢垃圾，估计他们也不会反对。

阿佩尔比祖克曼更好地摆脱了争论。在他们最后摊牌的电话对谈中，人们为祖克曼捏了把汗。

你当然会给对方最好的台词，不然就是吃力不讨好。

宽宏大量的优良传统。

是的，那正是我的强项，远近闻名。不过，这么做也是因为结构上必要。将矛头对准自己很有趣，比赢得辩论更有意思。就让谩骂肆虐，唾沫四溅好了，但若低估了反对意见，小说会被削弱。对我来说，作品，文字作品，正是将"我—疯狂"变成"他—疯狂"。关于阿佩尔的最后一点。祖克曼对阿佩尔的愤怒跟阿佩尔的关系不大，而跟祖克曼自己的身体状况有关。仿佛作家受困于有意的自我关注还不够，他的慢性疼痛还要强迫他自我关注。

若非因为祖克曼的慢性疼痛，这本书就没有阿佩尔了。祖克曼也不会有一群弗洛伦斯·南丁格尔组成的后宫，不会在四十岁时决定当医生，奔赴芝加哥，每个毛孔都散发出止痛药的气味。忘了阿佩尔吧，这本书是关于身体上的痛苦及其对一个人的人格造成的破坏。如果祖克曼的身体处于很好的战斗状态，他又何必要在一个他称之为《包皮》的犹太杂志上跟他的文学对手交锋？他根本不屑于此。

但因为他的疼痛没有被诊断出来，因为那是一种神秘的疼痛，我们可能倾向于将其视为象征性的痛楚，一种由阿佩尔们、二流女人们、祖克曼的职业生涯等所带来的痛楚？

象征性的痛楚？也许。但它是在真实的肩膀上。疼的是真实的脖子和肩膀。疼痛的问题在于它们没有象征意义，除非是对于批评者来说。

那你的诊断是什么？

　　我是作家，不是医生。我的诊断是这样的事确实会发生。在写这本书的时候，我对自己说："我希望那些知道慢性疼痛的人在读这本书的时候能说'没错，确实如此'。"我想尽可能地写实而非制造象征。不知道自己疼痛的来源并不会让疼痛变成一种象征，那只会加剧疼痛。我的意思不是说，如果祖克曼知道他为什么疼，比如说因为他得了癌症，他就会感到欣慰。有时候知道更糟，有时候不知道更糟，我的书是关于不知道的情况。你看，书里的诊断比比皆是。其他人都知道。他们都跟阿佩尔一样把他吃得死死的。他的女人们都知道他的毛病，即便治疗他头秃的头皮养护专家也知道他为什么脱发："压力过大。"书里到处都是知道祖克曼问题何在的人。我把诊断留给安抚他的人去做。我尽量置身事外。

祖克曼结束全书时的状态肯定是个相当前卫的隐喻，他的嘴巴被手术缝合了。

　　在服止痛药过量和酗酒后，他在犹太墓地的墓碑上摔断了下巴，这有什么隐喻可言呢？时有发生的事。

但他被迫完全沉默了。因为肩膀疼痛，他不能写作，因为嘴巴摔坏，他不能说话。

　　我给你讲个故事吧。早在一九五七年，我在《纽约客》上发表了一个短篇小说，叫《信仰的卫士》。我当时二十四岁，对小说发表非常兴奋。小说刊出后，惹怒了一大批《纽约客》的犹太读者。其中有一位著名的纽约拉比，他给圣约之子反诽谤联盟写了一封抗议信。顺便提一下，那是一个很有声望的组织，数十年在美国法庭对抗反犹歧视，并密切关注反犹主义势头以防其失控。它的这些作为大家有目共睹。我始终无法忘记那位拉比抗议信中的一句话："你们打算采取什么措施去封住那个人的嘴？"不过，值得称赞的是，它从未尝试这么做。美国是一个自由的国度，没有人比犹太人更欣赏这一点了。但我一直记得那句话。打算采取什么措施去封住那个人的嘴？写这本书的时候我又想起它来，这就是我为什么让祖克曼摔断下巴。因为那个拉比。

所以诽谤的指控很早就开始了？

我开始写作时指控即开始。它使得我的职业生涯与我的大多数美国同行的有所不同。我还在襁褓中时，就被认为是一个爱搞煽动的家伙。说来奇怪，对我人生初始的指控可能给了我的写作一个方向和重点，不然我可能找不到，毕竟要忽视那样的指控是很难的，特别是当时我只有二十四岁。那时我做了两件事，开始替自己解释，开始为自己辩护。

你是如何做到这两点的？

我受邀到犹太会堂、教堂和犹太社区中心演讲，我走上台，说出自己的想法。提问环节，有人站起来对我大喊大叫。这是件好事，我从反对者那里学到了很多东西，是他们将尖叫着的我拖出英文系。他们是被我的作品所激怒的真实的人，不会为读过的作品写论文。他们只是气愤。这真让人惊喜。

所以当你创作《波特诺伊的怨诉》的时候，你已经有一个被激怒的犹太读者群了？

我也有一个对我欣赏有加的犹太读者群。甚至有一些非犹太读者读我的作品。至于那些贬低我的犹太人，他们从没停止过，不论我写什么，他们都不会放松对我的贬低。所以，最后我想："好吧，既然你们想要，我就给你们。"波特诺伊就此诞生，自带光环，横空出世。

你自己的家人呢，他们的反应如何？

对于我所遭到的攻击吗？他们非常震惊。他们受到了伤害。他们从神气活现的邻居那里听说我有很多不足，他们去教堂听关于我的演讲，指望他们的孩子像在学校那样受到表扬。但是，他们却听到台上的人说，那些年睡在我的卧室、和他们一个桌子上吃饭的是一个自我仇恨的反犹犹太人。我父亲气愤之极，以至于我母亲不得不使劲把他按在椅子上。不过，他们没事。他们在我描写的人物里认出很多他们熟识的人，所以明白我的写作就是取材于新泽西。

那么你的父亲不像祖克曼的父亲，临终前还要因儿子写的书而诅咒他？

我从没说过他像。你把我同那些精明的书评人搞混了，他们确信我是文学史上唯一一从未编造过任何东西的小说家。

在最后两本书里，祖克曼都遭受了丧亲之痛。在第二部《被释放的祖克曼》里，他父亲临终时叫他"杂种"。在《解剖课》里，祖克曼母亲去世后，留下一张纸，上面有她写的"纳粹大屠杀"字样。

是的，她死于脑瘤。她的神经科医生到她的病房去检查她还有多少意识，叫她在纸上写下自己的名字。那是在一九七〇年的迈阿密海滩。身为女人，她写过的东西包括索引卡上的食谱、编织说明和感谢卡。当她从医生手上接过笔，按他说的写下自己的名字时，她写的不是"萨尔玛"，而是"纳粹大屠杀"，拼写得丝毫不差。医生无法将那张纸扔掉，在她死后便把它转交给了祖克曼。祖克曼也无法扔掉，就放在钱包里随身携带。

他为什么不能扔掉它？

谁能那么做？谁那么做过？祖克曼不是唯一一个不仅不能把字条扔掉且一直随身携带的人，不管他是否意识到。没有"纳粹大屠杀"这个词，就不会有内森·祖克曼深陷在他的困境中。也不会有足科医生的父亲和他临终的诅咒，或者牙医弟弟和他的严惩。当然也不会有艾米·贝莱特，《鬼作家》里的年轻女孩，祖克曼愿意相信她可能就是安·弗兰克。也不会有米尔顿·阿佩尔和他的道德律令与文学规则，那么祖克曼就不会落入他的陷阱。拿走了那个词，就等于拿走了和它相连的事实，这些关于祖克曼的作品都将不复存在。

但这并不代表这几本书的主题是大屠杀吧？

不，不，当然不是——当然不是像斯泰伦的小说《苏菲的选择》那样作为中心主题。我认为，对美国犹太作家而言，他们没有美国基督徒作家那样的动机。而且，也许有点出乎意料的是，他们甚至认为没有必要将纳粹大屠杀如此赤裸裸地当作主题，并在它上面释放如此多的道德和哲学思考，如此多的令人痛心和愤怒的发明创造。那段历史在犹太人生活中的影响未必如此明显，其影响方式也未必如此惊心动魄。在小说中，我更喜欢用这样的方式处理它。在美国，我觉得，那段历史对于最勤于反思的犹太人来说，一直就在那儿，时隐时现，有时沉没在现实里，好像消失了，却从未被忘记。你不会去利用它，它自会来利用你。它无疑利用了祖克曼。三部作品由某种与主题相关的文本结构统领，我希望当它们以一卷本的形式出版时这点能够显现出来。我并不是说到时候每个人都会被我宏大的构思所震惊。我只是说，祖克曼钱包里的那张小纸片也许并不像看上去的那样小。

《巴黎评论》专访[1]

你怎么开始一本新书的写作？

开始一本书总是不太愉快的。我对人物和他的困境还非常不确定，但它们又必须是起点。比不了解主题更糟的是不知道怎么处理主题，因为归根结底，写小说就是后面这件事。我把开头打出来，发现写得非常糟糕，更像是对我之前一部作品不自觉的戏仿，而不是如我所愿从中脱离出来。我需要有样东西凿进书的中心，像个磁铁般把所有东西吸引过去——这是我每本书最初几个月想要寻找的。我常常要写一百或一百多页才会出现一个段落是有生气的。我会对自己说，好了，你找到了开头，可以从这里开始；那就是全书的第一段。开始六个月的创作之后，我会重新读一遍，用红笔标记出有些生气的一个段落、一个句子，有时候甚至只是几个词组，然后我把这些标记出来的文字打在一页纸上。

---

[1] 采访者为赫米奥娜·李，她是约克大学的英文讲师，出版过关于弗吉尼亚·伍尔夫、伊丽莎白·鲍恩和菲利普·罗斯的著作。(1984)

通常不会超过一页纸，但如果幸运的话，我书的第一页就有了。我是在找能给全书定调的那份活力。非常艰难的开头过后是数月随心所欲地与文字游戏，游戏之后是危机，你会对你的材料产生敌意，开始讨厌你在写的书。

动笔之前一本书有多少已经在你脑子里了？

最关键的东西完全不在脑子里。我不是指问题的解决办法，而是问题本身。在你开始的时候，你寻找的是那些会抗拒你的东西，你是在找麻烦。有时候，我会对有些开头感到迟疑，并不是因为写得太艰难，而是因为还不够艰难。流畅可能是什么事情也没发生的标志；流畅实际上可能是让我停下来的信号，反而是身处黑暗，只能从一个句子挪向下一个句子让我相信可以继续。

你一定要先有个开头吗？有没有从结尾开始过？

说不定我就是在从结尾开始的。我的第一页要是没有被扔掉的话，很可能一年之后就变成第两百页。

你丢在一边的那一百多页怎么办，你会保存起来吗？

一般来说我再也不想看到它们了。

一天中有没有一个时间最适合你创作？

我全天工作，上午和下午都写，基本每天如此。如果我能那么坐上两三年，最后我就能有本书出来。

你认为其他作家也每天工作这么长时间吗？

我不会去问别的作家他们的工作习惯是怎样的。我的确不太在意。乔伊斯·卡罗尔·欧茨好像在哪里说过，当作家们互相询问彼此什么时间开始写作，什么时间收工，吃午饭花多长时间，他们其实是想知道"对方是不是和我一样不正常"。我不需要这个问题的答案。

阅读的东西会影响你的写作吗？

我工作期间也一直在读书，通常都是晚上读。这是保持"电路"畅通的一种办法，也让我在思考我所从事的行当的同时，能从手头的工作中抽身休息片刻。它给我的帮助是至少能为我完全沉溺其中增添燃料。

你会把正在写的作品给人看吗？

让我的那些错误自己成熟、自己绽开会更有帮助。在我写作时，我自己的判断已经足够了。当我很清楚这个东西尚未完成的时候，别人的赞扬对我来说毫无意义。在我绝对无法继续，甚至一厢情愿地相信作品已经完成之前，我是不会给任何人看到的。

你写作时头脑里会不会有个"理想的罗斯读者"？

没有。偶尔会有个"反罗斯读者"在我的头脑中出现。我会想"他得多恨这一段啊"，可能这就是我需要的鼓励。

你刚才提到写小说的最后一个阶段是一种"危机"，你会对你手中的材料产生敌意，讨厌你的书。是不是每本书都这样，都会遇到这种"危机"？

每本都会遇到。对着手稿看了几个月，你会说："这东西不对——但哪里不对呢？"我会问自己："假如这本书是一个梦，那么这个梦是关于什么的？"不过当我这么问的时候，我也在试图相信自己写下的东西，忘记它是写出来的，而是告诉自己："这已经发生了。"即使事实并非如此。目标是把你的创作看作现实，却又当成梦去理解。目标是把血肉之躯变成文学人物，把文学人物变成血肉之躯。

你能再详细谈谈这些危机吗？

《鬼作家》的危机——众多危机之一——是处理祖克曼、艾米·贝莱特和安·弗兰克这三个人物。祖克曼在自己的想象中把艾米·贝莱特视作安·弗兰克，这一点不太容易看出来。在多次尝试之后，我才决定艾米不光是祖克曼的创造，也可能是她自己的造物，也就是说她是个在祖克曼的想象中创造了自己的年轻女子。既要让他的想象世界饱满，但又不能混沌晦涩，既要模棱两可，又要一辨即明——这是我一整个夏天和秋天的写作困扰。《被释放的祖克曼》的问题是，我一开始没有意识到，故事开头祖克曼的父亲还不能死。我后来意识到死亡应该发生在全书的结尾处，表面上作为儿子亵渎神明的畅销书的后果。但是，开始写的时候，我完全弄反了，傻子一样盯着稿子好几个月，一点想法也没有。我知道我想把书的方向从阿尔文·佩普勒身上移开——我希望能朝一个方向强势推进，然后突然把意外放出来——但我始终不能放弃我对小说之前几稿的预设，直到我发现小说纠结于暗杀、死亡威胁、葬礼和殡仪馆，是想引向祖克曼父亲之死，而非从这件事上展开。怎样安排这些事件让你茫然无措，但顺序一旦重新调整，突然就很顺畅地滑向终点了。《解剖课》，我用头撞打字机撞了那么久，终于发现，祖克曼登机前往芝加哥当医生那一刻起，应该假装自己是个做色情杂志的。他无论选择道德图谱的哪一头都必须出于自己的意志，他的两个自我转换的逃逸之梦，必须互相颠覆含义，嘲讽对方的初衷。如果他只是去当医生，只是被那种高尚的热忱所鼓动，或者他只是到处装色情贩子，释放自己无视法规又让人抗拒的愤怒，那他就不是我要的人物。他有两个主要模式：自我否定模式和"去他妈的"模式。你想要个犹太坏男孩，结果就会出现这样一个人物。他要从一个身份抽身休息片刻，是靠投入另一个身份；不过，我们也能看出来，那其实算不上什么休息。祖克曼最让我觉得有意思的是：虽然每个人都是分裂的，但很少人能像他这样分裂得如此大开大合。每个人都有裂隙和豁口，但是通常我们看到的他们会竭尽所能掩盖那些分裂的地方。大多数人会拼命想让这种伤口愈合，并不断地为此努力。掩盖有时候也会被当成愈合（或当成它们不存在了）。但祖克曼两者都做不到，在三部曲结束的时候，即使他自己也知道这一点得到了证明。决定他生活和创作的是那一道道裂痕，而那些裂痕又绝不能说断得清楚干净。我很愿意沿着那些裂痕探索。

当菲利普·罗斯化身为内森·祖克曼的时候，是怎样的情形？

内森·祖克曼是一出表演，其实就是假扮的艺术，不是吗？那是写小说的天赋中最根本的部分。祖克曼，他是个作家，想当医生，又假装成一个色情贩子。而我，是一个作家，正写一本书，扮演着一个想当医生又假装成一个色情贩子的作家——而为了混淆这种模仿，让它更具锋芒，我又假装自己是个知名文学评论家。编造假的生平、假的历史，从我生活中真实的剧情里调制出半想象的生命，这就是我的生活。这份工作中总得有些乐趣吧？这就是。就像是乔装打扮后出门见人，扮演一个角色，让别人相信自己是另外一个人。去伪装。一副狡猾和精巧的假面。想想腹语者吧，他说话的方式让人觉得他的声音来自一个离他有段距离的人。但如果他不在你的视线之内，他的艺术就不能带给你任何愉悦。他的艺术是既在场又缺席；他在成为另外一个人的同时，最贴近真实的自己，其实幕布降下来后，他两者都不是。作为作家，你不一定要将自己的真实过往全部丢弃，才能扮演别人，保留一些有时更吸引人。你歪曲、夸大、戏仿、变形、颠覆、利用你的人生，让你的过往增添一个新的层面，去刺激你的文字活力。当然，成千上万的人一直在做这样的事情，而且没有文学创作这个借口。他们并不把这当成表演。在他们真实脸孔这张面具后面，人们能长久经营的谎言是让人惊叹的。想想那些出轨的人技艺多么高超吧：平凡的丈夫妻子顶着巨大的压力，冒着被发现的危险，虽然上台会紧张得动弹不得，但在家庭这个剧场里，面对着已经遭到背叛的配偶，以无可挑剔的戏剧技巧演出清白和忠贞。都是非常了不起的表演，即使最微小的细节也都洋溢着才华，一丝不苟地自然表演，这些人全都是彻头彻尾的业余演员。人们都在完美地演出着"自我"。你知道吗？假扮可以有各种各样精微的变化。小说家的职业就是伪装，所以他和一个古板、出轨的会计相比，难道不该更熟练、更值得相信一些吗？记得吗，杰克·班尼过去就是演吝啬鬼的？一边给自己冠上美名，一边声称自己吝啬又刻薄。那样做能激发他的喜剧想象力。如果班尼演的是一个普普通通的好心人，给犹太人联合募捐协会写两张支票，请朋友吃饭，可能他就没那么好笑了。塞利纳号称自己是个冷漠甚至不负责任的医生，但其实他行医时兢兢业业，对病人也尽心尽责。但这就没多大意思了。

可是有意思啊，做个好医生是有意思的。

对威廉·卡洛斯·威廉斯来说或许有意思，但对塞利纳不是。

在新泽西的拉瑟福德做个顾家的丈夫、有智慧的父亲、敬业的家庭医生或许对于塞利纳来说是值得赞赏的，对你——要说的话，甚至对我——来说也是如此，但他的作品从他通俗的声音和戏剧化自己叛逆的一面（相当可观）中获得活力，于是那个属于伟大小说的塞利纳就被创造出来了，也用类似的方式，杰克·班尼触碰了社会上的禁忌，把自己塑造成一个吝啬鬼。你如果不理解作家是一个表演者，最擅长伪装自己——当他戴上"第一人称单数"这个面具时尤为如此，那么你就太天真了。在所有面具中，可能第二自我最适合的就是这一张。有些人（很多人）可能会假装更可爱些，有些人则更讨厌。那都无关紧要。文学不是心灵美的选美大赛。文学的力量源自你在扮演另一个角色时的说服力和冒险精神，看的人相信与否才是评判的标准。如果要向一个作家提问，不该问"为什么他的行为举止这么恶劣"，而是"他戴这个面具获得了什么"。我并不欣赏热内将自己呈现出的样子，就像我不欣赏贝克特扮演的惹人生厌的莫洛伊。我欣赏热内是因为他写了那些书，让我无法忘怀热内这个人。丽贝卡·韦斯特在评论奥古斯丁的《忏悔录》时，说它主观上太过真实以至于无法保持客观上的真实。我认为热内和塞利纳用第一人称写的几部小说也是一样，还有科莱特，她的《枷锁》和《流浪的女人》也是如此。贡布罗维奇有本小说叫《色》，里面他用真名作为一个角色出现——巧妙地将自己也牵扯进可疑事件中去，从而让它们在道德上的骇人之处更加鲜活。另一个波兰人孔维茨基，在他的最后两部小说《波兰综合征》和《小型末日》里，为了弥合读者与叙述者之间的鸿沟，引出了一个叫"孔维茨基"的人作为故事的中心人物。只是通过扮演自己，小说真实发生过的这个幻觉被加强了，不能再以"虚构"为名轻视它。这些都可以用之前杰克·班尼的道理来解释。不过，这些努力都是带着个人目的的，这应该不用我特别指出了吧？写作对我而言并不像鱼会游、鸟会飞那样是自然而然就完成的事情。它在某种刺激之下发生，有种特殊的紧迫感。通过反复的角色扮演，私人的危机转化为一种公开的"act"——这个词既指一个行为，也指一种表演。将你生命中那些与你的道德感相抵触的特质像虹吸一样抽取出来，对你和你的读者来说，都是一种非常艰难的精神训练。你可能感觉自己表演的不再是腹语或者模仿，而是吞剑。有时候，你会太过为难自己，因为你真的是在伸手抓那些你触不到的，或者说你生命之外的东西。普通人都有该呈现什么、隐藏什么的本能，但是伪装者是不能放任自己去听从这些本能的。

如果小说是一种伪装，那么自传呢？举例来说，父母的去世在后两部祖克曼小说里非常重要，它和你自己父母亲的逝世有什么关系呢？

那你为什么不问一下盖布·沃勒克母亲的死和我父母逝世之间的关系呢？那可是一九六二年我那本小说《放手》的源头。问一问我在一九五五年发表于《芝加哥评论》的第一个短篇《下雪的那天》的核心——父亲的去世和葬礼？还有《欲望教授》里面，卡兹凯尔斯旅店老板、凯普什母亲的死，这是小说的转折点。父亲或母亲的死亡所带来的沉痛打击是我早在自己父母去世前很久就开始写的话题。小说家对那些没有发生在他们身上的事和发生在他们身上的事同样感兴趣。正如我之前提到过的，天真的读者以为是赤裸裸的自白的，更可能是仿自传、假想的自传或极端夸大的自传。我们知道有人还会到警察局去说他们犯了根本没犯的罪呢，那些虚假的坦白对于作家也一样有吸引力。小说家甚至很关心发生在别人身上的事，然后，他们和所有撒谎者、诈骗犯一样，会假装那些发生在别人身上的戏剧化的、可怕的、让人毛骨悚然的，或者精彩绝伦的事情就发生在他们自己身上。祖克曼母亲的死，从身体细节到道德上的考量，其实和我母亲的去世毫无关联。我最亲近的朋友曾告诉我他母亲去世时遭受的痛苦，后来就一直存留在我脑海中——给我提供了《解剖课》里母亲去世时大部分的生动细节。那个在迈阿密海滩陪着祖克曼，为了他母亲的死难过的黑人清洁女工，原型是费城老朋友家里的一个管家，我十年没见到她了，而且我的家人她也只见过我。我一直为她独特的说话方式着迷，既然有了合适的时机，就加以利用。但在书里她说的话都是我自己创造的。奥莉维亚，那个八十三岁的佛罗里达黑人清洁女工，就是我。

　　想必你也知道，让人好奇的传记性的东西——关键的一点——不是作家会写他自己遇到的事，而是他如何写，如果我们把这一点弄明白，能够极大地帮助我们理解他为什么要写。另一个有意思的问题是他为何、如何写没有发生过的事——他如何将假定的、想象的东西倾注到由回忆激发和控制的部分，而回忆又是如何生出幻想的。顺便提一下，我建议，要弄明白《被释放的祖克曼》里高潮处父亲的死和我自己的父亲到底有何关联，最好还是去问我父亲，他住在新泽西的伊丽莎白。我可以给你他的电话号码。

那么你自己关于精神分析的体验和把精神分析作为一种文学策略加以运用，这两者间是何关系？

假如我没经历过精神分析，《波特诺伊的怨诉》不会是我现在写成的样子，《我作为男人的一生》和《乳房》也会大不一样。而我本人也不会是现在的我。相对于我作为一个神经官能症患者，精神分析可能对我作为作家的帮助更大；虽然这两个身份并非如此泾渭分明。精神分析是我和成千上万困惑的人共同的经历，而对于作家来说，在私人领域中如此强大的一种体验，可以让他参与到自己的时代、自己的阶层，以及他身处的那个当下，这对他来说举足轻重，但前提是之后到了写作的诊室中，他可以将自己抽离出来，客观地、有想象力地重新审视那段体验。即使仅仅为了去写如何做一个病人，你也必须能够成为你的医生的医生，而这基本上是《我作为男人的一生》部分的主题。之所以我会对病人感兴趣——在我接受分析之前四五年写《放手》的时候就有兴趣——是因为有那么多开明智慧的当代人士接受了自己是病人，并接受了"心理疾病""治疗""恢复"那些概念。你刚刚是问我艺术与人生的关系吧？它们之间的关系就好像精神分析需要的八百个小时和看完《波特诺伊的怨诉》所用的大概八个小时之间的关系。人生很长，而艺术更短。

能谈谈你的婚姻吗？

那发生在太久以前，我都不信任自己的记忆了。而且《我作为男人的一生》让问题更复杂了，因为这本书在很多地方大幅偏离了我当时糟糕的处境，所以现在要我在二十五年之后，把一九七五年的虚构和一九五九年的事实分清楚，实在很难。你还不如问问《裸者与死者》的作者，他在菲律宾到底发生了什么。我只能告诉你，那就是我的步兵生涯，在多年没能争取到"卓越服务十字勋章"之后，我写了一部战争小说叫《我作为男人的一生》。

你回忆过去的时候会感觉痛苦吗？

现在往回看我觉得那些年都很有趣——人到了五十岁经常会这样，想起年轻时的经历觉得已经久远得令人欣慰，虽然可能曾为之白白耗费了十年。我那时比现在行事更激进、更有攻击性，有人甚至说我让他们害怕，不过尽管如此，我依然很容易成为被攻击的目标。二十五岁的时候我们都很容易被攻击，只要对方找到我们那个巨大的命门。

你的命门在哪里？

　　哦，和所有自认为崭露头角的文学天才都差不多。我的理想主义。我的浪漫主义。我想将"生活"大写的激情。我想经历困难、危险。我想要生活再难一些。后来呢，我果然如愿以偿。我的出身平平无奇、波澜不惊，但相对还算幸福——我成长的三四十年代，纽瓦克那个区域就是一个"犹太人高地"——那里给了我野心和动力，但我也吸收了那一代美国犹太孩子的忧虑和恐惧。二十出头的时候，我想向自己证明我不惧怕那些东西。这并没有错，虽然一番折腾后，我有三四年时间几乎无法写作。一九六二年到一九六七年这段时间，是我成为职业作家以来没有作品出版的最长的一段时间。抚养费以及没完没了的诉讼费用榨干了我靠教书和写作获得的所有收入，还不满三十岁的时候，我就欠了我的编辑好友乔·福克斯一屁股的债。借钱是为了看心理医生，我当时只是因为一段为期两年没有孩子的婚姻就负担了巨额的抚养费和诉讼费用，要是没有心理辅导我可能就出去杀人了。那时反复纠缠我的一个画面是一列转到错误轨道的列车。在我二十出头那几年，我可以说是顺风顺水——从不误点，停站时间短，终点明确；但忽然跑到了一条错误的轨道上，高速朝荒山野岭冲去。我问自己："你到底怎么才能回到正确的轨道上去呢？"结果是，你不能。这些年来，夜深人静的时候，我还是会为自己突然停靠一个莫名其妙的站头而吃惊。

但偏离原来那条轨道看来是大好事啊。

约翰·贝里曼说过，对于作家来说，只要没将他杀死的磨难都棒极了。事实上他就是被那份磨难杀死的，但那并不意味着他所说的没道理。

你对女权主义怎么看，特别是女权主义者对你的攻击？

什么攻击？

这些攻击的重点在于，你对女性角色的处理某种程度上冷漠无情，例如对《当她是好女人的时候》里的露西·纳尔逊的呈现就充满了敌意。

不要把那上升为"女权主义"的攻击。那只是愚蠢的解读。露西·纳尔逊是个愤怒的少女，想过体面的生活。小说呈现她比她所处的世界更优秀，而且她也知道这点。她面对、对抗的那些男人都是一些让女性非常讨厌的典型。她要保护一个消极无助的母亲，后者的脆弱让她抓狂。这本书问世几年之后，露西所控诉的美国中产阶级生活的某些方面正是激进好斗的新兴女权主义眼中的仇敌——所以露西的愤怒其实可以看作是尚未成熟的女权愤怒。《当她是好女人的时候》刻画了露西想从极度的失望中挣脱出来，而这种失望源自一个女儿对不负责任的父亲的失望。它刻画的是她对现实父亲的憎恨和对他无法成为的理想父亲的向往。如果要争辩说一个酒鬼、懦夫、罪犯的女儿心中不会有强烈的失落、鄙视和耻辱，那是彻底的愚蠢，如果这就是所谓的"女权主义"攻击，那就更蠢了。而且露西还嫁给了一个妈宝男，露西恨他的无能和无知。难道我们生活在一个婚姻里不再有憎恨的世界吗？至少那些赚了大钱的离婚律师不这么认为，更别提托马斯·哈代和居斯塔夫·福楼拜了。顺便说一句，对露西父亲的描写是不是也"带着敌意"呢，因为他是个酒鬼，小偷小摸，最后进了监狱？对露西丈夫的描写是不是也"带着敌意"，因为他正好是个巨婴？那个想毁了露西的叔叔，是不是呈现他粗鄙残忍也"带着敌意"呢？小说写的是一个受了伤害的女儿，她有足够的理由为她生命中的那些男人而感到愤怒。如果认识到年轻女性会被伤害、会感到愤怒算是一种敌意的话，那这个人物的确是"带着敌意"刻画的。我敢说不少女权主义者也会被伤害并且感到愤怒。你看，现在难以启齿的私密不再是性了，而是仇恨与愤怒。现在激烈的控诉已经成了禁忌。我们已经有了陀思妥耶夫斯基一百年（弗洛伊德五十年）了，奇怪的是现在体面的人都不愿意承认自己有这些情绪了。就像多年前人们也是这么看待口交的。"问我吗？从没听说过。真恶心！"但是说真的，探究一下这种所谓"敌意"的激烈情感就一定是"带着敌意"的吗？《当她是好女人的时候》不是为女权事业背书——这我不能否认。我在描写这个年轻女人的愤怒时，并没有带着"正该如此！"的肯定，从而鼓动人们都行动起来。我检视的是愤怒的本质，伤害的深度，以及愤怒给露西和其他人带来的后果。我其实不愿自己来说，但对这个人物的描写是带着伤感的。这个伤感并不是那些富有同情心的书评人所谓的"同情"。我指的是你可以看到真正的愤怒其实是很痛苦的。

但是，假如我说，你书里几乎所有的女性角色都只是用来妨碍、帮助或者抚慰男性角色的。她要么是做饭的、善解人意的、让人平静的，要么就是另外一种，一个危险的疯子或妨碍者。她们的出现都只是帮助或妨碍凯普什、祖克曼或塔诺波尔，可能这种对女性的理解会被认为是有局限的。

让我们面对现实，有些理智的女人正好会做饭，而有些危险的疯子也会。所以我们别去谈做饭的罪过了。一个男人让自己和一个又一个用美味佳肴喂饱他的女子缔结情谊，这可以写成一部类似《奥勃洛摩夫》的伟大作品，只是我还没写而已。你所说的"理智""平静""善解人意"，如果有任何人配得上的话，《欲望教授》里的克莱尔·奥运顿必然是其中之一，凯普什在结束婚姻多年后依然和她保持着温和的关系。好，如果你要从克莱尔·奥运顿的角度写一部小说，描写这段关系，我完全支持——我会非常有兴趣了解她的想法、态度——那为什么我从大卫·凯普什的角度写了一本小说你似乎颇有微词呢？

从大卫·凯普什的角度写没有任何问题。但对一些读者来说，似乎不能认同克莱尔或者小说中的其他女人只是在那儿帮助或者妨碍凯普什。

我给你的只是凯普什跟这个年轻女人一起生活的感受，对此没有丝毫掩饰。我的书成功与否并不取决于克莱尔·奥运顿的性格是否平静理智，而是要看我是不是能够描绘出平静或理智到底是什么样子的，是不是能够描绘出当你的同伴大量拥有这些或其他优良品质时会是什么样的情形，以及人为什么会渴望拥有同伴。当凯普什的前妻不请自来，克莱尔也会妒火中烧，而且她也因为自己的出身而时常郁郁寡欢。她出现不是作为帮助凯普什的"手段"。她帮助凯普什，凯普什也帮助她。他们相爱了。她之所以出现，是因为凯普什在结束了一段与一个很难相处但令人激动的女子棘手的婚姻后，爱上了一个理智、平静、善解人意的女子。现实里人们不就是如此吗？比你更教条些的人可能会告诉我，仅仅相爱，特别是充满激情的爱恋，并不能成为男女之间建立长久关系的基础。只可惜，人们——特别是聪明、有阅历的人——就是这样做的，过去是这样，以后看样子也会继续这样，我没兴趣告诉别人为了人类福祉应该做些什么，或者假装他们确实在做着造福人类的事；我写的是这些不像理论家一样一贯正确、通盘趋利避害的人，他们在现实中是如何行事的。而凯普什处境的反讽之处在于，他已经找到了一个可以共同生活的这样一个平静、善解人意的女子，她有很多的可贵品质，他却发现自己对她的渴望正难以理喻地渐渐消失，意识到除非他遏制住这不由自主的衰减，他生命中最美好的一部分也将离他而去。这不也是现实里会发生的事吗？我听说这种渴望的消失该死的一天到晚在发生，而对于当事人是极度痛苦的。你看，渴望的消失不是我发明的，激情的诱惑不是我发明的，理智的同伴、疯子，这些都不是我发明的。如果我笔下的男人对女人的感受不够正确，或是没有体会到所有可能的对女性的感受，或是他们的感受在一九九五年看起来已经不够正当了，那么我致歉。但我想坚持的是，我对于一个男人成为凯普什、波特诺伊——或者一个乳房——那种体验的描绘，其中是有些真实的。

你为何没有在别的书里再次使用波特诺伊，就像凯普什和祖克曼那样？

但我在其他书里用过了啊，《我们这一帮》和《伟大的美国小说》里就有。对我而言，他不是一个角色，他是一次爆炸，《波特诺伊的怨诉》之后我的爆炸并没有结束。《波特诺伊的怨诉》之后我写的第一个东西就是一个中篇《在空中》，发表在泰德·索罗塔洛夫的《美国评论》上。约翰·厄普代克有一次来我这儿，晚餐时他问我："这个故事你怎么一直没有重印？"我说："这个故事太令人作呕了。"约翰笑着说："没错，这个故事确实挺恶心的。"然后我说："我不知道写它时自己在想什么。"这句话一定程度是对的——我也不知道我当时在想什么；这个故事的意义就在于"不知道"。但我也的确知道。我查看了自己的武器库，找到一根炸药，我想："点着引线看看会怎么样吧。"当时我想做的就是继续引爆自己。他们教授文学课的时候会说这是作家在改变风格。我炸毁了很多文学上或个人上过去信奉和禁忌的东西。我想这也许就是为什么那么多犹太人被《波特诺伊的怨诉》所激怒。不是因为他们此前从没听说过孩子手淫或是犹太家庭里的纷争，而是因为如果他们控制不了像我这样的人，这样附庸于多么体面的机构、有那么多正经资质的人——所谓抱有"严肃的人生志向"，那肯定有什么地方出了问题。归根结底，我不是艾比·霍夫曼[1]，也不是兰尼·布鲁斯[2]，我是一个在《评论》杂志发表过文章的大学老师。但当时在我看来，下一步要严肃对待的事就是别再那么严肃。就像祖克曼提醒阿佩尔时说的："严肃有时候也可以跟任何不严肃的事情一样愚蠢。"

你写《波特诺伊的怨诉》的时候是否也在故意挑起争执呢？

争执在我还没找到它之前，很早就找到我了。《再见，哥伦布》出版以后他们就再也没放过我，在某些圈子里他们说这是罗斯的《我的奋斗》。和亚历山大·波特诺伊不同，让我懂得中产阶级道德观的并不是我的家庭，而是在我离开家并出版了短篇小说之后的那些经历。我小时候家里的环境更接近祖克曼的，而不是波特

---

① Abbie Hoffman（1936—1989），美国社会活动家。
② Lenny Bruce（1925—1966），美国喜剧演员。

诺伊的。当时也的确有些限制，但跟我碰到的那些想让我闭嘴的正统犹太人不能相比，后者的苛刻、狭隘，以及由羞耻驱动的排外情绪都是我之前没有见识过的。波特诺伊家中的道德氛围，特别是其中压抑的部分，很大程度上拜正统犹太群体对我处女作持续的声讨所赐。这本书的成功，他们功不可没。

你一直在谈《波特诺伊的怨诉》遇到的批评声音，那对它的认可呢——它所获得的巨大成功——对你产生了什么影响？

它太成功了，那种疯狂的程度让我难以招架，所以我就逃了。书问世的几个星期之后，我在纽新港务局客运总站登上了一辆开往萨拉托加温泉的大巴，到雅斗艺术家社区躲了三个月。这恰恰是祖克曼在《卡诺夫斯基》出版之后本该做的事——但他没走，那个傻瓜，看看他遭遇了什么后果。相比于阿尔文·佩普勒，他应该会更喜欢雅斗的。不过把他留在曼哈顿让《被释放的祖克曼》更好玩，而我不在曼哈顿，我的生活会比较好过。

你讨厌纽约吗？

我从一九六二年起住在纽约，直到《波特诺伊的怨诉》出版后，我搬到了乡下；但我不会把我在纽约的时光跟任何东西交换。从某种意义上来说，纽约给了我《波特诺伊的怨诉》。我在艾奥瓦城或者在普林斯顿教书的时候，从来没有感觉像六十年代在纽约时那么自由，不论在纸上还是在跟朋友一起时，我都尽情地投入我的喜剧表演。当时和纽约的朋友们共度了很多喧嚣的夜晚，在精神分析时有很多不顾羞耻的谈话，肯尼迪遇刺后的几年中那个城市本身就有种戏剧化的舞台感——这些都给了我灵感去尝试一种全新的声音，那是第四种声音，比《再见，哥伦布》《放手》《当她是好女人的时候》更不书面化。当时反对越战的声音也起到了同样的作用。每一本书的背后都有一些读者看不到的、表面上似乎毫不相干的东西，但却释放了作者最初的冲动。对我来说，就是当时空气中的那种愤怒与反叛，周围随处可见活生生的例子向我展示愤怒的抗争和歇斯底里的反对。这给我自己的表演贡献了不少点子。

你觉得自己也属于六十年代的那股潮流吗？

我感觉到自己周遭强大的生命力。我相信那是我自童年以来第一次完全感受到某个地方——当然，我指的就是纽约。同时，我也和其他人一样，从美国丰富的公共生活中以及在越南发生的一切中，受到了一次有关道德、政治与文化可能性的颇具震撼性的教育。

但你一九六〇年在《评论》上发表了一篇文章，叫《美国小说创作》，表示美国的知识分子和愿意思考的人觉得他们好像并没有生活在自己的土地上，而是居住在一个不能参与公共生活的国家里。

好吧，那就是一九六〇年和一九六八年的区别了。（另外在

《评论》上发文章自然也不一样。）在美国感觉到孤立，对它的快乐和关注点感到陌生——这是五十年代像我这样的年轻人的普遍体会。这完全没什么好丢脸的，在我看来，这种态度的形成是因为我们的文学理想和现代主义激情，是因为追求崇高的第二代移民跟战后第一次媒体垃圾爆发之间的冲突。那时我们哪里想得到，当初我们曾抗拒的庸俗和无知二十年后会像加缪笔下的鼠疫一般荼毒全国。若有在艾森豪威尔年代里一个讽刺作家写了一部未来小说，想象里根当上了总统，这部作品会被斥责为一次粗俗、可鄙、幼稚、反美的恶作剧，而事实上他作为一个瞭望员，真正做到了先知先觉，这也是奥威尔失手的地方；他会看到英语世界所遭受的怪诞之灾并非东方集权噩梦式的西进，而是西方愚蠢媒体和无德商业化共同炮制的闹剧遍地开花——美国式反文化的横行。屏幕上并不是"老大哥"在监视我们，而是我们正在看着一个强大到令人恐惧的世界领袖，他有着一个肥皂剧里热心老太太的灵魂，一个属于尚有人文关怀的贝弗利山卡迪拉克倒卖手的价值观，在历史和思辨素养上，堪比琼·阿利森音乐剧里的高中生。

你之后的七十年代怎么样？当时美国发生的事对像你这样的人还有影响吗？

我得先回想当时在写什么书，然后才能想起发生过什么事情——尽管发生的事主要就是当时写的书。一九七三年尼克松来了又走了，而在他来来去去的那段时间我正在被《我作为男人的一生》逼疯。从某个角度来说，我从一九六四年开始断断续续地写那本书。我一直在寻找一个令人作呕的场景，安排莫琳从一个穷苦的黑人孕妇那儿买尿样，让塔诺波尔相信是自己让她怀孕了。我开始想把这个桥段用在《当她是好女人的时候》，不过这对利伯蒂森特的露西和罗伊来说不太合适。然后我又考虑能不能放进《波特诺伊的怨诉》，但对那样的喜剧来说，这个情节又过于恶毒了。我写了一箱又一箱的草稿，最终它们变成了《我作为男人的一生》——所谓"最终"，是我终于意识到解决办法就在那个我无法克服的问题里：这部小说的核心并不是那个令人作呕的事件本身，而在于我无法找到适合它的场景。水门事件让我写作以外的生活趣味盎然，但每天朝九晚五之间我的心思没有放在尼克松或越南问题上，我一直试图解决那本书的问题。当我觉得问题似乎解决不了，我就停下来写了一本《我们这一帮》；我又试了一次，发现还是不行，我就又停下来写了那本关于棒球的书；那本棒球书快写完的时候，我停下来写了《乳房》。我似乎是一路爆破，炸开一条通往那本我写不出来的小说的隧道。这些书每一本都是一次爆破，为下一本扫清障碍。不过其实你从头到尾写的都是一本书。夜里你做了六个梦，但它们真的是六个梦吗？前一个梦预演或者暗示了后一个梦，或者通过某种方式将没有做完整的梦终结，然后是下一个梦，它矫正着前一个梦——是它的替代或解药——它扩展、嘲笑、质疑，或只是试着将之前的梦做对。这种你可以整夜反复尝试。

《波特诺伊的怨诉》之后，你离开纽约，搬到了乡下。乡间生活如何？很明显你把它作为素材用到了《鬼作家》中。

要不是我浅尝了一口 E.I. 洛诺夫那三十五年乡间生活的美妙滋味，我永远也不会有兴趣去写一个隐居作家。我需要坚实的基础才能发挥想象。但乡间生活除了让我感受到一点洛诺夫的生活方式外，并没有给我其他什么主题。也许它永远不会，那我赶紧离开就行了。只不过我很喜欢住在乡下，而且我也无法让生活中的每一次选择都顺应写作的需求。

那英格兰呢？你每年都来这里住一段时间，这是否也可能成为小说的源泉呢？

二十年以后再问我吧。艾萨克·辛格就差不多花了那么长时间，把足够多的波兰清除掉，吸纳了足够多的美国，才开始作为作家一点点地去发现和描写上百老汇的咖啡馆。你如果不了解一个国家所幻想的生活，那你写关于它的小说最多不过是形容它的布景、人物外形，等等。当我看到一个国家出声地梦想着什么——在剧场里，在选举中，在福克兰群岛危机里，我会看到它流露出来的点点滴滴，但我实际上并不懂得这里的人对这些事真正的感受是什么。我很难理解这些人是谁，即使他们告诉了我，我也不知道是他们的原因还是我自己的原因。我不清楚他们在扮演谁，即使我分辨出了真相和伪装，我也不容易看出两者重合的地方。我对人对事的感知也因为语言相通而变得模糊不清。你看，有的时候是我认为我听懂了，但实际上我并没有懂。最糟糕的是，我一点都不讨厌这里。这里没有文化上的怨怼，听不到自己的声音选择立场、发表观点、复述所有不公之事，实在让人舒心！真是幸福——但对写作可不是什么好事！这里没有要把我逼疯的事情，但写作的人一定要快被逼疯时才能看得清楚。写作的人需要他的毒药，而解药就是他写的书。假如我不得不留下来，因为某种原因不能回美国，假如我的立身处世和个人福祉突然和英格兰永久性地捆绑在一起，这样的话，把人逼疯或有意义的事情才会逐渐清晰起来。也可以说，到大约二〇〇五年，或者二〇一〇年，我会慢慢停止写纽瓦克的故事，而是把场景设定在肯辛顿公园路一个红酒吧的酒桌上，主人公变成了一个上了年纪、背井离乡的作家，他手里拿的不再是《犹太先锋日报》而是《先驱论坛报》。

你最近的三本祖克曼小说，再现了跟犹太身份以及对犹太人的批评之间的纠缠。在你看来为什么这几本书又如此明显地回到了过去的主题呢？

七十年代早期，我开始时不时造访捷克斯洛伐克。每年春天我都去布拉格，都会接受一点关于政治压力的速成教育。之前，我亲身经历的那些压力都更温和，也更隐蔽——往往是性心理上的束缚或者社会生活的限制。就我个人的体验来说，我感受更深的是反犹历史造成的犹太人之间和犹太人给自己施加的压迫，而不是反犹迫害。你应该记得，波特诺伊就认为自己是这样一个遵从犹太传统的犹太人。不管怎么说，生活在集权主义的布拉格和自由自在的纽约大不相同，我对此深有体会。在起初的犹疑之后，我决定关注那个我所熟悉的世界里，艺术家的生活会遭遇哪些意想不到的后果。我深知，关于艺术家的生活，亨利·詹姆斯、托马斯·曼和詹姆斯·乔伊斯已经写过不少精妙传世的短篇和长篇，但我没有读到有谁写过在美国把艺术作为一门事业会变成怎样的喜剧。托马斯·沃尔夫处理这个主题时表现出了一种喜不自胜的狂热。而祖克曼受犹太身份的困扰，以及他对犹太人的批评，是放在了他作为一个美国作家的滑稽经历这个背景之下：被逐出家门，书迷们离他而去，最后变得心力不济。像我的这几本书，其犹太性并不在它的主题之中。谈论犹太人是怎么样的几乎引不起我的兴趣。如果说有什么让《解剖课》之类的书成为所谓的"犹太书"，那大概是某种气质：紧张、易激动、喜争执、戏剧化、愤怒、偏执、敏感、装腔作势——最重要的是爱说话。全是说话和吼叫。你知道，犹太人开了口就停不下来。看一本书是不是"犹太书"，并不是看它讲了什么，而是你没法让它闭嘴。它不会让你耳根清净，不会放过你，会一直贴着你的耳朵告诉你，"听着，听着——这才只说了一半呢！"我打坏祖克曼的下巴时，我很清楚自己在干什么，因为对于犹太人来说，下巴坏了可是个可怕的悲剧。就是为了避免那样的悲剧，我们之中才有这么多人选择了讲台而不是拳击台。

为什么米尔顿·阿佩尔，那个善良、高傲的犹太人，在祖克曼事业初期是他的心灵导师，而到了《解剖课》里面就成了出气筒？祖克曼为什么将他拉下神坛？

假如我不是我自己，假如其他什么人来作罗斯、写他的书，我就很有可能在这另一个化身里成为他的米尔顿·阿佩尔。

祖克曼对米尔顿·阿佩尔的愤怒是否表达了你的某种愧疚？

愧疚？完全没有。事实上，在那本书早先的一稿里，祖克曼和他的年轻女友戴安娜在争吵中对阿佩尔态度截然相反。戴安娜涉世未深却又争强好胜，她对祖克曼说："你为什么允许他对你发号施令，为什么对他唯命是从？"祖克曼比她年长，他回答道："亲爱的，别傻了，冷静点儿，他无关紧要。"这一幕是带着自传色彩的，但作为小说读来毫无生命可言。我不得不将愤怒灌输到主人公身上，尽管我自己在这个问题上早已心平气和。在忠于真实生活的时候，其实我是在避重就轻。所以我转换了二人的立场，让二十一岁的大学生告诉祖克曼成熟点儿，让祖克曼变成发小孩脾气的那个。这样更好玩。如果祖克曼和我一样无比理智，那我就没法写了。

所以你的主人公一定要很气愤，或者身陷困境，或者抱怨连连吗？

我的主人公一定得处在一种鲜活的身份转换，或是颠覆性的错位之中。"我不是我，我是——如果非要描述的话——那个我不是的人。"再说下去就是那些老生常谈了。

你写作时，对从第三人称变成第一人称叙述是自觉的吗？

这不是自觉不自觉的问题——是一种顺其自然。

但是对于写作者来说，第三人称和第一人称感受上有何不同？

那么当你调整显微镜焦距的时候是什么感受呢？一切取决于你要把被观测对象拉到距离你肉眼多近的地方，或者推到多远。取决于你要放大的是什么，要放大多少倍。

不过当你用第三人称去写祖克曼的时候，是不是用某种方式解放了自己？

有些话祖克曼自己说出来会不合适，那就由我来替他说，只在这个意义上，我解放了自己。用第一人称会丢失那层反讽或者滑稽；或者我可以给他加一份庄重，人物自己开口则显得突兀。在同一个叙述中人称的转换可以决定读者的道德视角。就好像我们平常对话在谈论自己时用的却是不定代词"一个人"。当你说"一个人怎么样"时，你要表达的意思和说话人之间的关系就更松弛。你看，有时候让他自己说更有效，有时候用第三人称谈论他更有效，有时候间接叙述更有效，有时候也未必是这样。《鬼作家》用第一人称叙述，大概是因为它描写的是一个祖克曼在自身之外发现的世界，这是一本关于年轻的探索者的书。他年纪越大、受伤越多，就变得越来越内视，所以我也要站得更远一些。《解剖课》中他的自我中心危机在一段距离之外会看得更清楚。

你写作时会指引自己去区分对话与叙述吗？

我不会"指引"自己。我只会跟随那些最具生命力的可能性。对话与叙述之间的平衡并不是一定的。你只能选最有活力的方式。两千页的叙述加上六行对话可能对一个作家来说刚刚好，而两千页的对话和六行叙述可能恰好是另一个作家的正解。

你有没有过把大段的对话改成叙述，或者反过来改过？

有的。我在《鬼作家》里安·弗兰克那部分就改过。我花了好大力气才把它改好。开始时，我用第三人称，对那段素材心怀敬畏，用了很悲怆的挽歌式语气去讲安·弗兰克幸存以后来美国的故事。我那时不知道后面会怎么样，所以开始就用了写圣人时大家都应该用的语气，那语气很适合写圣徒传。那样写不会让安·弗兰克在我故事的情境中获得全新的意义，我只是在现成的情感库存中拿了些大家对她的共识。即使好演员，在排练一出戏开头的几个礼拜，有时候也会这样做——诉诸于传统表现形式，墨守成规地抱着老一套，同时焦急地等待一些真实的灵感降临。回想过去，我觉得那时的困境有些奇怪，因为我实际上在向祖克曼与之斗争的东西，即官方赋予了权威的、最能抚慰人心的那种传说投降。我向你保证，如果我原封不动地把那些陈词滥调拿去出版的话，那些后来抱怨我在《鬼作家》里滥用安·弗兰克历史的人，就连眼睛都不会眨一下了。大家就都会相安无事了；说不定我还能得到什么嘉奖呢。但是，我绝不可能那样为自己赢什么奖，讲一个犹太人故事的重重困难——到底应该怎么讲？用何种语气？讲给谁听？为了什么目的？到底该不该讲？——最后成了《鬼作家》最重要的主题。成为主题之前，似乎肯定要经过一个严峻考验。对我而言，经常发生的是，作品的精神生命问世以前的种种挣扎，在写作初期还不确定的时候，会不知不觉进入到作品里面去。《鬼作家》就是如此，只有在我修改了那部分，用第一人称全部重写的时候，考验才算结束——安·弗兰克的故事让艾米·贝莱特来讲。受害人自己不会去用《时代进行曲》似的新闻播报的声线谈论她的苦难，在她的《日记》里就没有，在现实生活里又怎么可能有呢？我不想让这部分仅仅看上去是第一人称叙述，但我知道只有通过第一人称过滤一遍，我才能把那部分语言里糟糕的语气清除干净，那糟糕的语气都是我的，不是她的。那些充满激情的节奏、声嘶力竭的感情、阴沉暗淡而又过度戏剧化的陈旧辞藻——多亏有了艾米·贝莱特，我把它们剔除得一干二净。然后，我相当直接地把那个部分又重新用第三人称改写一遍，那样，我就能进一步修改了——是继续写而不是去美化或狂热讴歌。

你认为作为一个作家，你对环境和文化产生了什么样的影响？

完全没有影响。要是我顺着刚上大学时的计划成了一个律师，我看不出来文化会因此有什么损失。

你那么说，是觉得辛酸呢，还是快乐呢？

都没有，这是生活的现实。在一个以言论完全自由为诉求的巨大商业社会，文化是一只包罗万象的胃。最近，首次"国会金质奖章"的殊荣给了作家路易斯·拉摩，在白宫，总统为他颁了奖。世界上只有另一个国家能让这种作家得到政府最高奖，那就是苏联。幸运的是，我们美国人生活在里根的共和国，而不是柏拉图的理想国，除了那愚蠢的奖章，文化几乎无人问津。目前来看，这样最好。只要上层那些人继续给路易斯·拉摩荣誉，而对其他事不闻不问，一切都还不错。我第一次去捷克斯洛伐克的时候，意识到在我所工作生活的社会，对于一个作家，所有事都会过去，没有任何事特别要紧，而对于我在布拉格认识的那些捷克作家来说，没有什么事情能过去，所有事都很要紧。不是说我想换个地方生活，我丝毫不羡慕他们受到的迫害，以及他们的社会地位因迫害而获得提升的方式。我甚至都不羡慕他们作品里看上去更有价值、更严肃的主题。西方作家将东方作家很多严肃之极的主题进行浅薄化处理，这本身已变成一个题材，需要相当有想象力的构思设计才能把这题材变成扣人心弦的小说作品。写一部严肃作品，而不去动用那些传统意义上和严肃相关的修辞手段或沉重话题以彰显严肃，那也是件值得一试的工作。当我们的精神困境没有骇人听闻的效果，不会引起广泛的同情，而且并非发生在巨大的历史舞台上或者二十世纪最大规模的苦难中，给这样的精神困境它应得的写作呈现——这是落在我们这些作家身上的命运，我们的世界里所有事都会过去，没有任何事特别要紧。我最近听说评论家乔治·斯坦纳在英国电视上放话，谴责当代西方文学全无价值和质量可言，声称那些记录人类灵魂的杰作只可能诞生在捷克斯洛伐克那样政权倾轧灵魂的地方。可我却想知道，为什么我认识的捷克斯洛伐克作家都无比厌恶他们的政权，都热切地希望它能从地球上消失。他们难道不像斯坦纳那样，清楚他们的国家是他们成为伟大作家的机会？有时，一两个有惊人力量的作家能奇迹般地幸存下来，并以他们所在的制度为题材，把遭受的困扰迫害变成极高档次的艺术。而他们中大多数作家都只能身陷集权政治而不能自拔，被制度毁灭。那制度不会造就杰作，只能制造冠心病、溃疡和哮喘，造就酗酒的人、抑郁的人，造成辛酸、绝望和疯狂。作家们在知识上有缺陷，在精神上被打压，在体能上变虚弱，在文化上感到无聊透顶。很频繁地，他们被完全噤声。就是因为这制度，他们中最好的作家十之八九永远也无法写出最好的东西。而能在制度中茁壮成长的作家则都是些党棍。当这样的制度统治两代、三代人，无情地吞噬作家群体长达二十、三十、四十年，困扰就不可能再改变，语言也跟着僵化，读者群已然饥饿而死，而一种富有创新性、多样性、生机勃勃的国家文学（这和单个强大声音的强力幸存有很大不同）就几乎不可能存在了。侥幸存在于地下的文学，尽管从黑暗经历中获得灵感，但因为与世隔绝太久，也会不可避免地变得狭隘、落后，甚至过于天真。相反，我们在这里的作品从未失去真实，因为我们作家从未被集权政府踩在脚下。我从不认识任何持乔治·斯坦纳那种观点的西方作家，斯坦纳对人类苦难——以及所谓"杰作"——有很多宏伟壮观又多愁善感的幻想，以至于他在铁幕那一边走了一圈回来后，觉得自己掉价了，因为他从未和那么恶劣的知识环境、文学环境斗争过。假如让我作个选择，一边是路易斯·拉摩和我们的自由、我们宽广、生动的国家文学，另一边是索尔仁尼琴和文化沙漠、无情镇压，我选路易斯·拉摩。

但你不觉得作家在美国很无力吗？

　　写小说不是一条通向力量的道路。我认为，在我所处的社会里，小说仅仅对少数作家产生重要影响，这少数几个作家的作品当然也被其他小说家的小说深深影响。这种事情在我看来不会发生在普通读者身上，我也不期待它会发生。

那小说的作用是什么呢？

　　对于普通读者来说吗？小说只是让读者有东西可读。最理想的情况是作者改变了读者的阅读方式。这对于我来说就是唯一现实的期望，同时对于我来说也足够了。读小说是一种深层的独一无二的快乐，是一种让参与者全情投入的神秘的人类活动，不需要任何附加的精神或政治理由，就跟做爱一样。

那会不会引起其他余波呢？

　　你之前问我，我的小说有没有给文化带来什么改变，我的回答是没有。当然有些愤怒的回应，但总会有人对有些事感到愤怒，这不能说明什么。如果你问我，我想不想我的小说给文化带来什么改变，我的回答仍然是不想。我想要的是读者在读我的小说时完全沉浸其中——如果可以的话，我想用一种跟其他作家不同的方式，让他们沉浸其中，然后再让他们按原样回到那个所有人都忙着改变、说服、诱惑、控制其他人的世界中。最好的读者来到小说中是为了远离那些喧嚣，为了给那个被小说以外的所有东西所塑造和约束的意识松松绑。每一个痴迷读书的孩子都能立刻明白我所描绘的情景，虽然阅读的重要性绝不是一个孩子气的想法。

最后一个问题，你会怎么形容自己？你觉得，和你那些生生不息、不断变换自己的主人公相比，你是一个什么样的人？

　　我是一个干劲十足地努力要把自己从自己变成那些生生不息、不断变换自己的主人公的人。我也是一个一天到晚在写作的人。

"祖克曼系列"专访 [1]

很多评论家和书评人坚持写罗斯而不是他的小说。这么多年来他
们为何坚持如此？

如果情况确如你所说的那样，那么它可能跟是我的小说主要
集中于单一中心人物自我揭示的困境有关，而这个人物的经历在
某些明显的细节上和我自己的有所重叠，所以就会被认为是我
本人。

《鬼作家》被媒体自动描述为"自传作品"，因为它的叙述
者内森·祖克曼是个跟我年纪相仿的美国犹太作家，生于纽瓦
克，最早的作品引起了一些犹太读者的抗议。但是，事实上，以
上就是我和祖克曼的历史的所有相似之处了。《鬼作家》中年轻
的祖克曼所面临的以及推动情节发展的来自他父亲的令人不安的
反对，碰巧没有发生在我身上。他的作品引起了一位著名的前辈

---

① 这篇访谈由阿舍·米尔鲍尔和唐纳德·沃森为他们的书《阅读菲利普·罗斯》(圣
马丁出版社，1985) 而作。

作家睿智的、慈父般的兴趣，使得他在二十三岁时便有幸成为作家新英格兰家中的座上宾，这与我在五十年代初执笔时的经历完全不同。我也从未遇到过这样一个女人，因她酷似安·弗兰克而被她吸引，或者在精神上将她改造成安·弗兰克，并赋予她后者的身份象征，以洗脱犹太人对我的"自我仇恨"和"反犹"指控。

尽管有些读者可能很难将我的生活和祖克曼的区分开，但《鬼作家》，和它之后的《被束缚的祖克曼》和《反生活》一样，是一部想象的传记。尽管其创作受到那些经由我切身体会、深思熟虑的经验主题的激发，但其写作过程的结果与自传的方法相去甚远，更不用说二者的目的了。假如一个自封的自传作者，将他的个人主题详述为一个全然不同于、独立于他的日常的现实，里面充满想象出来的人物，他们用从未说过的话交谈，赋予一系列从未发生过的事情意义，那么对他把彻头彻尾的谎言描述为他的真实生活的指控将不会让我们感到惊讶。

关于这点，我可否引用约翰·厄普代克的话？在被问及我的祖克曼系列时，他对采访者说："罗斯发明了一种似是而非的真人真事小说。"

但如果你的书被约翰·厄普代克之外的其他人误读，那是不是大多数杰出作品的共同命运？被误读是不是意料中事？

小说家为读者工作，被接受的方式，在写作时是无法预料、无法考虑的，这对于和《被束缚的祖克曼》共度了八年时光的人来说，不是什么新闻。全书八百页，从开头场景，新近作家内森走进洛诺夫的起居室，为年幼时伤害过父亲的自尊而寻找赎罪的机会，到结尾处的那一天，他已是四十多岁声名卓著的作家，不得不屈服于布拉格的警察，上交那些完全无害的意第绪语小说，它们被警察认为具有颠覆政权的危险而予以扣押，几乎每一页都能体现出这一点。

作家向往的唯一接近理想阅读的阅读是作家对自己的阅读。其他任何阅读都是一种意外，借你的话来说，都是"误读"，如果你指的不是浅薄愚蠢的阅读而是由读者的背景、意识形态、情感等决定的阅读过程的话。

要获得值得思考的误读，作家必须有人读才行。那些想象力丰富、见多识广的熟练读者的误读，尽管有时候偏怪异，但也颇具指导意义。比如劳伦斯对美国文学的解读，或者弗洛伊德，这个想象类文学一直以来最有影响力的误读者。此外，审查带来的误读也影响深远，不过原因与前面例子有别。审查者一定误读了索尔仁尼琴小说中的政治目的吗？尽管审查者看上去好像是所有误读者中最狭隘反常的，但有时，他们可能比最宽容开放的读者更能辨别出一本书对社会的破坏作用。

严重的误读跟文本的艰深费解无关，天才也会误读童谣，只要他脑子里想着自己更紧要的事。

这么说的话，读者呢？你认为你有固定的读者群吗，如果有，他们对你意味着什么？

我有两个读者群，一个是一般读者，一个是犹太读者。对我自己在一般读者中的影响力，我一无所知，也不清楚他们都是什么人。这个一般读者群的数量不大。虽然《波特诺伊的怨诉》很受欢迎，但真正用心读过我一半作品的美国人——不是只读过一两本——不会超过五万。我在工作的时候不怎么想着他们，就像他们在工作时也不会想着我一样。对于一个专注于棋盘和对手棋局的棋手来说，他们就像旁观者一样遥远。另一方面，我能够自由支配五万个明智的读者（或者创造性的误读者）严肃而无声的关注，这让我获得极大的满足感。一本无声的书和一个无声的读者之间的神秘交流，自孩提时代起，就让我深感那是一种独一无二的交流。在我看来，归根结底这就是小说家职业的大众面。

平衡一般读者群的是犹太读者群，他们让我体会到了这两个世界最好的部分。从犹太读者那里，我能强烈地感受到他们的期望、蔑视、喜悦、批评、他们受伤的自尊、他们健康的好奇心。在我的想象中，作家的读者意识仿佛处在一个小国的首都，在那里，文化被认为与政治同样重要，在那里，文化就是政治。这个小国家永远在评估自己的目的，思考自己的意义，取笑自己的耻辱，并时常感到自己以一种或另一种方式受到威胁。

你为什么总是令犹太人如此愤怒？

我仍会惹怒他们吗？现在说"如此"肯定是夸张了，但这个夸张的印象和我不无关系，因为我在《被束缚的祖克曼》里写的作家的困境无意间延续了这个印象。然而十五本书之后，我也许不如祖克曼那么惹人生气了，这很大程度上是因为不支持我的那一代犹太人如今影响力式微，其他人不再为我小说中的犹太人的行为举止感到羞耻，如果他们曾经有过这种感觉的话。

因为，在过去，羞耻感——他们的——与他们跟我的冲突有很大关系。但是现在，大家都更加坚信犹太人有权利思考性事，相信无论被权威许可与否都可以从事性爱活动，所以过去那种羞耻感已经不复存在。总的来说，犹太读者已经不太在意非犹太人认为到底什么样的犹太人行为才可以接受（无论观点真实与否），他们似乎不会过度担心有损他们形象的看法会通过小说在公众头脑里留下永久烙印，也不会担心那些看法会引起反犹态度。美国的犹太人现在对非犹太人的态度，和五十年代我刚开始发表作品时相比，不再那般惶恐不安，他们对反犹主义及其形成原因的理解日趋成熟，也很少被令人窒息的"正常"观念所束缚。

这是因为他们不再像过去那样时刻为同化的问题担忧，也理所当然地较少受到过去十五年中新美国社会的种族差异的困扰。这次社会更新是由两千多万新移民的涌入造成的，新移民远远不如当初的犹太人易同化，其中百分之八十五并非来自欧洲，他们有形的存在重建了我们国民生活多元性这一显著、不争的事实。当迈阿密的精英来自古巴中产阶级，而麻省理工最好的学生来自中国，所有民主党总统候选人在全国大会上都要亮出自己的种族、民族资质的时候——当每个人都与众不同并不以此为意——也许犹太人就不再会担心他们的与众不同，也会因此不再与众不同了。

除了我上文提到的羞耻感之外，据他们所言，我通过证实仇犹者的信念，煽动异教徒中潜在的反犹情绪来制造威胁。多年前，知名犹太神秘主义学者哥舒姆·肖勒姆在一份以色列报纸上发表了一篇对《波特诺伊的怨诉》的攻击，预言不是我而是犹太人会为这本书的鲁莽付出代价。直到最近，我才在以色列获悉了肖勒姆的这篇文章。一位特拉维夫的大学教授替我总结了肖勒姆的观点，并问我作何感想。我说历史已经证明了肖勒姆的错误：《波特诺伊的怨诉》出版十五年后，没有一个犹太人为了这本书付出除书店收取的几美元之外的任何代价。那个教授的回答？"时候未到罢了，"他说，"一旦时机成熟，异教徒是不会放过利用它的机会的。"

仍然会被我激怒的人，大都像这位以色列教授，对他们来说，教唆反犹主义的危险几乎凌驾于其他任何考虑之上。

犹太人也好，异教徒也罢，当然肯定还有很多人对我的作品毫不在意，因为他们认为我根本不知道如何写小说。那也无可非议。我所指的更多是一种心理或意识形态上的取向，一种对政治和历史的看法，使得某一群读者对《波特诺伊的怨诉》厌恶之极。尽管以色列教授的例子似乎表明情况并非如此，但在我看来，这种特殊的犹太人倾向，因以色列的存在及其对美国犹太人自信心的影响，正在逐渐消失。

我指的不是以色列军事力量可能激发美国犹太人的自豪感，不是以色列胜利的形象，或以色列道德无误的天真想法向美国犹太人表明，他们不再需要受到保护性的自我审查过于严苛的束缚。恰恰相反，是他们认识到，以色列公开承认自身是一个个并不和谐、四分五裂的社会，有着相互冲突的政治目标和自我怀疑的良知，这个犹太社会从不费力隐藏自己的不完美，即使它想，它也无法对全世界隐藏。以色列犹太人之所以获得巨大的曝光——他们对此并非不痴迷——有很多原因，其中有好有坏，但可以肯定的是，以色列人无畏的自我坦露带来的一个后果，就是引导美国犹太人将他们自己可能不愿公开承认的一系列行为和有着鲜明犹太身份的群体联系了起来。

转向一个更宽泛的主题，你认为小说是一种认识世界的方式还是改变世界的方式？

一种独一无二的认识世界的方式。没有小说的帮助，我们依然可以知道有关这个世界的很多东西，但没有什么能够产生小说所带来的认识，因为没有其他任何东西能将世界变成小说。你从福楼拜、贝克特或陀思妥耶夫斯基那儿了解的关于通奸、孤独或谋杀的东西并不会比没读过他们作品的时候多，你了解到的是《包法利夫人》《莫洛伊》《罪与罚》。小说源于一种名叫想象的独特的审视方式，小说的智慧与想象密不可分。最聪明的小说家，其聪明才智离开了体现它的小说，也常常大打折扣或者至少有所变形，它会不自觉地只跟小说家本人的心灵对话，而不是去感染更多的意识，因而无论它如何被冠以"思想"之名，它不再是独一无二的认识世界的方式。小说家的智慧一旦脱离小说，往往只是纸上谈兵。

　　小说确实能影响行为，塑造观念，改变举止——一本书当然可以改变某个人的生活——但那是因为读者作出选择，愿意把小说用于自己的目的（可能是让小说家瞠目结舌的目的），而不是因为小说没有读者采取的行动就不够完整。一九六七年由捷克知识分子围绕卡夫卡主题组织的布拉格会议成为杜布切克的改革政府和一九六八年"布拉格之春"的政治垫脚石；然而，这并不是卡夫卡要求的、可以预见的或一定高兴看到的。他以《审判》和《城堡》命名的认识世界的方式——对许多人而言，他的作品也许并不能帮助他们了解任何事——被那些捷克知识分子用来组织对他们的世界的看法，这种看法具有足够的说服力，以至于能发展壮大为一场政治运动。

你听起来好像宁愿小说不去改变任何事情。

　　一切改变一切——没有人反对这一点。我的观点是，无论小说看起来促成了什么改变，那通常都与读者的而不是作者的目标有关。

作家确实有能力改变一些事情，而且他们每天都在努力改变，那就是写作。作家只对他自己的话语的完整性负责。

你是否觉得小说话语的重要性，如果甚至谈不上完整性的话，受到它的对手，如电影、电视、新闻头条的威胁，因为它们提出了截然不同的认识世界的方式？媒体难道不是几乎已经篡夺了你赋予文学想象的审视功能吗？

有审视作用的小说不仅受到威胁，它作为一种严肃的认识世界的方式在美国已被扫地出门，不但在数以千万计把电视当作唯一信息来源的人群中如此，在这个国家文化精英小圈子中几乎也是如此。一流人士在电视节目里谈论末流电影几乎已经完全取代了同等长度与强度的文本讨论。电影吸引人们以一种放松的、印象主导的方式谈论它们，这种谈论不仅是下里巴人的文学生活，而且是文化人的文学生活。即使是受过最好教育的人，似乎也更容易让他们从图像故事中阐明他们是如何认识世界的，而非让他们自信地告诉你他们是如何理解一段文字描写的，这在某种程度上解释了为什么文字所描写的变得不那么为人所知，因为它要求人们精神高度集中，而这似乎已变得困难之极或乏味之极，或者二者兼有。

媒体篡夺了文学的审视作用，篡夺并将其庸俗化。美国媒体当前的趋势是将一切庸俗化。将一切庸俗化对美国人的重要性不亚于镇压对东欧人的重要性，而如果说这个问题在国际笔会还没有变得像政治镇压那样臭名昭著，那是因为它脱胎于政治自由的世界。美国文明受到的威胁不是某些非典型的学区审查这本或那本书，也不是政府试图封杀这条或那条消息，而是信息泛滥，渠道超载，是对各种事物的不加审查。而将一切庸俗化恰恰源于东欧或苏联所没有的，即说任何话和卖任何东西的自由。

现在有些西方作家甚至认为，如果他们在莫斯科或华沙受到压迫，而不是在伦敦或巴黎享受自由，那会对他们的作品有好处。好像脱离了特定环境，他们想象的可能性就会受到限制，创作的严肃性就会遭到质疑。不幸的是，对可能被这种渴望折磨的作家来说，那些有思想的美国人所处的知识环境，与苏联势力范围里的知识分子所处的环境，没有任何肉眼可见的相似之处。然而在美国，不断迫近的是另外一种威胁，它孵化了自己的剥夺和痛苦，那就是在一个言论自由几乎不受压制的社会，一切都在慢慢地堕入庸俗。

现居多伦多的捷克作家约瑟夫·什克沃雷茨基曾经说过："在东欧，要成为一个糟糕的作家，你真的得先是一个糟糕的人。"他的意思是，在那些国家，人们苦难的政治根源在日常生活中昭然若揭，困境比比皆是，个人的不幸不可避免地染上了政治与历史色彩，没有什么关于个体的戏剧故事是不带社会意义的。什克沃雷茨基不无嘲讽的暗示指向了在受压迫的结果和小说这一文体之间几乎存在一种化学亲和力；而我想说的是，由我们史无前例的西方自由所带来的不易把控的后果中，很可能存在一个同等严肃的主题需要接受想象的审查。我们的社会并不缺少想象的可能性，因为这里没有无处不在的秘密警察。我们的世界并不总像什克沃雷茨基那被占领的国家那样很容易变得有趣，这也许只意味着，在西方世界，要想成为好作家，你必须非常、非常优秀。

对你们这一代作家而言，自行构建一部小说的严肃性，而不去诉诸或依靠既定的严肃传统，比如詹姆斯的现实主义或乔伊斯的现代主义，这是个难题吗？

对每一代作家而言，这都是个难题。雄心勃勃的年轻作家总是想模仿那些已得到权威认证的作家；成名作家对新手作家的影响通常和年轻人寻求奠定自己的资历有关。然而，要找到自己的声音和主题，就需要创作出这样的小说，它很可能促使首批读者去想"但他不可能是认真的"而不是"这确实是非常严肃的"。现代主义教给我们的东西不在"乔伊斯式"的技巧中，也不在"卡夫卡式"的远景中，它起源于乔伊斯、卡夫卡、贝克特、塞利纳——甚至普鲁斯特——的小说所体现的对"严肃"的变革。他们的小说在不懂行的读者眼里，也许与其说是严肃，不如说是异乎寻常的古怪和对滑稽的痴迷。现在看来，这些古怪作家的方法本身已成为严肃的传统，但这并不会淡化他们所要传达的信息，不是"求新"，而是"以最不可能的方式表现严肃"。

对你而言，"最不可能的方式"是否就是你的喜剧？

喜剧一直是我最有可能采用的方式。我无法使用其他任何方式，虽然仍然需要花时间去建立信心，认真对待自己的喜剧本能，让它跟我的严肃抗衡，直到它掌控全局。不是说我不相信自己非喜剧的一面，或是没有那一面；而是我的非喜剧的一面跟其他人的大同小异。通过喜剧丰富的表现层次，我能够对自己所知道的做出最精彩的想象。

但是《解剖课》中的祖克曼不是害怕他不够"严肃"，害怕他虽然有很多身体上的疾病但受的苦仍然不够多吗？那难道不是他想要上医学院，以及在《布拉格狂欢》中想要去东欧旅行的原因吗？

是的。他的喜剧困境正源于他屡屡想要逃离的喜剧困境。喜剧是祖克曼注定难以逃脱的——被束缚的祖克曼的可笑之处，就在于他想要成为一个严肃的人，得到像他父亲、兄弟和米尔顿·阿佩尔那样严肃的人的严肃对待，然而他的愿望永远得不到满足。《布拉格狂欢》里出现的舞台说明可以作为三部曲的题目：祖克曼——一个严肃的人——登场。祖克曼逐渐认识到，他原以为世界上最神圣的职业其实也有肮脏的现实，这对他来说是一桩异乎寻常的严峻考验。他的超级严肃正是这部喜剧的主题。

"被束缚的祖克曼"三部曲以一段向年轻作家的庇护人、严肃圣人洛诺夫的朝圣拉开序幕；小说结尾，如你所说，设置在苦难的圣殿，卡夫卡的被占领的布拉格。想象自己与安·弗兰克结婚是祖克曼第一次试图逃离严肃性，它挑战了他年轻时关于在世界上扮演一个有尊严的角色的幻想。利奥波特·瓦普特、阿尔文·佩普勒，还有那些制造麻烦令人讨厌的捷克秘密警察，他们所有人都是亵渎人生的代表，侵犯了他曾经认为是他的使命所固有的严肃性。而最成功地颠覆了他使命的崇高的，恰恰是他那描绘亵渎人生的巨大天赋：是祖克曼本人给自己的尊严带来了最大的麻烦。

三部曲的结局在第三部的中间就已初露端倪，在去芝加哥当医生的路上——对于那些最不赞同他的犹太人来说，最严肃的职业选择就是医生了——祖克曼伪装成一个情色作家，放弃了他认为仍然需要认真对待的任何主张，将自己变成了一个盛放亵渎的容器。当然，从在洛诺夫的至圣所里假装是安·弗兰克的丈夫到宣布自己是《立可舔》的出版人，这可是一段很长的路。像一位优秀的现代主义作家一样，情色作家祖克曼终于想出了一种最不可能的方式，来戏剧化地表现他从亵渎人生里经历的磨难所教给他的严肃教训。

我意识到，高尚者所遭受的这种磨难，看起来就像我作品中一个老生常谈的主题，当你想到《放手》里的加布·瓦拉赫或者《乳房》和《欲望教授》里的大卫·凯普什时尤其如此。亵渎人生里的磨难也正是波特诺伊所抱怨的。

你会抱怨它吗？以及这就是为什么它作为主题让你放不下的原因吗？

让人放不下的主题既来自抱怨也来自惊愕。作家与其说是为主题所困扰，不如说是为面对主题时潜在的无知所困扰。小说家对让他放不下的主题有一种严重的无知。他一次又一次地对它发起进攻，因为他所痴迷的主题正是他最不了解的——他太了解了以至于他清楚自己了解的有多么少。

我们知道你不愿意在作品出版之前对其进行说明。即便如此，你能否在不"解释"的情况下，对《反生活》非同寻常的形式做些一般性的评论？这本书肯定和你以往所有作品都有所不同吧。

一般来说，作者和读者间有一个约定，约定只有在整部作品结尾处才废止。而在这本书里，每一章的结尾约定都遭到废止：已经死去并被埋葬的人物突然活了过来，被认为还活着的角色事实上已经死了，等等。这不是读者习惯阅读或我习惯写作的普通的亚里士多德式叙事。不是说它缺少开头、中间和结尾，而是说它有太多的开头、中间和结尾。这不是一本让你可以寻根究底的书，它不是以所有问题得到解答收尾，而是让一切突然变得有待商榷。因为读者原先的解读不断受到挑战，小说在推进过程中不断打破自己的虚构设定，读者不断地蚕食自己的反应。

从许多方面来说，这些都是人们读小说时想要避免的。他们想要的主要是一个可以让他们相信的故事，否则他们不愿去读。

根据标准的作者—读者约定，读者相信作者告知他们的故事，但在《反生活》里，他们听到的是一个自相矛盾的故事。"我有兴趣搞懂正在发生的事情"，读者会说，"只是现在三件事情突然同时发生，这里面哪个是真，哪个是假？你让我相信哪一个？为什么要让我这么吃力？"

哪个是真，哪个是假？一切既是真的又是假的。

你让我相信哪一个？全部都相信／一个都别信。

为什么让我这么吃力？因为一个人更改他的故事，这稀松平常。人们常更改他们说的故事，这样的事基本每天都在发生。"但是你上次告诉我——""上次是上次嘛，这次是这次。"这没什么"现代主义""后现代主义"或者"前卫"可言。我们一直在书写我们生活的虚构版本，自相矛盾但互相纠葛的故事，不论它们被多么巧妙或全然地伪造，它们都构成了我们对现实的把握，是我们所拥有的最接近真相的东西。

我为什么让你这么吃力？因为生活未必遵循一条道路，一个简单的序列，一个可预测的模式。让人觉得吃力的小说形式意在戏剧化地展现这个显而易见的事实。所有叙事都是扭曲纠缠的，但它们是一个整体。这在标题中就表现出来了：关于一个人的反生活，很多人的反生活，以反生活的方式生活的想法。生活，和小说家一样，具有一种强大的改头换面的冲动。

第二部分

美国小说创作①

　　几年前的冬天，当我住在芝加哥时，整个城市因两个少女之死而感到震惊和困惑。据我所知，那里的人至今仍然感到困惑；至于震惊，芝加哥就是芝加哥，这一周的分尸案逐渐淡入下一周的。那一年的受害者是姐妹俩。十二月的一个夜晚，她们去看猫王的电影，据说电影她们已经看过六七遍了，之后再也没回来。十天过去了，然后是十五、二十天，对失踪的格兰姆斯家姐妹帕蒂和芭布斯的寻找覆盖了整个荒凉城镇的每条街巷。她们的一个女性朋友说在电影院见过她们，一群男孩子说瞥见她们看完电影后上了一辆黑色的别克，另一群人说是一辆绿色的雪佛兰，诸如此类。直到某天积雪消融，两个女孩赤裸的尸身才在芝加哥西部森林保护区的路边沟里被发现。验尸官说他不知道死因，然后案件就由报纸接管了。一家报纸在最后一版刊登了女孩们的画

①　原文是在斯坦福大学的一次演讲，是为斯坦福大学与《时尚先生》联合举办的一次题为"今天在美国写作"的研讨会而作。(1960)

像，一英尺高的帕蒂和芭布斯，穿着短袜，李维斯牛仔装，戴着头巾，身上有四种颜色，活像星期日报上的卡通人物迪克西·杜根。女孩们的母亲痛哭流涕，倒在当地报社女记者的怀里，女记者显然已经把打字机搬到了格兰姆斯家的前门廊，并且每天输出一篇专栏文章，告诉我们她们都是好孩子，邻家女孩，努力学习，乖乖上教堂，等等。每天晚上，我们看到电视机里播放对格兰姆斯姐妹的同学和朋友的采访：女孩们四处张望，快要憋不住笑出声来；男孩们穿着皮夹克，动作僵硬。"对，我认识芭布斯，对，她人还行，对，她挺受欢迎……"没完没了，直到最后有人自首。自首者是一个住在贫民区的三十五岁左右的流浪汉，叫本尼·贝德韦尔，干过洗碗工，游手好闲，品行不端。他承认，自己和一个同伙跟两个女孩在好几家满是跳蚤的旅馆住了几个礼拜之后将她们杀害。得知这一消息后，哭泣的母亲告诉女记者男人在撒谎，坚持说自己的两个女儿是在看电影的当晚被杀害的。验尸官继续坚称（媒体上也谣言四起），女孩身上没有表现出性交的迹象。与此同时，芝加哥的每一个人每天买四份报纸，本尼·贝德韦尔在向警察交代了他过去的每一小时都干了什么之后被扔进了监狱。记者们找到女孩学校里的两名修女老师。她们被围住问了很多问题，最后，其中一个修女解释了一切。"她们不是最优秀的女孩，"她说，"她们没什么爱好。"大约就在这个时候，某位好心人找到贝德韦尔夫人，也就是本尼的母亲。这位老太太和遇害女孩的母亲之间的会面被提上日程。同一个镜头前，两个体重超标、劳累过度的美国女士，看上去不明就里，却为摄影师坐直了身体。贝德韦尔夫人替本尼道歉，说她"想不到自己的儿子竟会干出这种事情"。两周后，也许是三周，她的儿子被保释，身边跟着好几名律师，穿着一件崭新的一粒扣西服。一辆粉红的凯迪拉克载着他到城外的一家汽车旅馆，他在那里召开了记者招待会。是的，他是警察暴行的牺牲品；不，他不是谋杀犯；他也许是个堕落的人，但事实上他也在做出改变。他打算成为救世军的木匠（一个木匠！），他的律师说。很快，本尼就被邀请去一个芝加哥夜场当驻唱（他会弹吉他），一周两千块，还是一万块？我记不得了。我记得的是，我作为事件的旁观者或者说报纸读者，脑海里突然闪现出一个问题：这一切都是公关吗？当然不是啊——有两个女孩死了。尽管如此，一首名为《本尼·贝德韦尔布鲁斯》的歌开始在芝加哥流行起来。另一家报纸发起了一个每周竞猜活动，叫作"你认为格兰姆斯家的姑娘们是如何遇害的？"，并为最佳答案（评委意见）颁发奖品。现在开始有钱流入，数以百计的捐款开始从芝加哥市和伊利诺伊州涌向格兰姆斯夫人。这些捐款为了什么，来自何人？大多数捐款是匿名的。只是美元，成千上万的美元。《太阳报》一直在向我们通报最新的统计数字。一万，一万二，一万五。格兰姆斯夫人开始计划房屋翻新和装修。一个陌生人挺身而出，忘记是叫舒尔茨还是施瓦茨了，总之是做家电生意的，给格兰姆斯夫人展示了一个全新的厨房。格兰姆斯夫人满怀感激，欣喜若狂，对她幸存的女儿说："想象一下我在崭新的厨房里吧!"最后，那个可怜的女人出去买了两只长尾鹦鹉（也许是舒尔茨先生送她的另一个礼物），一只鹦鹉取名芭布斯，另一只叫帕蒂。大约就在这个时候，本尼·贝德韦尔，肯定还没来得及学会笔直地敲钉子，就因强奸一个十二岁的女孩而被押送到了佛罗里达。没过多久，我离开了芝加哥。而据我所知，格兰姆斯夫人尽管失去了两个女儿，现在却有了一台全新的洗碗机和两只小鸟。

这个故事的寓意是什么？寓意就是：二十世纪中期的美国作家手头多的是需要去理解、描述并说服读者相信的大部分的美国现实。这样的现实让人瞠目结舌，感到恶心和愤怒，甚至让人为自己有限的想象力而感到惭愧。现实不断超越我们的才华，文化几乎每天都会抛出足以令任何小说家羡慕的人物。比如，谁能创造出查尔斯·范·多伦[①]，罗伊·科恩[②]，大卫·沙因[③]，谢尔曼·亚当斯[④]，伯纳德·戈德法因[⑤]，德怀特·戴维·艾森豪威尔这样的人物？

几个月前，全国大部分地区都听到一位美国总统候选人说了类似的话："现在如果你觉得肯尼迪参议员是对的，那么我真诚地

[①] Charles Van Doren（1926—2019），美国作家、电视明星，曾为美国电视发展史上的关键性污点人物。

[②] Roy Cohn（1927—1986），美国律师，有"纽约黑道代言人""权力经纪人"之称。

[③] David Schine（1927—1996），美国犹太富商之子，与罗伊私交甚笃。

[④] Sherman Adams（1899—1986），美国政客，在艾森豪威尔任职期间担任白宫幕僚长。

[⑤] Bernard Goldfine（1890—1967），波士顿实业家。

认为你应该投给肯尼迪参议员，如果你觉得我是对的，我谦卑地建议你投给我。而我现在觉得，这当然是我的个人意见，我是对的……"等等。虽然大约三千四百万选民不这样认为，但在我看来，取笑尼克松先生并非难事，不过，这并不是我在此费心转述他的话的原因。如果你最初对他只是忍俊不禁，那最终你会大跌眼镜。也许作为一种讽刺文学创作，他看起来还算"可信"，但是当我在电视屏幕上看到他作为一个真实的公众人物、一个政治现实时，我感到难以接受。不论电视辩论在我心里引起什么其他感觉，需要指出的是，它让我，一个常怀文学好奇心的人，在职业层面产生了嫉妒之情。一切关于化妆和反驳时间的设计，一切关于尼克松先生在回应时应不应该注视肯尼迪先生的考虑安排，所有这一切是如此离题，如此奇妙，如此怪异和令人惊诧，以至于我发现自己开始希望是我虚构了这一切。不过当然了，你不需要是一个小说家，才去希望这一切是某个人虚构的，希望它不是真实的、不与我们同在。

报纸每天都令我们充满惊奇和敬畏（这可能吗？真的发生了吗？），也带给我们厌恶与绝望。操纵，丑闻，疯狂，愚蠢，虔诚，谎言，噪音……最近，本杰明·德莫特在《评论》杂志上写道："对于这时代深切的怀疑（是）感觉当前的人和事都不真实，而能改变这个时代进程、改变你我生活的力量又无处可寻。"德莫特还表示，似乎存在着一种"随处可见的向非现实的堕落"。一天晚上——举个关于堕落的尚算温和的例子——我太太打开收音机，听到播音员说，将有一系列现金奖励，颁发给三部最优秀的电视剧本，剧本时长五分钟，必须由儿童创作。类似这样的时刻让身在厨房里的我不知所措。现在，几乎每天都有更恶劣的事件让我们又想起德莫特的话。埃德蒙·威尔逊在读完《生活》杂志之后，说他觉得自己不属于杂志里所描绘的这个国家，觉得他没有生活在这个国家，对此我深有同感。

不管怎样，对小说家来说，感觉自己并没有真正生活在自己的国家——以《生活》杂志的呈现或他走出家门的体会为代表——这似乎是一个严重的职业障碍。如此一来，他写作什么主题会是什么呢？他所看到的风景吗？有人会认为，这样也许我们就会得到更多的历史小说或者当代讽刺小说，又或者什么也得不到，然后就没书了。但是，几乎每个星期你都能在畅销书单上看到一本新小说，小说以马马罗内克、纽约城或者华盛顿为背景，人物在一个充斥着洗碗机、电视机、广告公司、参议院调查的世界中穿梭。书里的一切看起来都令人感到作者写的就是我们的世界。有《卡什·麦考尔》《穿灰色法兰绒服的男人》《马乔里晨星》《敌方阵营》《华府千秋》，等等。但值得注意的是，这些书并不好。但这并不是说这些作家不够惊骇于眼前的景象，所以不合我意——恰恰相反，他们对周遭的世界满怀担忧，只是他们对于美国公共事务的腐败、低俗与背信弃义所持有的想象没有他们对人性的想象——也就是这个国家的私人生活——那样深刻。在他们看来，所有问题基本上都可以解决，与其说他们对时下的争议感到震惊，不如说他们只是稍微有所触动。在对这类文学作品的批评语言中，就跟在电视制作人的语言中一样，"争议性"成了一个常用词汇。

我们经常发现畅销书里的主人公在斯卡斯代尔或其他什么地方做出让步并安顿下来，探索自我，这不是什么新闻。在百老汇的舞台剧里，一般是第三幕，会有人说："瞧，你们俩怎么就不能相爱呢？"然后主人公会一拍脑门，叫道："天啊，我怎么没想到？"然后在爱铲平前路之前，其他的一切——真实性、真相以及趣味——全部瓦解。就像《多佛海滩》给了马修·阿诺德也给了我们一个快乐结局，因为诗人是和一个理解他的女人一起站在窗边的。如果我们时代的文学探索变成仅仅由沃克、韦德曼、斯隆·威尔逊、卡梅伦·霍利和百老汇那些"爱能克服一切"的男孩来从事，那确实很不幸，就像把性留给色情作家一样，因为真正发生的比第一眼所见的同样要复杂得多。

尽管如此，次等头脑和天分的艺术家也并没有占尽先机，我们还有诺曼·梅勒。他是一个很有趣的作家样本，我们的时代让他如此厌恶，以至于书写这个时代对他来说似乎无关紧要。他成了文化闹剧中的演员，而难的是这留给他创作的时间更少了。比如，为了抗议政府的人防工程和氢弹演习，你得一整个上午离开自己的打字机，去市政厅门外站着；然后，如果你运气好被他们扔进监狱的话，你还得放弃一个晚上，连第二天早上的工作时间都没了。要是去抗议迈克·华莱士，挑战他毫无原则可言的攻击，或者干脆利用或收拾他一下，你也首先必须上他的节目[①]——那又是个晚班。然后，你很可能在接下来的两个礼拜（我是凭记忆说的）都因为上了节目而讨厌自己，然后再花两个礼拜写篇文章去解释你为什么去做那件事以及它到底是怎么回事。"这是懒汉的年代，"威廉·斯泰伦新小说里的一个人物如是说，"我们一不小心，就会被他们拖下水……"拖下水的方法有很多，比如从梅勒那里，我们就得到了《自我宣传》这本书，书中花很大篇幅来列举你为什么以及为谁做那件事，那件事是怎么样的：他的生活成了他小说的替代品。那是一部令人愤怒的、自我放纵的、喧闹刻薄的作品，不比我们不得不忍受的大多数的广告宣传更差。但整体来说，它所揭示出来的绝望如此庞大，以至于承受它或被它承受的人似乎暂时放弃了对美国经验富有想象力的攻击，而是成为了一位公开报复行动的拥护者。但是，你今天拥护的东西明天说不定就会让你变成它的牺牲品；《自我宣传》一旦写完，就不可能再被重写。梅勒现在大概发现自己身处一种尴尬境地，要么采取行动要么闭嘴。谁知道呢——说不定这正是他想要的。我感觉，当小说作者变得爱给报社写信，而不是写些复杂的伪装起来的信（即写故事）给自己的时候，他的日子就很艰难了。

　　我的最后一句话无意于说教，或者体现屈尊甚或慷慨，无论

[①] 1950 年代末到 1960 年代初，现在贵为 CBS 资深记者的迈克·华莱士还在做一档粗制滥造的电视访谈节目。《再见，哥伦布》得了国家图书奖后，我上过那个节目，被他盘问再三。

怎么怀疑梅勒的风格或者他的动机，我们都能体会到吸引他想去作批评家、报道者、社会学家、记者甚至纽约市长的冲动。因为对于这个时代来说，一个严肃小说家或讲故事的人如何书写它是一个很艰难的事情。关于美国作家没有地位、不受尊敬、缺乏读者的事实，人们已经谈了很多，特别是作家自己也谈了不少。我在这里想指出的，是对写作事业更核心的一种缺失，也就是题材的缺失。换句话说，小说家自愿放弃了对我们这个时代中一些重大的社会和政治现象的写作兴趣。

当然，也有作家尝试直面那些现象。过去几年里我读过的一些书或故事，其中会出现一个角色开始和另一个角色谈论"那个炸弹"。但他们的对话通常让我无法信服，在一些极端例子里，甚至让我对事情结果产生一种同情；就像校园小说里的人物长篇大论地谈论他们属于一个什么样的时代。但是然后呢？作家该如何处理这样的美国现状？唯一的可能是否就是像格雷戈里·柯索那样，对整件事嗤之以鼻？"垮掉的一代"（如果这称呼有意义的话）作家的态度并非完全没有吸引力。整件事都是个玩笑。美国，哈哈。但这并没有在"垮掉界"和它的死敌"畅销界"之间拉开太大的距离，就跟从镍币的一面转到另一面似的："美国，哈哈"难道不就是反过来的"美国，万岁！"吗？

我也可能夸大了严肃作家对我们文化困境的反应和他无力或不愿以富有想象力的方式去解决问题的现状。依我看，最后能证明一个国家其作家心理状态的，除了作家的作品以外，再没有别的了。不幸的是，照我们目前的状况来看，大部分证据不是已经写好的书，而是那些未完成的书，以及那些甚至被认为不值得尝试写作的书。尽管如此，这并不是说我们最好作家的小说里没有某些文学迹象、某些痴迷和创新，能够证明我们的社会已经不再像曾经那样，可以作为一个合适可用的题材了。

让我先谈谈一个人，至少在名声上，他代表了我们"这个时代的作家"。大学生对塞林格作品的反应表明，和其他任何一个作家相比，塞林格都没有背弃这个时代，反而明确指出了发生在当今自我和文化之间任何关于意义的斗争。《麦田的守望者》和他最近在《纽约客》发表的一些有关格拉斯家族的短篇故事无疑就发生在此地当下。但是自我呢，主人公呢？这个问题放在这儿非常有意思，因为比起大多数跟他同时代的作家的作品，塞林格的作品直接将作者的形象置于读者的视野内，这样一来，作为西摩·格拉斯的兄弟的叙述者和作为职业写作人的叙述者，两者的态度之间就产生了一种联系。

至于塞林格的主人公呢？我们发现，霍尔顿·考菲尔德最后住进一家价格不菲的疗养院，而西摩·格拉斯最后自杀了，之前他可是他弟弟眼中的明星。他怎么可能不是呢？他已经学会了如何生活在这个世界上。如何生活呢？通过离开这个世界，通过亲吻小姑娘的脚心和向爱人头上扔石头。他显然是一个圣徒。但因为疯狂、不受欢迎且圣徒式的生活对大多数人来说绝无可能，所以如何生活这个问题并未得到解答，除非答案是人根本无法生活在这个世界上。我们从塞林格那里得到的唯一建议，似乎就是在去疯人院的路上尽量展现魅力。当然了，塞林格并没有义务给作家或读者任何建议，但我依然发现自己对他笔下巴蒂·格拉斯这个职业作家越来越充满好奇，好奇他是如何在理智的怀抱中安度一生的？

塞林格暗示了神秘主义是一条可能的救赎之路，至少他的一些角色对强烈的、情绪化的宗教信仰反应良好。我自己对禅宗的阅读非常有限，但根据我从塞林格那儿得到的了解，我们涉世越深越能离世。如果你对一颗土豆沉思良久，它就不再是通常意义上的土豆；然而，不幸的是，我们每天不得不面对的都只是通常意义上的事物。尽管塞林格以饱含爱意的笔触描绘这世上之物，但在我看来，不论是在他的格拉斯家族小说还是在《麦田的守望者》中，这却是对眼前世界生活即如此的一种唾弃。在他眼里，此地当下配不上那少数几个娇贵的人，他们被安置其间，最后只能被逼疯和被毁灭。

对我们这个世界的一种唾弃——虽然情况有所不同——也出现在我们另一位才华横溢的作家的作品中，他就是伯纳德·马拉默德。甚至当他写《天生好手》，一本有关棒球的书时，他写的也不是洋基体育场上打的棒球，而是一种狂野古怪的游戏。一名选手听指示上场全力打击，于是他迅速跑上本垒并大获成功；击球手用力一击，棒球球芯沿弧线向中外场飞去，困惑的守场员开始和解体的球体纠缠；然后游击手跑出去，用牙齿咬住守场员，将球从对方身上解开。虽然《天生好手》并不是马拉默德最成功的作品，但它把我们带入了他的世界，那绝不是我们世界的复制品。虽然里面也有被称为棒球选手和犹太人的现实因素，但大部分的相似之处也就仅限于此了。《魔桶》里的犹太人和《店员》里的犹太人并不是纽约或芝加哥的犹太人，他们是马拉默德的创造，是一种代表某些可能性和承诺的隐喻，在读到一句据说是马拉默德说过的话之后，我对此更加深信不疑："所有人都是犹太人。"其实，我们知道事实并非如此，即使那些是犹太人的人，他们也不能确定自己的犹太身份。作为一名小说家，马拉默德对当代美国犹太人——被我们视为我们这个时代所特有的犹太人——的焦虑、困境和堕落并未表现出特别的兴趣。相反，他笔下的人物生活在一个无时性的萧条和一个无地性的下东区之中；他们的社会并不富裕，他们的困境与文化无关。我不是说——对方可是马拉默德——他唾弃生活或者拒绝审视它的困境。做人意味着什么，人性又是什么，这些是他最深层的关注。我想指出的是，他不认为——或是尚未开始发现——当代的场景能够作为他关于无情与伤心、苦难与重生故事的合适或充分的背景。

当然，马拉默德和塞林格并不能代表所有美国作家，只因为他们是最棒的两位，我对他们通过小说对于周遭世界所做出的反应——是选择强调抑或不予理睬——很感兴趣。当然，周围还有很多其他作家，能力很强的作家，他们选择的道路不同；然而，即使在这些作家当中，我也想知道，我们能否看到他们对当前时代的回应，较之塞林格和马拉默德身上的社会疏离感，少一些明显的戏剧化，当然这里的疏离感和戏剧化也是指作品本身的。

让我们来谈谈写作风格的问题。为什么大家突然之间都变得朝气蓬勃？那些一直阅读索尔·贝娄、赫伯特·戈尔德、亚瑟·格兰尼特、托马斯·伯杰和格雷丝·佩利的人会明白我指的是什么。哈维·斯瓦多在最近一期的《哈逊评论》表示："发展一种紧张雄健的文风符合这个既骇人又可笑的时代的迫切需求。他们都是都市作家，其中大多数是犹太人，是某种散文诗的专家。这种散文诗的有效性通常取决于它的排序方式，或者它在纸上的呈现方式，以及它所表达的内容。这是有风险的写作……"斯瓦多还表示，也许正是从其风险性中我们才能为其风格找到某种解释。我想比较一下两个很短的描述性段落，一篇来自贝娄的《奥吉·马奇历险记》，另一篇来自戈尔德的最新小说《因此要大胆》，希望两者的区别能带给我们一些启发。

正如很多读者已指出的，《奥吉·马奇历险记》结合了文学语言的深邃复杂和日常口语的自然轻松，将学院派的典故和街头巷尾（不是所有街道——某些街道）的习惯用语连在一起；风格独特，令人亲近又生机盎然，尽管有时候略显笨拙，总体上却令贝娄的故事精彩非常。举例来说，这里是一段对劳希奶奶的描写：

（香烟）烟嘴叼在她那熏黑的小小牙床之间，她的所有诡计、恶意和专横便由此而出，这是她最有出谋划策最佳灵感的时刻。别看她皱巴巴的像只旧纸袋儿，却是个顽固、阴险的独裁者，一只会突然飞扑过来的凶猛鹫鹰。她那两只系有缎带的灰色小脚，纹丝不动地搁在西蒙手工课上制作的鞋箱和搁脚凳上。毛皮邋遢、衰老、弄得满屋子臭气冲天的温尼（那只狗），则在她身旁的垫子上趴着。如果说才智和不满不一定相伴相随的话，这我可不是从老太太那儿得知的。

赫伯特·戈尔德的语言亦独具特色，同样既令人亲近又生机盎然。在下面《因此要大胆》的片段中，我们注意到，作者同样首先认识到，要描述的人物和一些不太可能的对象之间肉体上的相似性，然后跟贝娄的劳希奶奶片段一样，从那里尝试经由肉体来发现灵魂。这里描写的是一个叫查克·黑斯廷斯的人物。

在某些方面，他像一个木乃伊——干瘪的黄皮肤，头和手在枯瘦的躯体的映衬下显得太大了，深不见底的眼窝蕴含思想，深邃之处超越尼罗河。但他灵活的喉结和不停指指点点的手指让他看起来不像是狗刨式地游向地狱边缘的冥河泳者，倒更像一个自视甚高专门吓唬小姑娘的高中生。

首先让我困惑的是语法本身："深不见底的眼窝蕴含思想，深邃之处超越尼罗河。"超越尼罗河的究竟是思想还是眼窝呢？再说了，超越尼罗河又是什么意思？这些语法问题跟贝娄开头那段讽刺性倒装描写大相径庭："烟嘴叼在她那熏黑的小小牙床之间，她的所有诡计、恶意和专横便由此而出……"贝娄接下去用"独裁者""顽固""阴险""凶猛鸷鹰"来形容劳希奶奶——富有想象力的同时又扎实准确，且不显得过于张扬。相反，关于戈尔德的"查克·黑斯廷斯"，我们看到的是"他灵活的喉结和不停指指点点的手指让他看起来不像是狗刨式地游向地狱边缘的冥河泳者"，等等。这是为叙事服务的语言，抑或是为自我服务的文学上的倒退？在最近一篇《因此要大胆》的书评里，格兰维尔·希克斯引用了这一段作为对戈尔德风格的褒奖。"这是激昂的声音，"希克斯说，"但关键是，戈尔德自始至终保持了他的激昂。"我想，尽管这里有关性的双关并非刻意而为，但这也提醒了我们，炫和热情不是一回事。我们在这里看到的不是毅力与活力，而是现实让位于个性——不是创作出来的人物的个性，而是从事创作的作家的个性。贝娄的描写似乎源自他对人物性格的牢牢把控：这是劳希奶奶。而查克·黑斯廷斯这个人物背后似乎另有所指：这是赫伯特·戈尔德，看我，我正写着呢。

在这儿我不是想兜售无我，而是想提出，斯瓦多所说的张力十足的雄健文风可能和作家与文化之间关系欠佳有关。斯瓦多说这种风格适合这个时代，而我想知道的是，如果这种风格不适合这个时代，是否部分因为风格拒绝迎合时代。作家摆在我们眼前的——从他的句子排列即可看出——是他的个性，所有的独立性和特殊性。当然了，个性之谜或许不亚于作家的终极关怀；同样，当雄健的文风用于展现人物，唤起对环境的想象——就像《奥吉·马奇历险记》那样——它也可以是非常有效的；然而，用得不好时，它便沦为一种文学上的自我满足，严重限制了小说的潜能，并且可能被认为是作家缺少以社群——自己之外的东西——作为主题的一种征兆。

的确，朝气蓬勃的风格可以用其他方式来理解。毫不奇怪，斯瓦多提及的大多数践行者都是犹太人。当那些自认为和切斯特菲尔德伯爵无甚关联的作家意识到，他们没有义务尝试那种有名的老派文体，他们大有可能为所欲为，变得朝气蓬勃。此外，这还牵涉到作家日常听到的口头表达，即那些政客常说的、流行于这个国家的学校、家庭、基督教堂和犹太会堂之间的口头表达。我甚至会说，当朝气蓬勃的风格不是试图让读者或作者自己为之倾倒，而是将属于城市和移民的口头表达的语言节奏、微妙之处以及鲜明特色融入美国的文学表达之中，那么结果可能会产生一种情感微妙度更加丰富、新颖的语言，自带反讽魅力和讽刺意味，格雷丝·佩利的短篇小说集《男人的小烦恼》便是例证。

但不管它的践行者是戈尔德、贝娄还是佩利，关于他们的风格，还有一点需要指出的就是，这是一种快乐的表达。然而，问题来了：如果世界像我感觉的那样正在变得日益扭曲和不真实；如果人们面对这种不现实感到越来越无力；如果无法避免的结局是毁灭，即便不是所有生命的毁灭，也是生命中很多有价值、文明的东西的毁灭——那么，作家究竟为什么快乐呢？为什么不是所有的小说主人公都像霍尔顿·考菲尔德那样最后进了疯人院，或像西摩·格拉斯那样选择自杀？为什么他们很多人——不光是沃克、韦德曼书里的，还有贝娄、戈尔德、斯泰伦和很多其他作家书里的人物——最后都肯定了生活？如今，我们的社会氛围无疑是积极向上的，我们肯定也会收到《生活》杂志年度社评更多鼓励正能量小说的呼吁，事实上，越来越多严肃作家的写作似乎是在一种庆祝的氛围中结束，不仅调子欢快，寓意也欢快。在戈尔德的另一部小说《乐观者》中，得到了应有的惩罚之后，主人公在全书最后一行大喊："再来。再来。再来！再来！再来！"柯蒂斯·哈内克的小说《古老的手法》结尾处，主人公满怀"狂喜和希望"，高呼"我相信上帝"。而索尔·贝娄的《雨王亨德森》则是一部专门庆祝主人公心脏、血液和健康再生的作品。不过，我认为，亨德森的再生发生在一个完全想象出来（实际上并不存在）的世界中，这一点很重要。尤金·亨德森造访的不是报纸上和联合国讨论里那个动荡的非洲。这里没有民族主义、骚乱和种族隔离。但为什么要有呢？我们已经有了一个世界，也有了一个自我。而自我，当作家把所有注意力和才华都投入其中时，就成了最引人注目的东西。首先，它存在，它是真实的。"我存在，"自我大叫，然后，仔细看一眼，补充道，"我很美。"

贝娄作品的结尾处，尤金·亨德森，这位结实邋遢的百万富翁，非洲之旅中的抗疫战士、驯狮者、造雨人，如今要返回美国，身边带了一只真正的狮子。在飞机上，他和一个波斯小男孩交了朋友，小男孩说的话他完全不懂。然而，当飞机降落在纽芬兰时，他怀中抱着小男孩，下了飞机向机场空地走去。然后：

> 加油车停在飞机旁，我一圈又一圈地绕着光亮结实的机身跑跳。一张张黑黝黝的面孔从机窗内朝外张望。四个巨大而又漂亮的螺旋桨停着不动。我感到现在该轮到我行动了，于是我继续跑着——跑呀、跳呀，声音铿锵地跑跳在灰色北极沉静而又洁白的雪地上。

就这样，我们告别了快乐的亨德森。在哪里告别了他呢？在北极。自从我一年前读了那本书以来，这个画面就一直伴随着我：画面里的男人在想象中的非洲找到了能量与快乐，并在无人、冰封的广袤土地上庆祝他的发现。

早些时候，我引用过斯泰伦的新小说《点燃这座房子》。他的书和贝娄的一样，也讲了一个离开故土、暂居异乡的美国人获得重生的故事。不过，亨德森的世界远离我们，而斯泰伦的主人公金索尔文则住在我们一眼就能认出的地方。书里有很多二十年后的读者可能需要借用注脚才能理解的细节。主人公卡斯·金索尔文是一位美国画家，他带着家人搬到意大利阿马尔菲海岸边的小镇居住。他厌恶美国和自己。书中的大部分时间，他都被一个富有、孩子气、天真、放荡、下流、残忍和愚蠢的同胞梅森·弗拉格嘲弄、诱惑和羞辱。鉴于金索尔文对弗拉格的依恋，书中大部分时间，他都在生存和死亡之间做选择，并且在某一个时刻，以他特有的腔调，如此谈论他的自我放逐：

> ……我到欧洲来躲的那个人（哎呀他）就是所有汽车广告上的那个，你瞧，在那儿挥手的那个年轻人——他看起来很漂亮，受过良好教育，无可挑剔，得偿所愿，上了宾州大学和那里的金发女郎，有像告示牌那样大的笑容。他要去的地方。我的意思是电子行业。政界。他们所说的沟通。广告。销售。外太空。天知道！他和阿尔巴尼亚农民一样无知！

然而，尽管金索尔文对美国公共生活对一个人的私生活造成的影响深恶痛绝，但他和亨德森一样，最终还是回到了美国，选择了生存。但我们发现，他身处的美国，在我看来，是他童年时代的美国，也是（哪怕只在隐喻层面）每个人童年时代的美国：他一边坐着小船在卡罗来纳小溪里钓鱼一边讲他的故事。这个结尾的肯定意义不比戈尔德的"再来！再来！"义无反顾，不比哈内克的"我相信上帝"庄严崇高，也不比亨德森在纽芬兰机场的撒欢愉悦昂扬。"我希望我能告诉你我找到了一些信仰，一些磐石……"金索尔文说，"但说实话，你瞧，我只能告诉你这个：存在与虚无之间，我唯一知道的是，在它们之间做出选择就是选择存在……"存在。活着。不是在哪里或者跟谁一起活，而是活着。

所有这一切说明了什么？当然，如果认为索尔·贝娄的书或赫伯特·戈尔德的散文风格不可避免地源于我们令人痛苦的文化和政治困境，那就过分简化了小说的艺术。然而，社会困境令人痛苦的现状确实给作家以沉重的负担，那负担比他们周围人身上的更重——因为对于作家来说，社会既是主题又是观众。也许情况其实是这样：当社会现状不但让人厌恶、愤怒和忧郁，而且令人无力时，作家很容易灰心丧气，然后转向其他问题，转向构建完全想象的世界，或者转向一种对自我的庆祝，这些也许可以通过各种方式成为他的主题，成为他确立写作技巧范围的动力。我试图指出的是，将自我看作是不可侵犯、强大、孤勇的，将自我想象成一个看似不真实的环境中唯一真实的存在，这给予了我们一些作家快乐、安慰和力量。当然了，能从一场严重的个人斗争中毫发无损，光是幸存下来，便绝不可小觑，也正因如此，斯泰伦的主人公才能自始至终保有我们的同情。然而，当幸存者只能选择苦行，当自我只能被排斥在社会之外或在一个想象的社会完成行动和受人敬仰才能获得庆祝时，我们就没什么理由高兴了。最后，一个获得再生的亨德森在世界的一线纯白之上围绕着飞机跑啊跳啊，在我看来，有一些让人难以信服的地方。因此，我不想以这一幕，而想以拉尔夫·艾里森《看不见的人》结尾处主人公的形象作结。因为在这里，主人公身边也只剩下关于他自己的单纯的赤裸裸的现实。他最大限度地独自一人。这并不是说他还没有走出来并走进这个世界；他一次次地走出来并走进，但最终他选择转入地下，选择在那里生活并等待。而在他看来，这同样不值得庆祝。

某些新近的犹太人刻板印象[①]

我发现自己忽然之间生活在一个犹太人已成为——或者现在被允许认为自己是——文化英雄的国家。就在最近，我在收音机里听到一个音乐节目主持人介绍电影《出埃及记》的主题曲。歌曲由帕特·布恩演唱。主持人明确表示这是"这首歌的唯一授权版本"。由什么授权？为谁授权？为什么？主持人没再多说。一阵虔诚的沉默之后，布恩先生平淡地唱了起来——

> 这片土地是我的，
>
> 上帝把这片土地给了我！

当我回忆起有《出埃及记》这首歌时，在它之前有一部《出埃及记》的电影，电影之前有一部《出埃及记》的小说，我不知

---

① 原文为在洛约拉大学（芝加哥）"男人的需要和形象"研讨会上的发言，研讨会由圣约之子反诽谤联盟和洛约拉大学共同举办。（1961）

道自己在文化阶梯上是向上还是向下，或者仅仅是横向移动。不管你怎么看，毫无疑问，犹太人作为爱国者、勇士和身经百战的好战者的形象，对大部分美国公众来说是颇令人满意的。

《出埃及记》小说作者里昂·尤里斯在和《纽约邮报》的一次采访中声称，他的犹太战士形象比其他犹太作家所呈现的犹太人形象更接近真相。我想我就是尤里斯先生所指的其他犹太作家之一。采访的剪报是一位女士寄给我的，她在我刚刚出版的短篇小说集中发现"反犹主义和自我仇恨"，要求我对此作出解释。尤里斯对他的采访人约瑟夫·沃什巴这样说道：

> 有这样一大批美国犹太作家，他们成天诅咒他们的父亲，憎恨他们的母亲，绞尽脑汁想弄明白他们为什么被生下来。这不是艺术也不是文学。这是精神病学。这些作家是职业辩护士。每年你都能看到他们的作品登上畅销书榜单。他们的作品令人讨厌，让我感到恶心。
>
> 我写《出埃及记》是因为我受够了辩解，或者说受够了感觉有必要去辩解。这个国家的犹太群体所做的贡献，在艺术、医药尤其是文学上的，远远超过了他们的人数。
>
> 我开始讲述一个有关以色列的故事。我绝对是有偏见的。我绝对是亲犹太人的。
>
> 作者经历了读者所经历过的一切。我在欧洲和以色列为《出埃及记》作研究时，受到了一个很大的启示：我们犹太人

不是我们被描绘成的样子。事实上，我们一直都是战士。

"事实上，我们一直都是战士。"如此不加掩饰、愚蠢、标准的声明甚至不值得争论。人们有一种感觉，尤里斯带着他的犹太人新形象，单挑过往故事中流传下来的旧形象，那些故事里关键的一句话都是："好好表现，杰基——别跟人打架。"然而，用一种简化去替换另一种简化并没有多大价值。尤里斯没有忙着通过"研究"小说而受到启示的时候，也许该读一读埃利·维瑟尔的新书《黎明》。维瑟尔不是美国犹太作家，他是一位匈牙利犹太作家，现居纽约。他的第一本书《夜》是一部自传，记录了他十五岁时在奥斯威辛和布痕瓦尔德集中营的经历，其中他写道，集中营"永远吞噬了我的信仰……谋杀了我的上帝、我的灵魂，把我的梦想化为尘土"。第二本书《黎明》以犹太人在以色列建国前在巴勒斯坦的恐怖主义活动为背景。主人公接到一项任务，处决一名被犹太恐怖分子劫持为人质的英国少校；小说讲述了主人公在处决前度过的可怕时光。我想告诉尤里斯，维瑟尔的犹太人发现自己扮演战士的角色时可并没有多少骄傲，他也无法从属于犹太传统的好斗与流血中找到辩解的理由。但实际上，事实证明，真的没有必要告诉他这种事情，如果我们相信《时代》杂志上的新闻报道属实的话，那么他已经知道的想必比他在《纽约邮报》上透露的要多。

《时代》发自曼哈顿的报道如下：

三十七岁的耶希勒·阿伦诺维茨船长，曾经带领以色列难民船"出埃及"号冲破封锁线，在家中接受采访时，针对那本受他一九四七年英雄事迹所启发的畅销小说（迄今已售四百万册），表达了些许保留意见。"以色列人，"他表示，"简单地说，对这本书很失望。书里描述的种种在以色列从未存在过。小说既非历史也非文学。"……在加利福尼亚的恩西诺，《出埃及记》的作者里昂·尤里斯反驳说："你们可以引用我的原话：'哪个船长？'我要说的就这些。我不会在轻量级的对手身上花时间。看看我的销售数据就知道了。"

　　诚然，仅仅根据《时代》杂志所引用的话就指控一个人是不合适的，说不定杂志就喜欢借用经典的刻板印象，即万物皆可买卖的犹太骗子形象，来激发读者的兴趣。曾几何时，这个形象有助于异教徒跟犹太人打交道。如今有了跟犹太人打交道的另一种方式，有了尤里斯先生贩卖的新形象，数百万人在他的书中读到的和另外数百万人将在闪烁的银屏上看到的形象。

　　里昂·尤里斯让犹太人和犹太性变得可以接受、有感染力、有吸引力，还有著名的乐观主义者和千篇一律的哲学家哈利·戈尔登。哈利·戈尔登笔下的犹太人形象在西奥多·索罗塔洛夫最近一篇文章里得到了恰到好处的分析，文章发表于《评论》，叫《哈利·戈尔登和美国观众》。索罗塔洛夫先生指出，在戈尔登的三本书，《两分钱汽水》《只有在美国》《享乐，享乐！》里面，他

"既满足了犹太人的怀旧心理，又满足了非犹太人的好奇心"。索罗塔洛夫还指出："他以令人沮丧的清晰呈现出了过去十年我们社会的某些非常现实的问题和状况———一个以善意但软弱、草率、模棱两可的自我反思为特征的社会……配以少许马尼舍维茨辣根，中产阶级充满困惑的平庸作为时代的智慧回归到了读者面前。"

索罗塔洛夫想到了辣根；说到戈尔登的问题，我本人想到了鸡油。一个有趣的发现是，戈尔登在回应索罗塔洛夫的评论时，能够一只手成功地抹上鸡油，同时试图用另一只手把油抹掉。在他自己办的报纸《卡罗来纳以色列人》上，戈尔登写道，索罗塔洛夫指责他美化纽约贫民窟的生活是完全错误的。他用他特有的克制和逻辑解释道："我们犹太人不仅拥有一个圈子，而且坦白地说，我们拥有一座犹太城市，正是这种社区意识赋予了旧东区回忆其魅力，使得大部分中产阶级的犹太人对我写的所有关于纽约下东区的文字欲罢不能。光靠情绪永远无法维持如此广泛的兴趣。"这里"情绪"应该是"感伤"才对，如果感伤不能引起广泛的兴趣，那还有什么可以呢？

公众对戈尔登和尤里斯的兴趣不难理解。一方面，他们体会到了自己熟悉的词汇，比如"kugel"和"latkes"，变成印刷文字的乐趣。然后是个体的浪漫故事：一边是希伯来英雄，另一边是移民成就。哈利·戈尔登自称霍雷肖·阿尔杰[1]，他为我们带来了

---

[1] Horatio Alger（1834—1899），美国儿童小说家，以写穷孩子如何通过奋斗而获得成功闻名。

一个个从犹太人的下东区冉冉升起的法官、电影明星、科学家和喜剧演员的名字。那么非犹太读者的兴趣呢？有四百万读者买了《出埃及记》，两百万买了《只有在美国》，这里面不可能都是犹太人。为什么非犹太读者会对犹太人的人物、历史、礼仪道德感兴趣呢？为什么帕特·布恩唱的就是"唯一授权版本"？为什么不能是莫伊舍·奥什或者埃迪·费舍呢？

关于戈尔登对读者的吸引力，索罗塔洛夫提出的一个解释是，戈尔登做到了很多，其一是向读者们展现了一个世界，其特点是"栩栩如生、充满生机、有理想、有纪律，最后还有生活的温度，也就是现代中产阶级家庭和郊区那些据说日益式微的品质"。当下似乎确实存在一种对犹太情感主义的迷恋。那些比去找黑人并让他们谈"节奏感"更有想法的人，来到我的面前让我谈"温度"。他们认为他们是在抬举我，他们也认为那是真的。

我不相信他们会认为，这个"温度"其实很复杂；这个"温度"，当它真的出现的时候，不只是自己发热，在它的中心，通常有一团火焰。

我在艾奥瓦州立大学教的写作班上有几个犹太人研究生，上个学期他们中有三个人写了关于犹太童年的故事；故事所蕴含的情感很激烈。奇怪的是——也许没那么奇怪——每个故事的主人公都是一个犹太男孩，年纪在十到十五岁之间，在学校成绩优异，而且都穿戴齐整、彬彬有礼。故事全部以第一人称讲述，讲的都是主人公和异教徒邻居或同学之间的友谊。异教徒来自稍低的阶层——比如，一个来自意大利裔美国家庭，另一个来自汤姆·索亚那样的美国家庭——他带领这个出身中产阶级的犹太男孩进入肉体的世界。异教徒男孩自己已经有了某些性经验。他并不比他的犹太同伴年长多少，因为父母基本上对他不闻不问，所以他才有机会自己寻找刺激。这些父母要么离异，要么酗酒，要么没受过教育，一句不离"该死的"，要么就是经常不在身边，无法管教。这让他们的孩子有充足的时间去追女孩子。相反，犹太男孩总有人盯着——睡觉时，学习时，特别是吃饭时，都有人盯着。盯着他的人就是他母亲。至于父亲，小说里几乎不见踪影，父亲和儿子之间似乎只是点头之交，他不是在工作就是在睡觉，或者坐在餐桌对面一言不发地狼吞虎咽。不过，这些家庭仍然是有温度的——特别是和故事中的异教徒家庭相比——而且几乎都是母亲给的。但它带给年幼主人公的感受和带给哈利·戈尔登及其观众的感受是不同的。给予温暖的火焰也可以灼伤或使人窒息。主人公羡慕异教徒男孩的是后者父母的冷漠，这样的冷漠在很大程度上为他提供了进行性探险的机会。宗教在这里不是被理解为通往神圣和未知世界的钥匙，而是解开感官和情色之谜的钥匙，解开怎样搭讪街上女孩这一奇迹的钥匙。这些讲故事的犹太男孩想要的温度，对于异教徒男孩似乎唾手可得，就像哈利·戈尔登告诉他的异教徒，他们所羡慕的他笔下的温度在犹太人看来是理所当然的那样。

需要立即指出的是，在这些短篇小说里，异教徒朋友带领年轻叙述者接触的女孩从来都不是犹太人。犹太女人是母亲和姐妹，性渴望的对象是"他者"。梦想中的异教徒女孩——与异教徒对犹太姑娘的幻想相对——常常被形容为"酥胸高耸"（参见托马斯·沃尔夫）。顺便说一下，我并非有意贬低这些写作班学生的才华，将他们对犹太男孩性幻想的兴趣跟戈尔登笔下类似的幻想进行比较：这些故事中的主人公——和那些消失在其他社区和成人世界里的异教徒朋友一样——无一例外认识到了自己困境中难以负担的矛盾冲突。

戈尔登和尤里斯没有给任何人带来任何负担。事实上，二人作品的引人之处就在于它们有助于消除负罪感，不管它是真实的还是想象的。他们让人们看到，犹太人不是可怜无辜的受害者——他们在被迫害的时候，依然享受着助人为乐的热情和美好的家庭生活。他们正在发展的是——正如索罗塔洛夫援引某位书评人对哈利·戈尔登的评语——"美好的犹太世界观"。

啊，美好的犹太世界观——它的存在固然可以抚慰良心：因为如果受害者不是受害者，那么施害者也可能不是施害者。除了提供给读者别的安慰之外，戈尔登还为异教徒提供了一种出路。对于这些尽管不从事反犹活动，但不管怎样还是对犹太人抱有不信任和怀疑（被告知不应该有）感觉的犹太人，戈尔登向他们（也向犹太人）保证，我们是幸福、乐观、可亲的民族，而且我们生活在一个一流的国家——他的事业难道不是证明了偏见并未腐蚀和破坏美国制度吗？他作为一个犹太人——而且请注意，是作为一个能够畅所欲言的犹太人——也是南方城市受人尊敬的公民。

棒极了！而且不是在瑞典、意大利或者菲律宾。只能是——戈尔登告诉他们——在美国！

对于某些内心焦虑又怀有善意的异教徒来说，这可能是一种愉快的治疗，因为他们不必继续为他们实际上不承担任何责任的罪行感到内疚；甚至可以减轻一些不喜欢犹太人的三心二意的反犹主义者的负担，因为他们不喜欢自己不喜欢犹太人。但我不认为这是对犹太人及其历史中不容置疑的事实，甚至异教徒怀疑正当性的尊重。为什么异教徒就不能怀疑呢？事实上，如果一个人致力当个犹太人，那么他就相信在关乎人类生存的最严肃的问题上——理解过去，想象未来，探索人和上帝的关系——他是对的，而基督徒是错的。作为一个有信仰的犹太人，他当然必须将本世纪道德秩序的瓦解和精神价值的崩溃视为基督教的不足之处，作为维持善的力量。但是，谁愿意对他的邻居说这样的话？相反，我们在美国生活中每天看到的是"对反社会人士的社会化……反文化人士的文化适应……颠覆者的合法化"。这些话语出莱昂内尔·特里林，他用它们来描述他的许多学生对现代文学中更远离基本要素的反应，对我来说它们具有更广泛的文化意义：我指的是对周围差异的不断吞噬，指的是麻木的宽容对异见者或反叛者权力的剥夺（其目的就在于剥夺）。一个人在受到追捧之后，不会被当成威胁而得到认真对待，反而会被有效地噤声。他们眼下正在郊区举办垮掉一代式的聚会——这并不能说服我所有人都是兄弟。相反，他们是陌生人；这一点，我每天读报时都会想起来。他们是陌生人，也常常是敌人，因为我们理应清楚事情本该这样，不是要"彼此相爱"（从所有证据来看，难度不亚于索要月亮），而是不要对彼此施加暴力和背叛，这对我们来说似乎已经足够困难的了。

但是犹太人当然行使过暴力。里昂·尤里斯无比骄傲地跟美国人讲述他们的暴力故事。不难理解故事对美国犹太人的吸引力，但还是那个问题，对于非犹太人呢？为什么对一首流行歌"唯一授权版本"如此虔诚？那首歌为什么会流行？那部电影，那本书呢？《出埃及记》的模式对许多美国人来说是如此有说服力且令人愉悦，以至于我不禁怀疑它正在努力从国民意识中消除的负担是否即对大屠杀本身的记忆，六百万犹太人在原始的、毫无疑义的、恶魔般的恐怖中被屠杀。就好像不久的将来会出现一首流行歌或者一部电影，使我们能够处理掉另一桩令人烦恼的恐怖事件——杀害广岛市民。我们说不定会听到一个关于广岛的故事或者一首歌，告诉我们这座从原子弹毁灭的灰烬中重生的城市如何美丽又现代，新城里的生活如何比消失了的旧城生活更加繁荣、健康、朝气蓬勃。但无论如何——在这片积极进取的土地上，谁会说这样的改变不够日新月异呢？——现在有戈尔登向我们保证，即使是隔都的犹太人，他们也真的很快乐、乐观和热情（而不是痛苦、悲观和排外）。尤里斯也告诉我们，不必担心犹太人的脆弱性和受害者身份，犹太人可以照顾自己。只要一周，阿道夫·艾希曼①便

① Adolf Eichman（1906—1962），纳粹德国高官，负责屠杀犹太人的最终方案，后被处以绞刑。

能登上《生活》杂志的封面；几周后，萨尔·米涅奥①会再次以犹太自由斗士的形象出现。一个没有得到人类足够的回应和报复，没有悲伤亦没有同情的罪行，似乎在某种程度上已经报仇雪恨。而当天平终于开始趋向平衡时，大家只会大舒一口气。犹太人不再是我们这个时代暴力的旁观者，也不再是它最中意的受害者，现在他是参与者了。那好吧。欢迎加入！当一个拿着枪和手榴弹、为了上帝赋予他的权利而杀人的人（如那支歌告诉我们的，在这个例子里，是为了上帝赋予的土地），看到另一个也是上帝（根据他的账目和清单）准许他进行杀戮的人时，他是无法轻易评判这个人的。

尤里斯先生因发现犹太人是斗士而倍感自豪，他的许多犹太读者也一样，他的异教徒读者也许没那么自豪，但很欣慰。埃利·维瑟尔关于犹太恐怖主义分子的小说《黎明》则不同，主人公没有那么多令人欣慰和愉悦的情绪。他被羞耻和困惑打败，感到自己被无望地、永久地锁在了一个悲惨的噩梦里。无论他怎样告诉自己，他享有杀人的权利，他个人的和民族的历史告诉他，没有什么会比射杀另一个人更可怕。他在布痕瓦尔德和奥斯威辛目睹并遭受了那么多痛苦，正是在认为自己已经死了的情况下，他才扣动扳机射杀英国军官，成为我们这个暴力时代的另一个刽子手。他属于那样一群犹太人，他们像约伯一样，想知道自己为什么被生下来。

---

① Sal Mineo（1939—1976），美国演员，因在影片《出埃及记》中成功饰演犹太复国主义者多夫·兰道一角而成名。

书写犹太人 [1]

1

    自从我的第一批创作被收录于一部名为《再见，哥伦布》的故事集于一九五九年出版以来，我的作品就受到某些讲坛和期刊的攻击，被认为是危险的、不诚实的和不负责任的。我读过犹太社区报纸上的社论和文章，它们谴责我的故事无视犹太人生活的成就，或是如伊曼纽尔·拉克曼最近在美国拉比理事会大会上所说的那样，谴责这些故事"扭曲了正统犹太教的基本价值观"，甚至，他继续说，不给非犹太世界机会去欣赏"正统犹太人在现代社会各个行业中作出的非凡贡献……"在我收到的读者来信中，有一些是犹太读者写的，他们指责我是"反犹主义的"和"自我仇恨的"，或者至少是毫无品位的；他们争论或暗示犹太人在整个

---

[1] 本文从 1962 年、1963 年在艾奥瓦大学希勒尔讲堂、康涅狄格州哈特福德犹太社区中心和叶史瓦大学的演讲发展而来。（1963）

历史上所遭受的苦难最终以纳粹屠杀六百万犹太人告终，这使得某些针对犹太人生活的批评意见变得具有侮辱性质且微不足道。此外，他们指控我对犹太人的批评为反犹主义者的反犹态度提供了正当性，加剧他们的怒火，尤其是，坦承这些非模范甚至不正常、不可接受习惯和行为的还是犹太人自己。我在面对犹太听众公开演讲时，总有人在演讲后质问我：“你为什么不能放过我们？你怎么不去写那些异教徒？”“你为什么要如此苛刻？”“为什么这么不认同我们？”最后一个问题通常饱含怀疑和愤怒，且出自比我年长很多的人，仿佛爱子心切又不被理解的家长在教训犯了错的孩子。

很难（如果不是不可能）向一些声称感受到我的獠牙的人解释说，多数情况下他们根本没有被我的獠牙咬过。虽然并非总是这样，但通常情况下，读者似乎更多地从他们自己的而不是他们认为的我的道德视角出发，因而有时他们认定邪恶的地方，我看到的则是能量或者勇气，或者自发性；他们会为我认为没有理由感到羞耻的事情而羞耻，为我认为没有理由进行辩护的地方而辩护。

在我看来，他们对是非的认知时常不仅狭隘且站不住脚，看待小说的态度——只关注是“赞成”还是“反对”犹太人，对犹太人生活是持“肯定”还是“否定”态度——导致他们不太可能理解故事的真正含义。

举例来说，我写过一个题为《爱泼斯坦》的故事，讲一个六十岁的男人和住在街对面的女人发展了一段婚外情。最后，主人公爱泼斯坦被抓住了——被他的家庭抓住，也被疲惫、衰老和失望抓住和击溃，这些是他原本试图奋力抵抗的。我知道有的犹太读者不能理解，不理解我为什么偏要讲这样一个犹太男人的故事：别的人不也通奸吗？为什么偏要表现犹太人的欺骗行为？

但这里的通奸想要表现的不仅仅是欺骗：其一，我们有通奸者本人。很多人对他的感受是，他是一个骗子，但他对自己的感受往往不止这些。一般来说，吸引读者和作家投身文学的就是这个"不止这些"——所有超越简单的道德划分的东西。我写一个男人通奸的故事，不是为了证明，只要我们反对他的行为，对他感到失望，我们就是正义的。写小说不是为了肯定每个人似乎都持有的原则和信念，也不是为了保证我们的感受的适当性。事实上，小说的世界能把我们从社会设在我们感受周围的界限中解放出来；艺术的一个伟大之处就在于，它允许作家和读者以并非总能从日常行为中获得的方式来产生共鸣，这种方式哪怕可以在生活中找到，对于生存大业来说也将是不可用、不可控、不合法、不建议甚或不必要的。我们也许根本不知道我们的感受和反应有这么广阔的维度，直到我们开始接触小说。但这并不意味着读者和作家就此不再对人类行为做出判断。相反，我们是从一个不同层面进行判断，因为我们不仅是在新感受的帮助下进行判断，而且无需根据判断采取行动。我们不再是正直的公民，而是进入了另一层意识。这种对道德认识的扩展，对道德幻想的探索，对个人和社会都具有相当大的价值。

我不想在这里详细讨论很多读者想当然认为的小说的目的和可能性。然而，我的确想向那些没兴趣对主题做太多推测的人澄清作家可能持有的几个假设，比如使我澄清我不会通过写一个故事来表明自己不赞成通奸的男人的假设。我写一个男人通奸的故事，是为了展示这个男人的生存状况。如果这个通奸的男人恰巧是一个犹太人，那么我所展示的就是一个通奸的犹太男人的生存状况。至于为什么要讲这样一个故事？因为我似乎对于一个男人如何——以及为何，在何时——与那个他所认为的，或者别人所认为或希望的，"最好的自己"背道而驰深感兴趣。这个主题不是"我的"，在轮到我参与其中之前，它已经吸引读者和作家很长一段时间了。

　　其中一个读者，一个住在底特律的男人，对主题并无兴趣，他在给我的一封信里说他不明白为什么我会对这样的主题感兴趣。他提了几个问题，我相信他那些简短的问题旨在消除我的戒心。虽然未经他允许，但我仍想引用一段他的信。

　　他的第一个问题是："一个中年男人不理工作，整天跟一个中年女人在一起，这可信吗？"回答是肯定的。

　　他的下一个问题是："这是犹太人的特征吗？"我想他指的是通奸，而不是开玩笑地指不理工作。回答是："谁说它是了？"安娜·卡列尼娜和沃伦斯基的通奸，后果比爱泼斯坦的更悲惨。谁会想要问："这是俄国人的特征吗？"这明明是一种全人类都拥有的可能性。尽管据说上帝出于自己的原因，向犹太人颁布了最著名的通奸禁令，但通奸一直是所有怀有信仰的人寻求快乐或自由，或复仇，或权力，或爱情，或耻辱……的方式之一。

这位先生向我提出的一系列问题中的下一个是："为什么这么脏？"他所问的，是不是世上为什么有脏东西，为什么有失望，为什么有苦难、丑陋、邪恶、死亡？如果他在问"为什么这么脏"时脑子里想的是这些问题就好了。可他真正问的全部就是："这个故事为什么这么脏？"对他来说，这就是这个故事的全部。一个老头子发现欲望之火仍在他体内燃烧？肮脏！恶心！谁想听那种东西！对于这位来自底特律的先生而言，爱泼斯坦的困境中唯一触动他的，就是那些肮脏的地方，他因而得出"是我思想狭隘"的结论。

其他人也是这么想的。事实上，《纽约时报》最近报道了一位纽约拉比，戴维·塞利格松，他指控我和其他几位犹太作家思想狭隘，告诉他的教堂会众，说我们这些作家致力"独创一系列忧郁的人物漫画"。塞利格松也不认同《再见，哥伦布》，因为我在里面描写了一个"犹太通奸者……以及其他很多畸形的精神分裂人格"。通奸当然不是精神分裂的典型症状，但是这位拉比视其为病态人格的标志，这表明我们对健康的概念完全不同。毕竟，也许生活创造了像卢·爱泼斯坦这样的忧郁的中年生意人，但他在塞利格松博士眼里不过是又一个漫画人物罢了。我个人认为，爱泼斯坦的通奸不太可能解决他的问题，它是一种对问题可悲的甚至注定失败的反应，而且也很可笑，因为它甚至不符合爱泼斯坦对自己的认知和他的欲求。但是，所有这些"不太可能"没有让我对他的理性或人性感到绝望。我想，承认我碰巧是怀着丰沛的情感和同情去构思爱泼斯坦这个角色，无异于承认我有畸形的精神分裂人格。在我看来，拉比的一个局限就在于，当有人在他眼前熊抱时，他都认不出来那是熊抱。

《纽约时报》还报道说："拉比说他只是'好奇'这些才华横溢的作家的意图，他们'生为犹太人，从犹太历史的伟大传奇中看到的却那么少'。"但我认为，拉比对我的好奇一定不比我对他的好奇更多：好奇是智慧的声音，应该让人听到，总是愿意被照亮，当然前提是它真的存在；但是我不认为它存在。讲坛之上的公平公正只会掩盖问题，正如他在结论中所表现出来的那样，这里援引《纽约时报》："'他们（提过的这些犹太作家）必须拥有创作的自由，对此我们表示最强烈的支持；但他们要了解他们的民族和传统，对此我们热切期盼。'"

然而，问题不在于对自己的"民族"了解多少，至少不在于谁掌握更多历史资料，谁更熟悉犹太传统，谁更遵守习俗和礼仪。不用说，一个人甚至可能"知道"大量传统却误解了传统的意义。卢·爱泼斯坦的故事立不立得住，并非取决于我对传统知道多少，而是取决于我对卢·爱泼斯坦知道和理解多少。犹太民族的历史经由时间和空间传承下来，成为我称之为爱泼斯坦的这个人才是我必须明确把握的地方。但我有种感觉，塞利格松拉比想将爱泼斯坦排除在犹太历史之外。但我发现他太有价值了，不能被遗忘或忽视，即便他是一个粗俗之人，而且或许对历史，比拉比眼中的我对历史更无知。

爱泼斯坦没有被塑造成一个博学的拉比，而是一家小纸袋公司的经理；他的妻子也没什么学问，他的情妇也一样；因此，读者不应该期待在这个故事中看到我或者人物关于《先知书》方面的知识，但他完全有权利期待我接近真相，即一个有爱泼斯坦那样风格和历史的犹太男人，他对婚姻、家庭、离婚、通奸的态度应该是什么样的。这个故事之所以叫《爱泼斯坦》，正是因为爱泼斯坦而非犹太人才是它的主题；至于故事哪里薄弱，我想我现在已经知道了，但是拉比永远不会发现，除非他以事物的本来面貌而不是以他希望的样子去理解它。

很显然，拉比的兴趣并不在人物塑造上；他想在我的小说里看到的，用他的话说，就是"像我们所知道的那样均衡的写照"。我甚至怀疑，所谓的"均衡"，就是拉比所宣扬的犹太生活最重要的特征；而犹太人的历史，归根结底就是我们犹太群体中什么都有一些。他关于小说艺术的设想，是我特别想要提醒大家注意的。在一次布道中，他谈及迈伦·考夫曼的《代我问候上帝》，表示那本书"很难被当成一部犹太社会学研究"。但是，作为小说家的考夫曼先生可能根本无意写一部社会学研究，或者——因为这看上去更像是拉比真正渴望的阅读方式——提供一个正面的好样本。《包法利夫人》也很难被当成社会学研究，它的中心只有一个爱做梦的法国外省独身女人，而她并不能代表所有法国外省女人；然而，这部小说作为对包法利夫人本人的探索，它巨大的光彩并没有因此而减弱。那些主要因为频繁出现而给作家留下印象的人物和事件，文学作品不会用它们做主题。比如，我们知道的因为相信上帝要求这么做而差点把刀刺向自己独子的犹太人有几个？亚伯拉罕和以撒的故事的意义并非来自人们熟悉的、容易识别的日常事件。对文学作品的检验不在于其表现的范围有多广——因为所有的广度都可能是某种叙事的特征——而在于其揭示作者所选择表现的事物（无论它是什么）的程度有多深。

将"均衡的写照"和小说混为一谈，最后只会陷入荒谬的境地。"尊敬的费奥多尔·陀思妥耶夫斯基，我们学校所有的学生和大部分老师，都觉得你对我们很不公平。你认为拉斯柯尔尼科夫是对我们所了解的学生均衡的写照吗？是对俄国学生均衡的写照吗？或者是那些贫困生，还有我们这些从未杀过人、每天晚上做功课的学生呢？""尊敬的马克·吐温，我们的种植园里从来没有奴隶逃跑。我们的奴隶主读到黑鬼吉姆时会怎么想？""尊敬的弗拉基米尔·纳博科夫，我们班的女孩子……"诸如此类。小说所做的和拉比想让它做的是完全不同的两件事。小说的关注点不同于统计学家或公关公司的。小说家问自己的是："人们想什么？"公关人员问的是："人们会怎么想？"但我相信，当拉比呼吁对犹太人"均衡的写照"时，真正困扰他的正是："人们会怎么想？"

或者，更确切地说，异教徒会怎么想？

2

这个问题在我的另一个故事《信仰的卫士》于一九五九年四月发表在《纽约客》上时被迫切地提了出来。故事的叙述者是内森·马克斯，一个刚从德国结束战斗任务后换防回到密苏里州的陆军中士。他一到密苏里，就被任命为训练连的军士长，并立刻被一个新兵黏上，新兵试图利用他与军士长之间的共同纽带来获得后者的善意和恩惠。这个共同纽带，在他看来，就是他们共同的犹太身份。随着故事推进，新兵谢尔登·格罗斯巴特要求的不再只是照顾，而是马克斯认为他无权享有的特权。这是一个关于一个人出于自私而利用自己的宗教信仰和另一个人犹豫的良知的故事，但更主要的是关于另一个人，即故事的叙述者，因对自己的宗教信仰模棱两可而陷入棘手的（如果不是错误的）忠诚冲突。

然而，我现在没有，在写作时也没有，将马克斯的问题视为"犹太人的"问题：面对自己本性中仁慈和宽恕的局限性——不得不在仁慈和正义之间画一条线——尝试在自我和他者身上分辨出明显的恶和真实的东西，这些对大多数人来说都是问题，无论它们多大程度上被意识到或得到解决。然而，尽管这种道德的复杂性并非犹太人独有，但我从未想过故事里的人物应该是除犹太人以外的任何人。其他人也许会以黑人或爱尔兰人为中心写一个包含相同主题和类似事件的故事，对我来说则不存在其他选择。同样，这也不是让格罗斯巴特成为犹太人而让马克斯成为异教徒，或者反过来的问题；在这里说一半真话等于说谎。大多数以"两个犹太人走在街上"开头的笑话，如果其中一个或两个人都伪装成英国人或者共和党人，那就没那么好笑了。同样，在写作《信仰的卫士》时，犹太人的真实性已经开始填充我的想象，如果对此再做任何大的改动，那么故事的张力将会被极大地消解，我就不可能讲好这个我想讲，也相信我能讲好的故事了。

　　某些批评家肯定希望我改动，因为他们认为，我写这个犹太人的故事，除了证实反犹刻板印象之外，我什么也没做。但对我来说，这个故事向读者证实了不一样却同样痛苦的东西。在我看来，我们不能只把格罗斯巴特当作一个反犹刻板印象，他是一个犹太事实。如果怀有恶意或判断力低下的人将一些犹太人生活中的某些事实转化为对犹太人的刻板印象，那并不意味着这些事实在我们的生活中不再重要，或者它们是小说作者的禁忌。文学探索甚至可能是一种挽救事实的方式，赋予它们在这世上应有的分量和价值，而不是对某些误入歧途的或恶毒的人来说所具有的不恰当的意义。

　　谢尔登·格罗斯巴特是我想象出的马克斯的对手人物，他源于现实。他并不代表犹太人或整个犹太民族，故事也没有显示作者有意让读者这样理解他。他被描绘成一个轻浮的人，他有强力、自以为是、狡猾，有时甚至还有一点让人不设防的魅力；他常常置正义于不顾，且将此视为生存的必要手段，以至于他实际上以正义之名行不义之事。他能够制定出一套系统，搁置自己的责任感，再加上其他人的集体负罪感变得如此庞大，以至于严重改变了世俗的信任机制。他不是被描绘成犹太人的刻板印象，而是表现得像刻板印象的犹太人，把他的敌人对他的印象表现给他们看，用罪恶回应惩罚。考虑到各国对犹太人施加过的羞辱和迫害，故事不仅主张有像格罗斯巴特这样的犹太人存在，而且主张格罗斯巴特主义的诱惑存在于很多也许更优雅、更坚定或者只是更怯懦的人身上，而不局限于我想象的那种在故事结束时因恐惧和失望而哭泣的惊恐万分的犹太灵魂，只有圣人才会否认这些主张。格罗斯巴特不是典型的犹太人，但他是犹太经验中的一个事实存在，并且存在于其道德可能性的范围之内。

而他的对手马克斯，作为故事的中心人物、意识和声音，情况也是一样。和格罗斯巴特相比，他对自己的犹太身份更加不确定。他不确定那意味着什么——对他来说意味着什么——他并不是不聪明或者毫无良知；他很有责任感，几乎到了痴迷的地步，当面对另一个犹太人的需求时，他一时不知如何是好。他的感受在公正和背叛之间来回，只有到最后，当他真的背叛了格罗斯巴特试图给予他的信任时，他才做出了他一直希望做的事，而他相信他的所作所为是高尚的。

无论对我，还是对我所听说的读者而言，马克斯并非不可能、不可信、"纯属虚构"，人物和他们处境的真实性也没有受到质疑。事实上，人们普遍认为，是故事令人信服的氛围导致一些人写信给我，给《纽约客》，给反诽谤联盟，抗议它的发表。

下面就是故事发表后我收到的一封信：

罗斯先生：

　　你的小说《信仰的卫士》，和所有反犹组织一样造成了很多伤害，使人们相信犹太人就是骗子、撒谎者、阴谋家。你这一个故事就让人们忘却了所有曾经活在世上的伟大的犹太人，所有曾在部队中效力的年轻犹太人，以及如今世上所有努力诚实地生活的犹太人……

这是《纽约客》收到的一封信：

尊敬的先生：

　　……我们已经从每一种可能的角度对这篇小说进行了讨论，并不可避免地得出小说将会对犹太人造成不可弥补的伤害的结论。我们感到它对普通犹太士兵的呈现颇为扭曲，不能理解一本享有盛誉的杂志为什么会发表这样一部助长反犹主义的作品。

　　诸如"这就是艺术"的老生常谈是不可接受的。如能回复，将不胜感激。

　　下面是反诽谤联盟官员收到的一封信，因为公众的反应，他们打电话问我是否愿意跟他们谈谈。我想，他们特别强调这是一次邀请，表明他们为不得不传达下面这样的信息而感到不适：

尊敬的——：

　　能做点什么让这个人闭嘴吗？中世纪的犹太人应该会知道怎么对付他……

　　我引用的前两封信是普通的犹太教徒写的，最后一封来自一位纽约的拉比、教育家，他是犹太人事务领域的杰出代表。

　　拉比后来直接和我联系。他没提他已写信给反诽谤联盟表示对中世纪司法制度的衰落感到遗憾，尽管他在第一封信结尾处小心翼翼地指出他在另一个群体面前保持了沉默。在他表示"我没有给《纽约客》编委会写信，我不想背负告密的罪名……"时，我相信我应该把他的沉默当作一种仁慈之举。

　　告密。那么多写信的人提出过控诉，即使他们不想向我或向他们自己公开。我告发了犹太人。我把原本可以保守的秘密告诉了非犹太人：告诉他们人性的危险也能使我们少数族裔遭受痛苦。我还告诉他们有内森·马克斯这样的犹太人存在，但似乎没人对此感到烦恼。我前面说马克斯并未让哪个写信人觉得不可信，那是因为他根本没有触及他们。他还不如不存在。我读过的所有读者来信中，只有一封提到了马克斯，但只是为了指出马克斯就是一个犹太人身份的汤姆大叔，而我把中士描写成一个"白种犹太人"同样应该受到责备。

但是，即便马克斯是且只是个白种犹太人，格罗斯巴特是个黑人，是否就可以这样推断，因为我探讨了他们之间的关系——这是小说另一个核心问题，但几乎未得到我的写信人的一句评论——所以我主张将犹太人开除国籍，驱逐出境，迫害他们，杀害他们？当然不是。不管那位拉比私下里是怎么想的，他没有向我表明他认为我是反犹的。然而，他给出了一个暗示，一个严肃的暗示，说我表现得像个傻子。"你赢得了感激，"他写道，"赢得了所有那些基于对犹太人的认知而坚持反犹主义的人的感激，正是这种认知最终导致了我们这个时代六百万人被残杀。"

　　尽管这句话的句尾势不可挡，但它所提出的控诉其实在前面：我"赢得了感激……"谁的感激？我会说得不那么夸张但也许更准确：那些倾向于误读的人的感激——出于偏执、无知、恶意甚至天真的误读。如果我确实赢得了他们的感激，那是因为他们没有看见，没有试图理解我在说什么……那么，反犹主义者对犹太人的这种认知，正如他们能够通过误读我的小说来证实的那样，拉比继续说，和那些"最终导致了我们这个时代六百万人被残杀"的认知别无二致。

　　"最终"？这难道不是对犹太人历史及希特勒德国历史的一种过分简化？人们彼此怀恨在心，互相诋毁，故意误解对方，但并不总是因此而互相残杀，就像德国人屠杀犹太人，而其他欧洲人坐视犹太人被屠杀甚或帮助屠杀一样。在文明社会中，偏见和迫害之间通常有一道由个人的信念和恐惧，以及社会的法律、理想、价值观构筑的屏障。"最终"导致这道屏障在德国消失的原因，不能仅用反犹主义的误解来解释；因为无疑这里还必须理解的是，一方面是对犹太民族的零容忍，另一方面是这种拒绝容忍对纳粹意识形态和纳粹梦想的用处。

通过过分简化纳粹和犹太人之间的关系，将偏见当作种族灭绝的主要原因，拉比使得《纽约客》发表《信仰的卫士》的后果看起来确实很严重。然而，他似乎并没有因为自己的立场所带来的后果而感到焦虑。因为照他的意思，有些主题不能被写出来，也不能引起公众的注意，因为可能会被意志薄弱或心怀恶意的人误解。如此，他实际准许了将心怀恶意及意志薄弱之人放在决定性的位置上，由他们来决定针对这些主题进行公开交流的基准。这不是跟反犹主义作斗争，而是屈服于它。换句话说，也就是屈服于对交流和意识的限制，因为允许人们有独立意识、畅所欲言是一件非常冒险的事情。

拉比的信让我想到那个著名的疯子，他在"拥挤的剧场"里大喊"失火啦"。拉比让我自己去完成这个类比：通过在《纽约客》上发表《信仰的卫士》：（1）我在大喊；（2）我在大喊"失火啦"；（3）没有火；（4）这一切发生在跟"拥挤的剧场"类似的环境里。拥挤的剧场：这里有风险。我应该同意牺牲对于我的职业甚至文化事业健康发展至关重要的自由，因为——因为什么？"拥挤的剧场"跟今天美国犹太人的处境毫不相干。它是一个宏大的错觉。它不是描述文化境况的隐喻，而是揭示困扰人们的噩梦般的景象，让人们像那位拉比一样意志消沉：无边无际的一排排座位，全部满座，灯光熄灭，出口太少也太小，恐慌和歇斯底里的感觉栖于皮肤之下……难怪他最后对我说："你的故事——假如用希伯来语写的话——会在以色列杂志或报纸上得到纯文学角度的评判。"也就是说，送它到以色列去吧。但请不要在此时此地说出来。

为什么？那样"他们"就不会再次开始迫害犹太人了吗？如果偏见与迫害之间的屏障在德国倒了，那并不是说我们国家不存在这样的屏障。如果它看上去开始摇摇欲坠，那么我们必须采取必要措施加固。但不是靠粉饰太平，不是靠拒绝承认犹太人生活中的错综复杂和困境；也不是靠假装犹太人的存在比他们邻居的更不需要或值得诚实的关注；更不是靠让犹太人隐形。解决办法不是要去说服人们喜欢犹太人，好让他们不愿杀害犹太人；而是让他们知道，即便瞧不起犹太人他们也不能杀害对方。可如何让他们知道呢？毫无疑问，一遍又一遍地对自己重复"它可以在这里发生"对防止"它"发生用处不大。此外，结束迫害不仅仅是消灭迫害者，而且有必要设法忘记对他们的某些反应。所有渗入犹太人性格中的对迫害的容忍——适应、耐心、顺从、沉默、克己——必须排除出去，直到对于任何限制自由的行为唯一的反应就是："不，我拒不接受。"

只要犹太人继续称自己为犹太人，可能就总还是会有些人瞧不起他们；当然，我们必须留意这些人。但如果有些犹太人梦想着有一天基督徒会像互相接受对方一样接受他们——如果这就是某些犹太作家应该保持沉默的原因——那么可能是他们在梦想着一个不可能存在的时代，一个不存在的条件。在那个犹太人自以为由于身份问题被排除在外的世界里，也许，基督徒之间并不像犹太人想象的那样相互接受。基督徒对于犹太人的感觉也不像一个犹太人对另一个犹太人的感觉。异教徒的成长环境并不总是提醒他注意，在宗派团结和排斥或抵制之间存在着广泛的人情纽带。和大多数群体相似，犹太人的生活所处的世界不再仅仅分为同胞与敌人。那种"小心异教徒！"的喊叫有时更像一种无意识的心愿表达，而不是警告：哦，他们在那儿，这样我们就可以一起呆在这儿了！一则迫害的谣言，一点流放的滋味，甚至可能唤来旧世界的感情和习惯，来取代新世界的便利社交和道德冷漠，这个世界诱惑着我们所有的滥交本能，让我们总搞不清犹太人是而基督徒不是什么的地方。

犹太人不是反犹主义者所说的那种人。人们曾经从这句陈述出发来构建自己的身份，现在它不再行之有效，因为当越来越少的人用这样的期望来定义你时，你很难与人们期望你的行为方式背道而驰。在这个国家，与诽谤犹太人的斗争所取得的成功，让我们更加迫切地需要一种与这个时间和地点都相关的犹太人自我意识，此时此地，诽谤和迫害都跟过去在其他地方发生过的不尽相同。对于那些选择继续宣称自己为犹太人并找到理由这样做的犹太人，有一些方法可以防止重返一九三三年，这比表现得好像现在已经是一九三三年——或者好像一直如此——更直接、更合理、更有尊严。但是所有这些犹太人的死，给跟我通信的人，一位拉比和一位老师，留下的教训只是为人要谨慎、圆滑，要说这个而不说那个；只是如何在一个国家做一个受害者，而在这个国家，只要他愿意，他大可不必像受害者一样生活。多么可悲啊。对死者是多么大的一个侮辱啊。想象一下：身处一九六〇年的纽约，却虔诚地呼唤"六百万人"，以便为自己的胆怯辩护。

胆怯——以及猜疑妄想。那位拉比未曾想到的是，居然会有异教徒会对我的故事做出极具智慧的解读。他能想象到的《纽约客》的异教徒读者只有那些憎恨犹太人、不知阅读为何物的人。在他眼里，倘若存在异教徒读者，就算不读关于犹太人的书，他们也照样过活。建议我把故事翻译成希伯来语并在以色列发表，这无异于表示："我们的生活中没有什么需要让异教徒知道的，除非是告诉他们我们过得多么好。除此之外，不关他们的事。除了对我们自己，我们对其他任何人来说都不重要，事情本该如此（也最好如此）。"不过话说回来，表明道德危机需要隐瞒，这可不是什么预言，就像表明犹太人的生活对其他人没有意义也不单单是拉比的观点。

然而，即使从拉比本人想要达到的目的角度考虑，他也缺乏远见或想象力。他没有看到的是，刻板印象往往源于恶意，也常常出自无知；因为害怕偏见者和他们的刻板观念，故意将犹太人排除在异教徒的想象之外，实际上只会导致刻板观念的形成。比如，在我看来，像拉尔夫·艾里森《看不见的人》这样的作品，就帮助了很多即便不反对黑人也对黑人有不少成见的白人，帮助他们摒弃了过分简化黑人生活的观念。然而，写了黑人不得不忍受的悲惨生活，也写了黑人角色野蛮一面的艾里森，我怀疑他是否成功让一个亚拉巴马的农民或美国参议员皈依到废除种族隔离的事业中去；同样，从詹姆斯·鲍德温的小说中，华莱士州长也无法得出，除了黑人就像他一直知道的那样无望以外的其他结论。作为小说家，鲍德温和艾里森都不是（引用艾里森先生自己的话说）"民权法制机器中的齿轮"。就像有的犹太人觉得我的书没有为犹太事业做出任何贡献，我也得知，有的黑人认为艾里森先生的作品为黑人事业同样贡献甚微，也许甚至带来了一些害处。但这种看法似乎将黑人事业置于真理与正义事业之外。许多眼盲的人依然眼盲，但这并不意味着艾里森的书没有光芒。毫无疑问，虽然偏见者会指出，《看不见的人》中所描述的某些黑人生活证实了他肤浅却不容侵犯的观点，但我们这些愿意接受教育和需要接受教育的人，却因为《看不见的人》而变得对黑人生活不再那么无知了。

3

但拉比似乎担心的是偏见者的背叛，这是他向我、向他自己，可能还有他的信众展现出来的作为引起关注的主要原因。坦白说，我觉得他的那些话都是为达目的的老生常谈。他真的相信，由于我的小说，有人就会开始屠杀，或禁止犹太人上医学院，叫犹太小学生"犹太佬"吗？他深深陷在自己的噩梦与恐惧中不能自拔；但这并不是事情的全部，他还在隐藏什么。他因《信仰的卫士》对异教徒的影响而产生的不满，在我看来，掩盖了他真正反对的东西、即刻痛苦的东西，即故事对某些犹太人的直接影响。"你伤害了很多人的感情，因为你透露了他们感到羞耻的事情。"这才是拉比应该写但没有写的信。那么我就会争辩说，有些事比受伤的感情更重要——即便对犹太人而言也一样，但无论如何，他都会拿一个真实的事实，某件我实际上应当负责，否则我的良知绕不过去（的确如此）的事情来质问我。

　　需要说明的是，我收到的所有关于《信仰的卫士》的信件都来自犹太人。拉比认为我赢得了他们感激的那些人中，没有一位说过"谢谢"，也没有一个反犹组织邀请我去演讲。我后来收到的演讲邀请，全部来自犹太女性团体、犹太社区中心，以及各种大大小小的犹太组织。

　　我认为这也困扰着拉比。有些犹太人被我的作品伤了感情，有些犹太人却很感兴趣。在我前面提到的那个拉比理事会大会上，叶史瓦大学的政治学教授伊曼纽尔·拉克曼拉比像他的同事报告说，某些犹太作家"自封为犹太教的代言人和领袖"。为了支持自己的言论，他提到了今年六月在以色列举行的一次研讨会，当时我也在场；而据我所知，拉克曼拉比并未出席。如果他在场，他会听到我非常清楚地表明我不想，不打算，也没有能力代表美国犹太人讲话；我当然没有否认，也没有人质疑我的事实是，我言说的对象是犹太人，也希望对其他人言说。拉克曼拉比在想象中参与的竞争，和谁擅自去领导犹太人无关，问题在于，在跟犹太人的言说中，谁能更加认真地对待他们——听起来也许有点奇怪，在于谁能不仅仅将他们视为"拥挤的剧场"里乌合之众的一部分，而不单是无助的、受到威胁的、需要确保他们跟别人一样"均衡"的人。真正的问题，是谁能把男人和女人当成男人和女人那样来对他们言说，而谁又把他们当成孩子。假如有犹太人开始发现，小说家讲的故事比某些拉比的布道更有煽动性、更切中要害，那也许是因为有些内在的感受和意识是自我标榜或自我怜悯的演说所无法触及的。

谈三个故事的故事①

　　拉里·阿里克选择改编成舞台剧的三个短篇——被他合起来命名为《不像主人公的主人公》——属于我最早写作和发表的作品之列，因而我与它们的密切甚或友好程度早已不复当初。这并不是说我觉得它们一无是处，或者以我现在的专业高度来看，理所当然地视其为初学者的青涩手笔。因为首先，不存在这样的高度，只有作家不间断的学徒生涯的新阶段。每一个新的写作计划都会让人再次成为初学者，区别只是在七十多岁和五十多岁之间罢了。我想说的只是，当初那些故事对我来说曾意味着一切，但自那以后的十四年间我又出版了五部小说，假如我在它们尴尬的青春期仍像对待初生婴儿那样，我岂不成了一个既愚蠢又自作多情的父亲。

---

① 文章刊于《纽约时报》艺术与休闲版。拉里·阿里克将《再见，哥伦布》中的三个故事改编成戏剧《不像主人公的主人公》，在本文发表几天后于纽约首演。（1971）

托尔斯泰七十九岁时，跟一个年轻的仰慕者说："我已经完全忘记了我之前的作品。"我还不到这位文学巨匠一半的年纪。我还记得芝加哥南区施塔格场对面的那间小公寓，十四年前，我在那里的书桌前写下那些故事，然而现在我基本上跟促使我去创作它们并决定它们的精神与基调的兴趣脱节。我记得一些零零散散的句子是我写的，但故事整体却似乎出自陌生人之手。

促成作家去写作第一本书的那些来自个人历史和文学理想的压力，跟作家日后再经历到的任何压力都截然不同，前辈作家的影响作用再也不会比创作初期更强（这一点有利有弊），他的记忆、幻想、痴迷的原始森林再也不会像当时那般广袤无边。然后是成为文学孤儿的欢欣鼓舞。那时尚未有人告诉他，他是现实主义作家、犹太作家、学院派作家还是有争议的作家，他也没有受到诱惑要去满足或颠覆什么期待。好素材太多了，而有了那一切的初学者必然如托·斯·艾略特对拙劣的诗人的形容那样，"在他应该有意识的地方往往无意识，在他应该无意识的地方却有意识"。

在我自己最早的作品中，我试图将我生命中头十八年生活在其中的小世界的某些东西变成小说。和我个人的直接经历和家庭历史相比，故事更多地借鉴了我那高度自觉的犹太社区的精神气质，这个社区就像一个生存在夹缝中的弹丸小国，受困于作为对手和敌人的族群的包围，这个国家的国民同样骄傲、野心勃勃、排外，也同样为融入熔炉的体验感到既困惑又兴奋。正是这个小国一般的社区——一个纽瓦克（我们动荡不安的中东）里的半个以色列——成为我写作生涯初期出于本能寻找的写作素材，也是十年之后，当我试图从纽瓦克犹太社区中提炼出我称之为波特诺伊的虚构的或民间传说中的家庭时转向的对象。

《不像主人公的主人公》改编的三个故事中，《爱泼斯坦》在那个正在消失的世界里扎根最深。故事讲述了一个日渐衰老的犹太生意人，结婚多年却倍感孤独，因性苦闷一时冲动跟住在街对面的一个体态丰盈的寡妇上了床。因为这晚年的大胆举动，他出了一身性病的疹子，而且仿佛这样肉体上的报应还不足够，他还因心脏病发作几乎送命。我写《爱泼斯坦》时二十四岁，十年前，父亲有天晚上曾在饭桌上讲过一个邻居偷情的类似的故事——厨房的吃饭时间即我们的天方夜谭时间。十四岁时，我很高兴听到在我们体面、守法的街道上爆发了可耻的激情，但我的快乐主要来自那种既饱含喜剧色彩又充满同情的讲述方式。十年后，当我决定着手把这绝妙的邻里八卦写成小说的时候，我试图忠实于原叙述者的视角，这个视角在我看来既有道德敏感性，又因其毫不自以为是的欢乐和活力而讨人喜欢。写作过程中，我理所当然地改变了故事的内部结构，以突出我认为至关重要的部分，最后还特别借用心脏病发作来给故事增加一些被"现实先生"莫名其妙忽略了的残酷利刃。

在《信仰的卫士》和《狂热者艾利》中——阿里克为《不像主人公的主人公》改编的另外两个短篇——我开始远离我所熟悉

的犹太社区，减少对一个地方的精神气质和环境气氛的依赖，转而更多地依靠一种精神状态，一种自我意识，这种意识因为缺乏更好的命名而常被称为"犹太性"。事实证明，这两个紧跟《爱泼斯坦》之后完成的故事，背离了那些关于犹太人生活（战后包括我在内的许多读者的生活）的故事。这两个故事讲的不是一个犹太人因为其犹太身份而被异教徒迫害——这个主题在劳拉·齐·霍布森的《君子协定》、阿瑟·米勒的《焦点》以及索尔·贝娄的《受害者》中得到了各式各样的探索——而是一个犹太人因为其犹太身份受到另一个犹太人的迫害。

我当时并没有意识到我颠覆了人们对熟悉的反犹主题的认知，意识到我写犹太人而不是异教徒折磨犹太人无异于倒逼读者改变他们对业已习惯了的"犹太"小说的反应机制。如果当初我对读者提出的要求和怀抱的期望有所警惕的话，我可能就不会在《纽约客》一九五九年发表《信仰的卫士》而被读者指控为"反犹主义"和"自我仇恨"时感到那么困惑。在布痕瓦尔德和奥斯威辛刚刚过去五千多天的时候，让仍然为纳粹屠杀欧洲犹太人感到不寒而栗的人们去考虑犹太人生活的内在政治，而且是以一种讽刺的超然态度或看喜剧的娱乐态度，这未免要求过高。可以理解的是，在某些情况下，那相当于要求实现不可能实现之事。

这三个故事会在历经了十年动荡的观众中引起多少不安，如今还有待观察，它们会给予观众多少乐趣，也有待检验。

纽瓦克公共图书馆^①

如果纽瓦克市议会着手进行它的节约计划，在四月一日关闭公共图书馆系统，那纽瓦克的读者们该怎么办？他们会像一九六七年骚乱中纽瓦克人洗劫电器商店那样洗劫书架吗？人们会不会叫警察来挥舞电棍去抓偷了《不列颠百科全书》然后逃跑的贼？学者们会像狙击手那样趴在资料室的窗户上，学生们会为了完成他们的学期论文去占领华盛顿街大楼吗？如果市议会把书都锁起来，持有图书卡的人会联合起来去"解放"那些书吗？

我猜人们不希望那样。很显然，即使在对渴望、好奇心、安静的快乐，对语言、学习、学术、才智、理性、智慧、美丽和知识都不尊重的地方，也必须尊重法律和秩序。

---

① 1969 年 2 月，在骚乱摧毁了纽瓦克大片黑人贫民区之后，市议会投票决定削减原本要给纽瓦克博物馆和纽瓦克公共图书馆的 280 万美元的预算经费。成百上千的纽瓦克居民强烈反对这项可能造成两个杰出的公共机构关闭的动议。面对抗议，市议会最终撤销了他们的决定。本文写在宣布预算削减大约两星期后，刊于《纽约时报》社论版。(1969)

我四十年代在纽瓦克长大的时候，我们都相信公共图书馆里的书属于公众。由于我家里书不多，又没钱买书，所以身为纽瓦克人，我感到特别幸运，因为只要是本市居民，就能去华盛顿街上那幢宏伟的大楼里看任何自己想看的书，或者步行到附近的图书馆分馆。社会共有，为了共同利益而共同享有一些财产，这样的观念令人欣喜。为什么我必须爱护借来的书籍，要按时归还，不得损坏，是因为它们不单是我的，也是大家的。这个道理，和我从书里学来的所有其他道理一样，把我教育成为一个文明人。

如果说公共图书馆的概念具有教化作用，图书馆这个地方本身也是如此。它有令人舒服放松的安静环境，整齐的书架，还有虽然不是老师却知识渊博、认真负责的工作人员。图书馆不仅是人们为了借书不得不去的地方，而且是一个严格的避风港，城里的孩子心甘情愿在那里接受自我约束和克制的训练。然后是秩序方面的训练，这个庞大的机构本身就是教官，它激发了信任——对自己和制度的信任。首先搞懂目录卡片，然后穿过重重走廊和楼梯到达开架区，在那里，在你想要的书应该在的地方找到它。对于一个十岁的孩子来说，发现自己能在成千上万的书籍里摸清方向，找到自己想要的书，是一种非常令人满足的成就感。对孩子来说，同样重要的还包括能在口袋里揣着一张借记卡；能交罚款；能坐在一个家长和老师都够不着的陌生地方，想读什么就读什么，而且不用告诉别人你叫什么，享受平静；最后还能带着书穿过城市回到家，甚至带到床上。这样一本有着本地血统的书，一本现在添上了你的名字的纽瓦克读者家谱。

　　四十年代时，城里还大多是白人的天下。那时，生活中一个不容置疑的事实是，书籍是"我们的"，公共图书馆既给予我们许多文明的乐趣，也教给我们文明社会的规则。现在，当纽瓦克居民大部分都是黑人时，奇怪的是（礼貌地说），市议会（我们被告知，出于财政原因）做出决定，表明书籍并不真的属于大众，而图书馆所能提供给年轻人的东西对他们的教育来说也不再是必不可少的。这个城市目前充满对社会的不满情绪，对那些勤于思考、富有理想的年轻人来说，可能再没有什么比能读到那些书更必不可少的了。纽瓦克市议会也许暂时解决了财政问题，然而，非常糟糕的是，议员们无法计算这种侮辱必然会产生的挫败感、玩世不恭和愤世嫉俗，也无法想象关闭图书馆最终会给社区带来什么样的损失。

我的棒球岁月 [1]

　　乔治·奥威尔在他的一篇文章里写过，虽然他板球打得不怎么样，但他在十六岁之前始终不可救药地爱着板球。我和棒球的关系也类似。在九岁到十三岁中间那几年，只要不下雪，我每周肯定在社区球场上度过四十个小时——垒球、硬式棒球、棍子球游戏——当然是在保住自己在当地小学全职小学生位置的同时。我记忆中，童年两件最具灾难性的国家大事——罗斯福总统去世和广岛原子弹爆炸——都是我在球场上玩的时候得知的。我在球场上的表现一直不稳定；平时随意的游戏还可以，但正式比赛时总是缺乏天生好手们所展现出来的冷静和专业。我的兴趣和我微不足道的天赋，在于接快球而不是接高抛球；我喜欢跑、跳以及孤注一掷的拼杀——不知道为什么，当我在那儿等一个对准我飞过来的高抛球缓缓下落的时候，我会越等越没信心。我一直没能

---

① 应《纽约时报》之邀而作，在棒球赛季开始的当天刊于社论对页版。(1973)

进入高中校队。不过我记得，在我自负地（也是徒劳地）两年尝试中，我模仿棒球运动员的架势模仿得特别像，以至于蒙蔽了教练（或者让他觉得好玩），得以留在队里，一直呆到他把我这最后一个梦想家赶出球队并分发球衣的那一天。

尽管我对此失望之极，但我的不幸并未迫使我改变未来的计划。打棒球不是我们下层中产阶级社区里的犹太男孩所期望的将来的谋生方式。假如我被学校开除，那么我在家里会有大麻烦，会让家人感到不解和耻辱。全家根本没把我进不了球队的懊恼当回事，也没像我对自己失去信心那样对我失去信心。要是我进了球队，他们说不定才感到震惊呢。

说不定我也会。那当然会改变我跟这项我全心热爱的运动之间的关系，我对它的爱不单是因为这项运动好玩（好玩是次要的，千真万确），而且在于它赋予了美国男孩生活神话和审美的维度，对于一个祖父母几乎不会说英语的男孩尤其如此。对于一个在美国扎稳了根但根只有几英寸深，一个不像天主教家庭的孩子那样切身经历过令人敬畏的等级制度的人来说，棒球就是一种世俗的教会，它触及国家的每一个地区和阶层，将我们千百万人通过共同的关注、忠诚、仪式、热情和对抗联系在一起。棒球让我懂得了什么是爱国主义，最好的爱国主义。

希特勒、巴丹死亡行军、所罗门之战和诺曼底登陆让我和我的同代人成为美国历史上最爱国的一代学童（也是最心甘情愿、最成功地被煽动了的）。我八岁时美国卷入的这场战争将这个国家推向了，在一个孩子（不仅仅是一个孩子）看来，一场善恶之间的生死较量。它充满了危险的、不可想象的可能性，它不可避免地滋养了一种以道德品质和血腥仇恨为基础的爱国主义，将刺刀固定在《圣经》上的爱国主义。我觉得，通过棒球，我接触到了一种更人道、更柔和的爱国主义，它的精神是抒情的，而不是武侠的或正义的，也没有圣徒式热情的强烈意味，也不会轻易被标榜或者被纳入冠冕堂皇的套话，让你必须向它宣誓某种模糊不清但又包罗万象的被称作你的"忠诚"的东西。

每周在学校礼堂唱国歌，即使是在战争中最糟糕的年代，也让我感到浑身冰冷。热情的女老师在空中挥舞她的手臂，我们不得不跟着她唱："看见！曙光！见证！夜晚！那里！"声音虽然响亮，但内心毫无波澜——说到底，无非又是一场学校排练。不过，星期天在鲁伯特体育场就不同了，那是一小片在工业城纽瓦克被工厂、仓库和卡车停车场奇迹般包围着的扇形绿茵场。在纽瓦克熊队和沼泽地那边的仇敌泽西城巨人队开场之前，如果我们（我父亲、我哥哥、我，还有跟我们针锋相对的那些同胞，城里的德裔、意大利裔、爱尔兰裔、波兰裔移民，以及看台上的非洲伙计，也就是纽瓦克的黑人们）不先站起来，庆祝美国给了这么一群乌合之众一场如此盛大而美丽的比赛，那么我们的兴奋反而会石沉大海。

我是在帮一个搞赌博经营的邻居做橄榄球赛赌注的交易时，第一次得知了众多高等学府的名字，不是从高中升学辅导员那里。同样，我对美国地理面貌的了解更多来源于跟踪职业棒球联盟球队的旅行路线以及读《体育新闻》最后几页小职业联赛的报道，而不是单靠在课堂里学刘易斯与克拉克远征那点知识。当你不得不在新泽西熬到晚上十点半不睡，守在收音机旁等着听从收报机纸条上传来的消息，红雀队投手莫特·库珀在密苏里州的圣路易斯人声鼎沸的运动家球场，朝布鲁克林游击手皮·维·里斯扔出第一个好球，你就终于明白了北美大陆的广袤。不论老师跟我们讲过多少关于牲畜饲养场和干草市场暴乱的事，对我而言，芝加哥只有在我对芝加哥小熊队的一垒手菲尔·卡瓦雷塔的球棒产生恐惧以后（我是布鲁克林道奇队球迷），才开始作为一个在美国历史上占据重要地位的真实的地方而存在。

直到我上了大学，开始接触文学时，我才从中发现了类似的情感氛围和审美魅力。我并不是说这是一种简单的互换，从一种热情转换成另一种热情。从七八岁初次发现纽瓦克熊队和布鲁克林道奇队，到十八岁初次细读康拉德的《吉姆老爷》，我已成长良多。只是，我对文学的发现，特别是对小说的发现，以及随后与之产生的"恋爱关系"——一段一定程度上无望却仍然真诚的关系——部分源于童年对棒球的迷恋。也许，更确切地说，棒球——它的学问和传说，它的文化力量，它的季度联赛，它的真实本土性，它简单的规则和透明的策略，它的漫长和刺激，它的广阔，它的悬念，它的英雄主义，它的细微差别，它的行话，它的"人物"，它催眠般的独特的乏味，它神话般的即刻的变身——是我少年时代的文学。

大联盟的棒球赛事完全是我自己生活之外的东西，尽管如此，它仍可以让我欣喜若狂，热泪盈眶；和小说一样，它可以用细节和戏剧性来激发你的想象力，吸引你的注意力。梅尔·奥特抬腿击球的姿势，杰基·罗宾逊拖着内八的步子往二垒的移动，在多年以后仍然像当初那个夜晚一样带给我深深的震动——"不可思议""神秘莫测"，就像康拉德的马洛在任何一个夜晚试图理解的那样——那一晚，道奇队的"野人"雷克斯·巴尼（他从未达到"我们的"期望值，他原本应该成为"我们的"科法克斯①）不但在六七个得分中坚持没有保送，还出人意料地投出了一个无安打。一个让人激动无比的谜团，因为傍晚时分的一场小雨而显得愈加神秘，巴尼当时以为比赛会被推迟，所以在被叫上场投球之前刚吃了个热狗。

　　这个细节是瑞德·巴伯尔告诉我们的。他是四十年代道奇队的体育解说员，一个受人尊敬的温和的南方人，言辞里带有一种微妙的乡村气息，声音里带有柔和的乡下牧师一样的语气。布鲁克林（彼时城市疯癫和骚动的象征）"那些流民"的冒险从瑞德·巴伯尔非常陌生但充满爱意的角度讲述出来，这可以看作我的英语教授后来教给我的所谓"视角"的真正胜利。詹姆斯本人应该也会欣赏这种隐含的文化讽刺，以及其中间接的道德和社会评论的绝妙可能性。至于瑞德·巴伯尔吃热狗的细节，它让人难

---

① Sandy Koufax（1935—　），美国职业棒球大联盟球员，绰号"神之左手"。

以抗拒，因为它将伟大和平凡结合，让一个青春期的男孩瞥见了英雄主义出乎意料的平凡甚至单调的一面。

当然，随着时间的推移，无论是瑞德·巴伯尔叙述的味道和暗示，还是雷克斯·巴尼的赛前热狗带来的意义非凡的顿悟，都无法继续满足我不断增大的文学胃口；然而，正是这一切支撑着我，直到我准备就绪，开始应对詹姆斯、康拉德、陀思妥耶夫斯基以及贝娄，这些叙事细节的伟大发明者和叙事声音及视角的大师。

柬埔寨：一个温和的建议 [①]

刚过去的这个春天，就在西哈努克亲王作为国家元首被逐出的几个星期之前，残酷的越南战争向西蔓延到柬埔寨的道路也打开了，我访问了那个不幸的国家。我是去参观吴哥窟的，但在我逗留期间，我还向南行驶了大约十五英里，到达了地图上的大内陆湖，它看起来，至少在这些天，就像一颗巨大的泪珠落在了柬埔寨的脸颊上。湖长五十英里，深五英尺，流入洞里萨河，在金边和自老挝流下的湄公河汇合。夏天，湄公河洪水使洞里萨河倒流，柬埔寨大湖的水和鱼蔓延到数百平方英里的旱地。数以千计以捕鱼为生的柬埔寨人就住在距离猎物几英尺上方、下面用桩柱支撑的小竹棚里。

开往大湖那天气温有一百多华氏度，离开主路以后，路虎不得不在一条尘土飞扬的小路上摸索了几英里，才抵达了一个有

---

① 我于 1970 年 3 月造访柬埔寨，两个月之前，尼克松总统下令美军和南越军队发动"突袭"，柬埔寨战争就此全面爆发。"建议"刊于《展望》周刊。(1970)

四五十个竹棚子的村庄的软泥之上。下雨的时候，村民们会乘舢板走街串巷，而不是赤脚穿过污浊的泥浆。

我在村子里雇了两个男孩，坐他们的船去了大湖。我们从满是污泥的岸头出发，沿着被几个架高的"商店"夹在中间的一条窄窄的棕色河道，经过几家船屋，它们的窗台上都放着养花的盒子，很显然是村里的富裕人家，然后抵达一片宽阔的静止水域，水面最远处的竹棚村落，远远望去就像水天之间飘过的一只棕色飞虫。除了那村落，再没有其他东西将湖水和天空隔开，目之所及，水天浑然相连处，有一团深灰色的光影。

在湖上走得越远，竹棚与竹棚的间距就越大，大约二十个棚子一排，建在我们在陆地上称之为"街道"的两侧。偶尔经过一个完全独立的竹棚，单独看起来它就好像是人类历史上最后一个人或者第一个人的住所。似乎每家每户都有舢板、渔网、装鱼和米的草篮，以及一个水罐。有些房子前面有露天的小阳台作门廊；有几家门廊上，绿色植物在盆子里生长。

就是这样。这就是全部。没有电话线，没有电力线，没有汽车，没有车库，没有除草机，没有草坪，没有纱窗或纱门，没有地毯，没有沙发，没有扶手椅，没有洗衣机，没有烘干机，没有无焰电力热水器，没有乒乓球桌，没有桑拿腰带腰部减肥器，没有飞利浦电动剃须刀，没有高尔夫球车，早上没有《今日秀》，晚上也没有《今夜秀》，没有春夏秋冬四季的衣物，没有超长裙，没有超短裙——这里有的，只是旱季和雨季，太阳以及大片一望无际的水域。

就是这样——当这些村民的祖先为了在季风洪水中生存而第一次将他们的住所建在桩柱上时，他们的生活就注定是空闲、贫瘠和一成不变的。数以百万计的柬埔寨人就这样生活，如果不是在五十英里长的湖边渔村，那么在柬埔寨平原的水稻田里也是一样的不幸。

我想，可以肯定的是，用不了多久，就会有轰炸机飞到这些湖岸居民的头顶上来"拯救"他们。把他们从哪里拯救出来？我看着一个个渔民驾着舢板从我身边挤过，无法想象除了劳作和艰辛的生活，他们还能失去什么。他们的自由？他们是阳光和季风的奴隶，世代如此。哪个头脑正常的人会想让这样一个农业国陷入又一场"头脑与心灵"的战争，会想在这些农民头上空投除了食品、药物、衣服以外的东西？

然后我想到了：我们为什么不试试那么做呢？

就在柬埔寨开始流血的前几周，我在大湖上漂流的时候想到了这个关于打赢印度支那战争的温和建议：在东南亚不投炸弹而是空投物资如何？我们最初参与这场混战的目的，不正是为了这些贫穷的亚洲人的健康与福祉吗？如果物资不是此目的的关键，那么什么才是？"民主"？为什么不给他们需要的东西，只给我们希望他们需要的东西，通常就是我们自己。不可否认，我们有我们寻求胜利的方法：自由射击区、迁徙营、搜索与歼灭战略、落叶剂、凝固汽油弹，等等。有时候，人们不禁好奇，他们怎么可能抵抗我们？但他们都是神秘莫测的人。

应当承认，如果政府真的接受了我的提议，开始空投食品、冰箱、疫苗和鞋子，那很可能会让美国成为亚洲的笑柄。因为在我们进行空投的地方，人们起初并不喜欢我们，对我们也缺乏尊敬，而且从他们的行为方式来看，他们似乎固执地拒绝学习如何喜欢我们。甚至对某些人来说，我们可能看起来像人类历史上的头号傻瓜；然而，严格来说，就我们的国际形象而言，这难道不比被当作人类最大的祸害要好一些吗？当然，当游击队进入空投过物资的村庄并将物资拖回他们的营地时，肯定会有人笑话我们的做法。就让他们笑吧，我们将在第二天再装运一批。必要的话，我们可以连续几天对准一个村子空投，直到它被物资淹没。而且，每天投送一千双靴子，投送一周，也比投一枚一千磅的炸弹便宜。所以，我们不但能让那些光着脚的印度支那人有鞋穿，而且还能省下一大笔钱，因此也当然会笑到最后。

不过，为了避免当地的游击队抢夺农民的物资据为己有，我建议我们干脆事先找到这些家伙，对他们进行物资轰炸。让这些士兵忙着拆他们的包裹，同时我们立刻跟进对村民的空投。至于我们在报纸上读到的那个奇怪的亚洲农民，据说当一架美国飞机为营救他而俯冲到他的稻田上空时他仓皇而逃，我们会让他觉得，从山姆大叔这儿逃跑的自己就像个傻瓜。不要朝他射击，而是在他脚边丢一袋面粉。那会使他停下来想一想。

当然，不可否认，如果政府采取我的建议，那将很可能出现人员伤亡。这仍然是一场战争，肯定会有人被一双鞋子砸到头部，说不定更糟，被一袋大米击中，被砸伤。十分坦率地说，考虑到我所设想的物资轰炸的规模之庞大，不是没有可能发生在东南亚某处一个孩子被从天而降的空调砸死之类的事情。我们的飞行员是世界上技术水平最高的，而且不用说，我们肯定会采取一切可能的预防措施避免发生这样的悲剧——事先散发传单，警告有空调投放，也许甚至可以划一块地专门作为空调投放指定地点。但最终我们还是必须承认，飞机上的人和地上的人一样，都是人，都有可能犯错。我不能在没有完全清楚地阐明所涉及的严重风险的情况下提出这样的建议，如此有悖于我的良知。

综上所述，我理解这个建议肯定会遇到反对意见。我们的国家是一个厌恶暴力、富有同情心的国度，社会上肯定会有人认为，不论我们的整体使命多么正义慷慨，既然我暗示了我们国家需要对一个无辜孩子的死负责，那么我就已经损害了国家荣誉。让我说明一下，我毫不怀疑那些出于宗教的、道义的和爱国的原因而有此想法的人的诚意。我愿立刻向他们保证，我也反对用美国空调袭击、杀害无辜的亚洲孩子。我甚至愿意进一步说明，我无条件反对用空调砸死任何地方的任何孩子。我愿意相信自己是一个人道的人。但是，我们在更高的国家行动目标上应该坚定不移，我们的目标不是在某个地方从空调底下救几个孩子，而是关系到从邪恶残暴程度超出美国公众想象的敌人手中拯救所有的印度支那人民。何况像空调这么重的东西，孩子很可能无论如何也不会知道是什么东西击中了他。

我们的城堡 ①

和很多深感震惊的民众一样，我这几天一直在寻找什么，希望能帮助我理解我们的政治体制和民族意识最近所遭受的冲击，即福特总统对前总统尼克松所做的"一切对美国国家的冒犯"予以"全部、自由、绝对的赦免"。现在，我们究竟是在哪儿？我忽然意识到，至少目前，我们正生活在一如卡夫卡《城堡》里的世界那样的地方，未来几年也许都是如此。

可以肯定的是，卡夫卡的小说《城堡》和《审判》提供了一个经常被滥用或误用的模板。在流行层面，小说让位于"卡夫卡式"一词，如今被不加区分地套用在几乎任何令人费解或异常不透明且无法用流行话术概括的事件上。"卡夫卡式"从来没有像现在这样，似乎成了一个可以增加对水门事件理解的词，即便水门

---

① 本文因由福特总统在 1974 年 9 月 8 日星期日（就任总统一个月之后）早上发表的声明而写，福特在声明中表示，他无条件赦免他的前任在美国总统任职期间可能犯下的罪行。

事件过程中形形色色的人与事无不带有怪诞的混合，而这种庄重与离奇、可怖与可笑的混合，在卡夫卡的小说中最开始以梦境的形式出现，赋予了其小说独一无二的共鸣和与众不同的魅力。

　　同样，试图给尼克松总统定罪的尝试，严格来讲，和《审判》里孤立的被告约瑟夫·K.的困境没有太大关系。不过尼克松和约瑟夫·K.一样强烈地抗议自己无罪，他自我欺骗和自我怜悯的天分无疑使他看到自己处在跟约瑟夫·K.非常类似的困境中，正如《审判》开场白所描述的那样："一天早上，（理查德·N.）莫名其妙地被逮捕了，准是有人诬陷了他。"尽管如此，与卡夫卡在劫难逃的主人公不同，这位前总统从未失去违抗和妨碍审判他的法庭的权力。福特总统告诉我们，他为了理查德·N.的痛苦而"必须写下的""结局"恰恰是可怜的约瑟夫·K.始终得不到的，尽管他也付出了同样热切的努力，希望为他那著名的案子求得一个结局。

　　然而，正是这个看似非卡夫卡式的结局，现在已经赋予水门事件以卡夫卡式的维度。福特总统非常刻意地结束水门事件的故事——"我的良知告诉我，只有我，作为总统，才拥有宪法赋予的权力，坚决封存这本书"——实际上，就像一些现代卡夫卡一样，他设想了一个完全处于现代主义文学传统中的最后一章，它像蔑视《鹅妈妈》一样蔑视传统的解释和评判，转而坚持那些难以捉摸、不可理解、所有令人生厌的模棱两可的东西。人类事件是可以解决、管理的，甚至在很大程度上是可以理解的，在善良的中西部总统的想象中，这样的想法是不合时宜的，那些沮丧和痛苦的布拉格犹太人也这么认为。现在看来，写故事比搞政治更容易令陌生人成为同床之友。卡夫卡！你理应活在此时：白宫需要一位新的新闻秘书。

在我看来，既然福特总统已经写了他的结局版本，那么"水门事件"就有了另外一个显著的卡夫卡式的维度。它为美国带来的挫败感，几乎是这个国家有史以来所经历的最强烈的一次，以及伴随努力寻找真相所产生的那种蹉跎浪费、徒劳无益、毫无希望的感觉。另外，伴随挫败感而来的，是在权力的宝座上既无理性，也无常识和基本常识——当然更别谈慈善或勇气了——只有道德上的无知、错误的权威和愚蠢专横的判断引发的令人作呕的失望。

美国公众在过去十年中扮演着一个又一个痛苦的或有失体面的角色——先作了肯尼迪的孤儿，又成了约翰逊的爱国者，然后被尼克松骗得团团转——现在又被安排扮演卡夫卡的《城堡》里土地测量员 K. 的角色。在那部小说里，土地测量员满怀希望，精神抖擞地来到一个官僚机构管辖下的迷宫般的村庄，机构的总部设在一个隐约可见但难以进入的城堡里。土地测量员是多么渴望从城堡办公厅主任——一个名叫做克拉姆的能力不详的人——那里获得开始工作的许可，并实现自己作为社会成员存在的意义！他是多么愿意弯下腰，和并非完美的当局搞好关系！他在城堡村庄里的最初几个钟头令人不由想起我们和我们的克拉姆先生三十天蜜月期时的感人气氛。多么强烈的意愿！多么热切的渴望！以及多么天真。

　　尽管土地测量员要开始工作的意愿无比强烈，他却发现自己无法工作——城堡不允许。他每时每刻都受到当局的阻碍，受制于当局高深莫测的法令和异乎寻常的规定，但无论他如何尝试去理解，当局的动机和方法还是让他匪夷所思。负责管理整个令人困惑的城堡的克拉姆不是罪犯，但这并不能减轻土地测量员在精神上或身体上所感受到的挫败感。

想象情色：三篇序言

1. 艾伦·勒丘克[①]

艾伦·勒丘克的第一部小说《美国式恶作剧》(我刚读过手稿)，全书共五百页，前半部分是针对当下极为精彩的原创喜剧：比如，是什么让《赛姆勒先生的行星》中的贝娄感到沮丧，让《性政治》中的凯特·米利特怒不可遏，让马拉默德在《租客》的结尾花了半页篇幅呼吁"发发慈悲"？勒丘克的书新鲜和引人入胜之处，显然不在于对痴迷、极端、古怪和正义的关注，而在于对混乱的沉思在他心中激起的强烈喜悦。勒丘克成功塑造了院长伯纳德·科维尔，一位剑桥教授兼"性爱专家"，这就像伊夫林·沃借具有反讽和恶作剧意味的名词巴兹尔·西尔——作者那部有关

---

① 为1972年《时尚先生》题为"哪位三十五岁以下的作家引起了你的注意，以及他做了什么？"的论坛所作。《美国式恶作剧》由法勒、斯特劳斯与吉鲁出版社于1973年出版。

文化崩溃的喜剧作品中的主人公——来命名那部作品一样。幸运的是，文化解体似乎恰好是勒丘克擅长处理的题材，他从中收获了很多乐趣。但这并不表示他心怀恶意或性情乖张，愤世嫉俗或信奉虚无主义，抑或流经此书的血液是冰冷、稀薄和蓝色的。既然这是一篇出生通知而不是逝世悼词，我会记录下来，新生儿个性刻薄、挑剔，这有时会导致他轻视证据。但总的来说，如同另一位布鲁克林犹太人和文学粗人（他刻意表现出来的强悍掩盖了他的甜蜜），勒丘克是有野心而非恶毒的；他对矛盾和困惑的胃口会使他显得粗鲁生硬，但他绝不是一个会对我们的不确定幸灾乐祸的小说家。尽管粗鲁生硬，但他也能巧妙地讽刺（而在下一刻又完全无辜），这就是这个自大的耍蛇人的魅力所在，梅勒先生——我们文学市集上的吞剑者——亦是如此。

《美国式恶作剧》的前半部——喜剧和精彩的一半——基本全由"麻州"（按他自己的说法）艾斯大街的伯纳德·科维尔院长的话构成。自《红字》以来，还没有哪个小说家以如此丰富的知识与口才书写在马萨诸塞州体验肉体欢愉的后果。霍桑给了我们海斯特·白兰，清教徒波士顿勇敢的通奸者，套用一个古人的话说，海斯特的阴户就是她的命运。勒丘克让我们看到了当下的科维尔和剑桥：狂热的文学院长（写过一本关于吉辛的专著），他对生活不幸、有特别需求的女孩子的惊人胃口，建立了一个由六个备受伤害的情妇（一个落魄的年轻母亲、一个被心理医生引诱了的患者，另有几个各式各样精神错乱、脾气暴躁的拉德克利夫学院毕业生）组成的家庭或后宫；还有那个智慧的"婆罗门"小镇，堪称美国的亚历山大港，摇身一变，成了一个妓院、鸦片馆和开放的精神病院，即头脑发昏的院长口中"新英格兰的上海"。

勒丘克如此陶醉于矛盾中，矛盾对立为他提供了组织作品结构的原则，他应该乐见自己的成就被用来和霍桑的作比较。就让他享受一下吧。用不了多久，女权主义者就会攻击他有"性别歧视"，因为他不可避免地在小说中表明，美国确实有一些女性会像美国女性宣称的那样受到伤害、充满怨恨。科维尔院长解决他的情妇问题的办法，没必要像全国妇女组织或者雪莉·奇泽姆①那样，可这么说来，亨伯特·亨伯特为他的小孤儿养女困境所提供的也不是最负责任的解决办法，还有克莱德·格里菲思②，他也没找到一个最人道的办法去解决他怀孕的无产阶级女友的问题。没错，科维尔是一只大男子主义的猪，格鲁申卡作为女性也一样咄咄逼人，而奥勃洛摩夫辍了学。正如德尔莫尔·施瓦茨曾经写过的那样，"文学批评往往很有趣"。

勒丘克笔下的院长也是一个校园英雄，他靠着自己的冒险行为，被学生们推上了院长的职位，从他在办公室里跪在研究生助教身下时被抓就可以说明这点。孩子们爱他的冒险精神。手稿将其中七十页大胆地贡献给科维尔长达四小时的卡斯特罗式的（却

---

① Shirley Chisholm（1924—2005），首位入选美国国会并获得总统提名的黑人女性。
② Clyde Griffith，美国小说家德莱塞代表作《美国悲剧》中的主人公。

是反对革命的）演讲，演讲对象是卡多佐学院闹革命的学生，当时他们已经占领学校的知名美术馆，馆中藏有库宁、内维尔森、大卫·史密斯以及当月从波士顿美术馆借来的毕加索、马蒂斯、康定斯基和米罗作品。那是一篇优雅、风趣、感人肺腑的演讲，充满智慧与魅力，尤其精彩的地方在于，它是一个狂野的性极端主义者的慷慨陈词。他如此雄辩地向叛乱分子宣讲秩序、克制和适度，最后还热泪盈眶地恳请学生们"相信人类这一物种"。然而，那些本科生依然往库宁的画作上大便，把马蒂斯的画剪成碎片。

《美国式恶作剧》非凡的前半部分就这样结束了。在后面的部分，勒丘克更加异想天开，不过没有离题太远。事件忽然变得重大而颇具灾难性：氛围变得阴暗，动机变得阴暗，我们身处一个血与火的世界。然而，阴沉的回响太微弱，文笔也无甚特色，其人性的一面显得牵强，容易让人看穿。

这里的主角不再是院长和他的女性家庭，而是一个年轻学生兰尼·平卡斯，他是卡多佐学院的孔-本迪，是从美术馆起义冉冉升起的新星，他的革命计划为他赢得了《时代》周刊的封面专访以及《纽约时报》义愤填膺的社论（他痛恨《纽约时报》，就像家长教师联合会痛恨色情杂志那样）。平卡斯在政治上比科维尔在性方面更极端，他找了一个离家出走的十四岁少女作情妇，谋杀了诺曼·梅勒（将致命的子弹射入了作家贞洁的肛门），还放火烧了哈佛的怀德纳图书馆和福格美术馆。然后，他在新罕布什尔偏远的农场里建了一个囚犯营，将镣铐加身的杰出文学知识分子带到那里进行洗脑。这些人被从霍夫斯特拉的文学研讨会的讲台上拿枪顶着抓起来（勒丘克是个多么狡猾的梦想家啊），然后由平卡斯的剑桥游击队用自助搬家货车押送到那里。在那些成天被他发号施令的黑人和波多黎各人眼里，平卡斯就是个书呆子似的托洛茨基，后来发生了更多事情，最后他被手下的干部背叛，于剑桥的藏身处所被捕，并移交给联邦调查局。①

《美国式恶作剧》以平卡斯进监狱告终。"谁声称罪犯是有趣的，"年轻的杀人犯在日记中写道，"谁就应该被关进来跟他们一起生活……"小说最后几页主要写痛苦，令人动容，但目前看来，勒丘克离陀思妥耶夫斯基还有很大距离。在想象对社会的反叛时，他的笔触是无情、极端且颇具精准的预言性的，但涉及反叛者本身时就差了点。平卡斯这个政治革命者的形象只是偶尔清晰完整，他的讽刺不够彻底，他对自己行为的哲学和心理分析，也不像性革命者科维尔那样令人信服。但勒丘克的雄心值得称赞，必须说明的是，平卡斯所经历的动荡比科维尔的更宏大、更惨烈，他的精神追求也更加神秘，更加难以理解，甚至对他自己来说也是如此。但即便如此，他也不是彼得·韦尔霍文斯基或者拉斯柯尔尼科夫。

用这样的标准评判一个三十三岁的新手小说家，乍一看似乎

---

① 勒丘克在我读过手稿后，对平卡斯被捕的情况进行了改动，因而出版小说跟我这里的描述略有不同。

显得非常不公平和愚蠢——一边用霍桑来奉承他，一边又因他没写出《罪与罚》和《群魔》而吊死他。我之所以做这样的比较，只是因为这个好斗的新手小说家甘愿冒任何风险，他自己也会进行同样的比较：平卡斯多次提到陀思妥耶夫斯基笔下可怕的年轻人，部分原因是给他自己和读者一个参照，同时，我想也是为了自己提名坏小子名人堂。

虽然《美国式恶作剧》的后半部分缺乏说服力（其中不乏精彩的描写，比如平克斯比较索福克勒斯和赫曼·卡恩那些可怕的段落，他计划并执行对梅勒的谋杀，和一个十四岁的名叫"小东西"的无辜者"交朋友"——如果可以用这个词的话），但在我看来，在将平卡斯的故事和科维尔的故事联合起来的虚构冲动中，小说家与生俱来的才华显露无遗。可以肯定的是，这种冲动是会让勇敢的写作者为之颤抖，它是古怪、大胆、固执的，但又可能是极富创造力的；耽于幻想同时又保持警觉的作家，会意识到这种冲动可能很容易就破坏了整部作品，就跟挖掘出可能埋藏在他天分中的财富一样易如反掌。勒丘克最让我着迷的是，在他的第一本进行到一半时，他就已经表现出对自己的不耐烦，他对自己擅长的事如此傲慢，以至于他不遗余力地对自己厮杀（事实上就当着我们的面），试图发掘自己还能做什么。我毫不怀疑他能够成功，只不过，此刻的战场已经布满他自己坚硬的躯壳。

2. 米兰·昆德拉[①]

让米兰·昆德拉在捷克斯洛伐克家喻户晓或者臭名昭著的作品是一部小说，书名毫不含糊地就叫《玩笑》。这是一部直接而现实的作品，公开反思它所提出的问题，通过哲学思考和对各式各样的"政治化"公民的精确观察不断推进，介于多斯·帕索斯和加缪之间。《玩笑》主要关注的是，在战后痛苦的清洗、审判和其他教条式的狂热中，种种荒谬如何摧毁一个一向持怀疑态度的年轻知识分子的生活。《玩笑》于一九六七年在布拉格出版，当时正值诸如昆德拉之类的作家和知识分子不断对政府施压，最终朝着后来被称为"布拉格之春"（起初听起来很浪漫，后来变得再准确不过）的充满活力的全国性运动发展。

一九六八年一月，亚历山大·杜布切克的政府——改革运动的政治产物——上台。根据杜布切克政府启发性的口号，在捷克斯洛伐克实现"人性化的社会主义"指日可待。然而事与愿违，坦克很快出现在布拉格的老城广场，一夜之间——一九六八年八月二十日那一夜——大约二十万士兵占领了捷克斯洛伐克。

六年之后，一支八万人的军队仍在那里，现在大部分在郊区，藏在心灰意冷的捷克人看不见的地方，但是距离首都又足够近，以便为扶植上台的政府所用，为其提供镇压性和惩罚性法令所需

---

① 昆德拉短篇小说集《好笑的爱》（克诺夫出版社，1974）序言。

要的权威。据称，杜布切克目前在斯洛伐克的一家手推车厂担任检查员。《玩笑》及其后面几个短篇的作者也住在外省，在布尔诺，那个他四十五年前出生的地方。和作者一起的还有其他一些知识分子，他们的演讲和写作成就了"布拉格之春"（他们继续拒绝为得到官方赦免而"承认"他们的"错误"），而作者本人却被排除在作家协会之外；被他任教的布拉格电影学院解雇；被禁止前往西方世界；①他的文学作品被从国家图书馆和书店中撤出；他的戏剧遭到禁演；且因为一系列政府法令规定的专门针对十位异见作家征收的没收税，作者现在收到的版税不足他的书在欧洲获得的版税的百分之十，他在欧洲是一位享有盛誉的作家。最近，他的新小说《生活在别处》获得了一九七三年度在法国颁发的美第奇最佳外国小说奖，然而这部小说却不能在写作它的国家，以写作它的语言出版。

捷克小说家、记者路德维克·瓦楚里克，可能被当前的捷克统治者视为比昆德拉还要危险，曾在一次采访（受访人是一位访问布拉格的瑞士记者，采访文章随后发表在几家西方杂志上）中说，他认为，"当外国城市完全根据对'社会主义幻想'的清算程度，或反抗当权者的激烈程度来判断捷克文学作品的质量时，这是非常不幸的。我不能也不想利用外国图书市场来对抗当权者"。

---

① 这篇文章发表后不久，昆德拉就获准去巴黎领奖。

同样，捷克诗人和免疫学家米洛斯拉夫·赫鲁伯，一九七三年我们在布拉格初次见面时，他让我知道，他不想受到国外来访的文学界人士的关注，仅仅因为他们认为他是一个"可怜的捷克人"。我刚刚对他在企鹅出版的诗集表达了钦佩之情——我是在英国评论家和企鹅欧洲诗人系列编辑 A.阿尔瓦雷斯的建议下读了这本诗集的，可赫鲁伯博士听到后一时怒火中烧，就好像我实际上是对他和其他捷克作家所处的困境，而不是他的诗产生了同情。在我们初次见面后，仅仅过了几个月，赫鲁伯就上布拉格电台发表了一番声明，即政府播音员所说的"为他过去……在一九六八年和一九六九年的危机中……所持的政治立场进行自我批评的坦白……"在读他的检讨书———篇空洞、陈腐的文稿，跟他尖锐、高雅的诗歌毫无相似之处——时我想知道，这位智慧过人、严谨理性的诗人—科学家，在我逗留布拉格期间与我结下友谊，是否被迫公开谴责自己，不一定是为了讨好当局，或者最终因为个人原因而不得不屈服于政府的威胁和恫吓，甚或因为他改变了对一九六八年的看法，而是为了一劳永逸地阻止那些对他和他作品颇具同情的评判，那些评判也许被认为是对他所身处的极其严酷的环境的回应，而他正是在这样的环境下进行创作和血液研究的。①

---

① 我于文章完成几个月后再度访问布拉格，得知布拉格电台那番所谓的"自我批评的自白"也许并非出自赫鲁伯之口，当地文学圈的人说，如果那篇声明被证明同样非作者亲手所写，他们也丝毫不会惊讶。

我想，米兰·昆德拉肯定和赫鲁伯、瓦楚里克一样，不愿意西方读者受到他的小说的吸引是因为他受到了政权的压迫，特别是鉴于他的政治小说《玩笑》恰巧只代表了他广阔的智慧与才华的一个方面。迄今为止，除了《玩笑》以外，昆德拉已出版两部戏剧、三部诗集（一部关于恋爱中的女人，另一部关于二战时的一个捷克抵抗组织英雄）、一部针对捷克小说家弗拉迪斯拉夫·万楚拉的研究专著以及几卷短篇小说，那些短篇和本书收录的短篇一样，主要关注的是个体世界里的情色范畴，而不是政治与国家。昆德拉的父亲是一位钢琴家，也是布尔诺国立音乐学院的院长。昆德拉正在研究作曲家莱奥什·雅纳切克，后者和他一样都对摩拉维亚民族音乐有着浓厚的兴趣。（一部一九二四年出版的关于雅纳切克的早期作品，由卡夫卡的友人兼传记作者马克斯·布罗德所著。）

　　但在写了《玩笑》以后，昆德拉发现，尽管他涉猎广泛，他却忽然变成了国家的敌人，而且只是国家的敌人。讽刺的是，他的处境跟《玩笑》主人公的非常相似。他的主人公是一个年轻的学生党员，他所犯的错误就是给他女朋友寄了一张玩笑性质的明信片，拿她过于天真的政治热忱开涮。她碰巧那几个星期不在他身边，而在参加一个有关革命运动战略的暑期课程，看起来对自己的男友路德维克·扬不甚想念，所以这位爱开玩笑的男友大笔一挥，给自己的女友留下这样一条讯息：

乐观主义是人民的鸦片！健康的气氛臭不可闻！托洛茨基万岁！

路德维克

要知道，在东欧，一个人应该对他所写的东西更加谨慎，哪怕是写给女友的信。因为这三句话，扬被学生法庭判定为国家公敌，被学校开除，被开除党籍，被送进劳教军团，在煤矿工作了七年。"但是，同志们，"扬说，"那只是个玩笑。"即便如此，他还是被一个缺乏幽默感的国家所吞噬。后来，由于在矿坑无处安放的幽默感，他被自己的复仇计划吞噬，并进一步受到侮辱。

当然，《玩笑》这本书的意图不像扬的明信片那样温良。我想昆德拉自己一定知道，就像他书中某处透露的那样，当局有一天会证实他想象的真实性，会因他笔下的路德维克·扬的遭遇而用严苛的教条绑架他。毕竟，"社会的现实主义"，这是他的国家认可的艺术模式，正如一位布拉格评论家在我询问对它的定义时告诉我的那样，"它包括对政府和党歌功颂德，这样一来，即便是他们，也能顺利理解"。鉴于该国最受推崇的两本书正好是弗兰茨·卡夫卡的《审判》和雅罗斯拉夫·哈谢克的《好兵帅克》，昆德拉这部关于一个忠诚的公民被当权者开了一个可怕的玩笑的小说，似乎完全符合彼时的文艺精神。

无论如何，能从现实中得到对他文学创作如此强有力的证实，这一定给了他不少安慰。毕竟，身为作家，他非常擅长残酷的讽刺，又对乱开玩笑可能带来的惊人后果如此感兴趣。

　　在昆德拉合称为《好笑的爱》的故事里，情色游戏和权力通常是中心主题。性作为武器（在这个例子中完全可以攻击别人）也是《玩笑》的重点：为了报复那个早在学生时代就背叛他的搞政治的朋友，当路德维克终于从煤矿上被放出来，他冷酷地想出了一个勾引朋友老婆的计划。当昆德拉笔下的主人公决定用他的性能力为报仇服务时，他就表现出了与梅勒和三岛由纪夫小说人物的血亲关系。例如，三岛由纪夫的《禁色》中充满报复心的丈夫，他借和一个美丽的年轻同性恋者交往，以激起那些背叛和拒绝他的女人的嫉妒心，然后再让她们心碎；梅勒的《高潮时间》里，格林威治村的斗牛教练，他疯狂的性交以近乎惩罚的方式带给性交对象快感。不过，昆德拉笔下性欲至上的男人与梅勒及三岛由纪夫的不同，他的情色权力游戏很容易被挫败，变成了另一个以他为代价的玩笑。他在很大程度上更脆弱，不仅因为他被开除，被关进劳改营，身心都遭到摧残（相比之下，梅勒的美国人奥肖内西、罗雅克享有无限的社会自由），而且也因为昆德拉，不像梅勒或三岛由纪夫，即便在像《玩笑》这样阴郁的书里，本质上似乎对一个男人会想到利用他的性器官或被他的性器官利用这点感到好笑。正是这种好笑，尽管混杂着同情和悲伤，致使昆德拉远离任何针对性能力或性高潮之力量的神秘信仰或思想动员。

　　在《好笑的爱》中，昆德拉认为情色野心和色欲充满我所说的"喜感"，这种"喜感"在小说《永恒欲望的金苹果》中以一种温和的讽刺出现，其中唐璜主义被视作一项一个男人对抗一队女人的运动，通常没有身体接触。又或者，在讲述哈威尔大夫故事的《座谈会》《哈威尔大夫二十年后》中扭曲、世故的讽刺里，唐璜主义被描绘成一种生活方式，所有有社会地位的女性都热切地自愿作为"性对象"参与其中，尤其是跟哈威尔大夫一起。这位杰出的大夫，年迈的卡萨诺瓦，在他盛年时，一位同行就曾实事求是地告诉过他："……你就像死亡一样，带走了所有人。"又或者，昆德拉的"喜感"以一种超然的契诃夫式的柔情出现在一个谢顶的、三十多岁、即将成为性爱专家的男人的故事里。他准备引诱一个年老的女人，期待自己被她的身体恶心到，因而达成对自己顽固的阴茎白日梦的报复。叙述视角在三十五岁的引诱者和五十岁的被引诱者之间来回切换，带着一种近乎不当的惊人的坦率，仿佛一个一向小心谨慎的熟人忽然告诉你一个污秽而真实的性秘密。在我看来，这篇题为《让先死者让位于后死者》的小说之所以有"契诃夫之风"，不仅是因为它的腔调，或者它对时光流逝而旧我死去带来的痛苦和感人的后果的关注，而且还因为它写得非常非常好。

在《搭车游戏》《谁都笑不出来》以及《爱德华与上帝》中，昆德拉转向他特别喜欢思考的玩笑，那些以反常的异想天开开头，以麻烦结尾的玩笑。比如，在《搭车游戏》里，一对年轻恋人出门度假时决定在去往目的地的路上假装陌生人，女孩装作搭车人，而她的男友就装作开车路过的人。随之而来的身份混淆，以及由此在恋人中激起的带有施虐—受虐色彩的强烈爱欲，对他们中的任何一个来说，都并未像路德维克·扬的玩笑对他来说那样是灾难性的。仅仅通过胡闹鬼混和放纵他们的好奇心，他们发现他们加深了责任感和激情，就好像在车库里扮医生玩的小孩子只是互相查看私处，抬起头来却发现他们正在管理一个国家健康项目，或是被叫去西奈山医院给人做手术。在昆德拉的捷克斯洛伐克的故事中，时常让人觉得可笑的是，一切都变得如此严肃，包括玩笑、游戏和快乐；让人觉得可笑的是，能让人开心地笑一下的东西少得可怜。

我最喜欢的故事是《爱德华与上帝》。和《玩笑》一样，主人公是一个捷克年轻人，他的爱玩闹（当然是跟女人）、玩世不恭和亵渎神明将他暴露在教条社会严厉的审判之下，又或者说，将他暴露在那些自以为是地宣扬和保护教条的当局面前，但当局不仅愚蠢，而且对自己的所作所为甚至不抱真正的信念或理解。年轻教师爱德华，一个性欲旺盛的马基雅弗利式人物，他假装虔诚，以引诱一个虔诚的对手，因此和他的无神论学校董事会发生冲突，和他的付出相比一点也没赚到，他更像一个体贴的幸运吉姆，不像路德维克·扬。他并非无缘无故就遭遇困难，其后果也不似《玩笑》中的那样残酷可耻。确实，有着秘密性需求的女校长，打算对信徒爱德华进行再教育，却在昆德拉难得一见的彻头彻尾的闹剧中收尾：她赤身裸体地跪在爱德华面前，在他牧师式的命令下背诵主祷文，以一个"堕落者的形象"幸运地（考虑到他的政治前途）在千钧一发之际刺激了他勃起机制的启动。"就在女校长念到'不要让我们受诱惑'时，他急匆匆地脱掉所有衣服。当女校长念到'阿门'时，他粗暴地拽起她，把她拖到沙发上。"所以，《玩笑》中有一种类似愤愤不平的调子，以及故意引起的争议，这些至少对于西方读者来说，传达了这样一种理念：小说是代表一个受到虐待的国家发出的一份声明，是对无情政权的蔑视。而《爱德华与上帝》则不同，它更像是一种以轶事的形式对社会困境所做的一次反思，这样的困境激发了作者进行喜剧分析和哲学思考，甚至诉诸闹剧，而不是去愤怒地揭发。

不能说我们就该小看爱德华（也许，还有作者本人）所付出的代价，他身处的社会秩序固执地推崇头脑简单的虔诚，不理会需求、欲望的现实情况（除非是对虔诚的需求和欲望），要在其中保持他超然的"感到好笑的"知识分子的敏锐谈何容易。"但是爱德华徒然地带着内心的嘲笑模仿他们，不把他们当回事；他徒然地以此暗自嘲笑他们（并以此评价他自己为适应他们而进行的努力），但这改变不了什么，因为一次模仿，哪怕是恶意的模仿，仍然是一次模仿，就像一个冷嘲热讽的影子仍然是一个影子，一个次一等的、衍生的、可悲的玩意。"或者，正如昆德拉在爱德华故事的结尾疲倦地评论道："啊，女士们先生们，当人们对任何事，也对任何人都不认真对待时，活在世上是多么凄惨啊。"他的语气暗示了《爱德华与上帝》不是源于宣言或抗议文学，而是在精神上、形式上都与在布拉格随处可听到的成百上千的幽默故事密切相连，就是那些无权无势、备受压迫的人们通常很善于讲的关于他们自己的故事，在那些故事里，他们似乎能从体现他们困苦并导致他们痛苦的荒谬和悖论中获得一种审美上的乐趣，而对他们来说，除了审美乐趣以外，还能有其他什么乐趣呢？

3. 弗雷德里卡·瓦格曼[①]

（法语读者需知：一位共同的朋友在费城介绍我认识了弗雷德里卡·瓦格曼，不久以后我就读了《过家家》的手稿，她跟她先生和四个孩子住在一栋宽敞杂乱的郊区房子里，在车库上方的一个房间里写小说。她那时已经完成多部手稿，《过家家》是其中一部，都存放在梳妆台的抽屉里。我认为手稿放在梳妆台抽屉这件事很了不起，将我的想法告诉了她，也告诉了我的朋友，当时在霍尔特、莱因哈特和温斯顿出版公司做编辑的亚伦·阿舍，他随后读了瓦格曼的小说，并于一九七三年将其出版。为表感谢以及对随之而来的友谊的认可，弗雷德里卡·瓦格曼慷慨地将她出版的第一本书题献给了我。至于她的题献或我们的友谊是否该约束我接受出版社的邀请，为《过家家》的法文版作序，我想这不得不由那些文学标准的卫道士在曼哈顿的鸡尾酒会上做定夺吧。与此同时，在判决下来之前，我非常高兴在这里谈谈瓦格曼的书。）

[①] 弗雷德里卡·瓦格曼处女作《过家家》法语版（塞热出版社，1974）序言；该作提名了当年法兰西美第奇奖。

从《过家家》中可以看出，兄妹乱伦的禁令主要是为了防止敏感的孩子受到如此强烈的性刺激和如此无所不包而又排他的激情结合，以至于对已知晓越界极乐的他们来说，十二岁以后的人生只能是一种疯狂的怀旧。很显然，不是因为失去了众所周知的童年"纯真"，才导致一个年轻女子——在她还是小女孩时，她就是她那虐待成性、横行霸道的哥哥的小情妇——茫然地发泄。瓦格曼那位无名的女主人公疯狂地渴望重温过去，但不是为了回到《麦田里的守望者》里霍尔顿圣洁的小妹妹菲比·考菲尔德所在的那个纯洁无瑕的世界中去。相反，在塞林格那部将青春期描绘成从青春期前的恩典中堕落之后，过了大约二十年，是童年遗失的堕落在被歌颂，是一个小女孩逝去的情色狂想在被哀悼。对照《过家家》女主人公地狱般的精致的童年回忆的是她丈夫的正直体面，只要她愿意，她丈夫就会拯救她。在那段回忆的唆使下，她审视着每一个热情似火的情人，每一个都看起来有点像，但可惜又都不是那个把她变成性奴的金发碧眼的哥哥。成年后的女人总是问自己："这总是几乎将我逼疯的厌倦无聊到底是什么？"然后一次又一次地回答自己，在少女时代的奴役和堕落那施虐式的辉煌之后，每一个哥哥之后的情人，到头来都"只是另一双鞋"罢了。

对她来说，一切都"只是"无法令她满足的其他。学业、绘画、写作、婚姻、孩子、宗教、滥交甚至疯狂，所有这些和"可能的样子"，也就是说，与曾经的一去不返的样子相比，都不值一提。成长中的小情妇一度被她的需求——不妨以"需求"将她命名——紧紧攥住，在寄宿学校基本上被哥哥抛弃之后甚至尝试和家里的狗兽交；在她看来，那次尝试的堕落之处就在于她居然失败了，如果她能成功，那至少又是一次有意义的越界，用来纪念被学校粉碎了的乱伦。

在七年级老师絮絮叨叨讲个不停的时候，这个被性侵的孩子冥思苦想道："在印度，女孩九岁就结婚了，像我现在这么大的已经有孩子了……如果我住在印度，我就会有一个丈夫、一个孩子，那么我就不会这么无聊了。"这里的视角不是亨伯特·亨伯特的，而是洛丽塔的，一个内心和情绪都袒露在外的洛丽塔的。她更加平凡，也更有爱心，因而也被伤害得更深。这部极具说服力的处女作，讲述的就是这样一个人物，她在应该是孩子的时候却被变成女人，在希望做女人的时候却仍是女孩。它既是对普世禁忌的反常的认证，也是一首对童年乱伦的恋歌……之所以说它是反常的，原因在于它写道："小丫头，你不该了解小妹妹的销魂极乐，否则对那邪恶兄长的渴望将是你永恒的折磨。"

小说一开始，成年的妹妹所受折磨的本质，就以简洁完美的几个字直截了当地表达了出来："不能集中精神。"这样的表达和她本人一样，一开始是急促的。自此之后，句子像丝带一样从病态的欲望和狂喜的痛苦中解脱出来。不能集中精神。无名的女主人公是什么时候说了这句话的？在和她交欢的丈夫身下消磨时间的时候。她那个叫"海龟"的丈夫，一直默默地忍受着她。但是

"海龟"，和当下一样，是她理智边缘的巨大干扰，只会催生令她抓狂的无聊。当下只是阻挡她回到最初的刺激中去的障碍。

"刺激""怪胎""虚幻""搞砸""受惊"。这些六十年代晚期的流行语，被地下出版物、学生、摇滚、毒品和"革命"的追随者，以及喇叭裤推销员用烂了的词汇，在《过家家》中反复出现。但这让人略为惊奇，因为女主人公似乎对于她乱伦经历以外的种种动荡一无所知。她既不嬉皮，也不叛逆。她固然会在"掉了一片药"后大喊"倒霉透了"，但当她进了医院之后，她对自我的画像从比反文化的摩斯密码更为私密和痛苦的东西中显露出来："我穿着医院的白袍子，站在房间的中央，就像一根柱子，曾经是某种更庞大的事物的一部分。"虽然小说中有一章引用了鲍勃·迪伦关于"我思想的烟圈"的一句话打头，为表现女主人公痛苦时也不免用上几句俗诗——"你终究无法听到我歌声""让我心碎的百万个梦想"——但事实上，作者的行文跟迪伦·托马斯的童年回忆有诸多相似之处。它体现在她充满童真的语言节奏中，体现在她将怪异与朴素并置的努力中，体现在那些名字出现在童谣里的人物中。她写得最好的时候，能像《乳树林下》的托马斯那样诚挚又热情，而又没有后者的世故老练和表现欲，因而不必在写作过程中去讨人欢喜。由于书中充斥了太多的折磨和堕落，主人公无论是十岁还是三十岁，她所表现出的孩子气都不会让我们觉得忸怩做作。她时常向一只天鹅倾诉，有时显得跟它过分亲昵，但天鹅本身就像最死板的心理分析师一样不为所动。而和小狗一起生活，对这个美国小女孩来说，无疑是不带感情和不健康的。

受过创伤的孩子，被关进精神病院的妻子，挥之不去的欲望，熬过每一天的痛苦。瓦格曼对这些当代母题的处理，其最吸引人之处就在于女主人公充满渴望的声音，她于其中毫不掩饰地承认乱伦的需求，这种需求既是她的毁灭，也是她唯一的希望。而最终这个声音既与"迪伦们"无关，也与过去十年的流行用语或文学、心理层面的后弗洛伊德思潮无涉。对于斯泰克尔、弗吉尼亚·伍尔夫或硬色情的读者来说，作者也许不过是三位中的学徒。但事实上，那些施虐—受虐的场景、表面的汹涌澎湃、对令人不安的性事的生动描述，都是从一个真实的不自觉的中产阶级的原始想象中喷涌而出的。她的道德观很大程度上取决于她的个性，以至于在她对事物的看法和其他人对事物的看法之间，不可能产生任何有效的争论。我想，即便她作为小说家发展到后期，无论对内还是对外，她都不会再遇到这样无处不在的矛盾对立，为小说创造了如此戏剧性的张力。弗雷德里卡·瓦格曼的女主人公唯一能够认识到的讽刺就是她自己被奴役的讽刺；这个可怜的女人，任何人都无法触及她，除了那第一个触碰她的人。

想象犹太人 ①

1. 波特诺伊的声名和我的

　　唉，这可并非如我所想。尤其因为我是五十年代学生中的一员，我们通过相当优秀但偏牧师式的文学教育接触到书本，而其中写诗和写小说被认为在我们所谓的"道德严肃性"方面超越了其他一切。当时的情况是，我们对"道德"一词的使用——在有关日常事务的私人谈话中跟在论文和课堂讨论中一样频繁——往往是为了去掩饰和美化泛滥的天真，为了在更有声望的文化水平上恢复体面，同样的体面我们在想象自己逃离英文系（所有地方之中）也想象过。

　　强调文学活动是一种道德行为，甚或视其为通往美好生活的途径，这当然很符合那个时代的精神：战后电子领域发展下肆虐

---

① 写于 1974 年。

的大众市侩文化，在像我这样的文学青年眼中不亚于洪水猛兽，高雅艺术反而成为虔诚者唯一的避难所，一个一九五〇年代建于马萨诸塞湾的虔信的殖民地的翻版。此外，文学属于真正有德性的人这点似乎也深合我的个性，尽管我本质上非清教徒，但在某些关键反应上又和后者如出一辙。所以，在我二十出头刚开始从事写作并想到声名的时候，我自然而然地以为，声名将会作为托马斯·曼笔下阿申巴赫所赢得的荣誉出现在我面前。《威尼斯之死》，第十页："但他毕竟赢得了荣誉，而荣誉，正如他所说，是每个伟大的天才孜孜以求的当然目标。是的，人们可以说，他的整个生涯都是有意识地、顽强地为名誉而努力攀登的一生，而把人们的猜忌与讽刺等种种障碍都置之脑后。"

就阿申巴赫而言，他之所以被"震惊地获悉了他去世的消息的上流社会"记得，不是因为他淫荡的幻想（表面神话，内里自淫），相反却是因为他强有力的叙述语言："《不幸的人》，它告诉整个年青的一代（他们是应当感恩的），即使一个人的知识到了顶，他仍能保持道德上的坚定性……"那才是接近于我的认知里的声誉。但事实证明，我的叙述，尽管引起了一代人中部分人的强烈反响，"告诉"他们的与其说是保持道德上的坚定性，不如说是道德宽恕及由此而来的困惑，以及那些青春时期（在纽瓦克）不会被饰以古典风格的自淫幻想。

我不仅没能像古斯塔夫·冯·阿申巴赫那样在公众想象里占据荣誉席位，相反，在一九六九年二月《波特诺伊的怨诉》出版之后，我突然发现，自己因为变成阿申巴赫所抑制的一切，变成他出于道义守护到底的那个可耻秘密而名噪北美大陆。杰奎琳·苏珊在和强尼·卡森讨论她的同行时说愿意认识我，但不愿跟我握手，这可逗乐了千千万万的美国人。不愿跟我握手——就她，在所有人当中？专栏作家伦纳德·莱昂斯也时不时地用十来个字来聊聊我跟芭芭拉·史翠珊的火热恋情："芭芭拉·史翠珊对她和菲利普·罗斯的约会没有任何抱怨。"此处省略一万字。从某种意义上确实可以这么说，因为那位知名犹太女星碰巧没见过这位新近出名的犹太男孩，从前没有，到现在仍然没有。

这类由媒体制造的神话，数量相当可观，有时没什么恶意，有时足够愚蠢，有时，至少对我来说，相当令人不安。为了避开直接的攻击，小说出版后我立即搬离纽约的公寓，所以当"菲利普·罗斯"开始大胆地在我自己还不敢踏足的场所公开露面时，我在作家、作曲家和艺术家的聚集地，萨拉托加温泉市的雅斗中心住了四个月。

有关我分身的社交活动的消息，上文提到的只是一个很小的示例，它们大多是通过邮件到我这里来的：朋友来信中的顺带一笔，专栏作家的剪报，我的律师就我有关中伤和诽谤人格的询问的回函（附带温和好笑的告诫）。在雅斗的第二个月，有天晚上，我接到纽约出版社某位编辑（也是朋友）的电话。他先为打扰我道歉，然后说他那天下午上班时听说我精神崩溃住进了医院，他打电话来只是想确认事实并非如此。短短几个星期，有关我崩溃住院的消息就一路西传，越过大陆分水岭，抵达加利福尼亚，那里的人干什么都喜欢大张旗鼓。在一个犹太人读书会上，新书讨论环节开始之前，主办者便向听众宣布了菲利普·罗斯的不幸消息；很显然，只有在把作者放在合适的视角审视过之后，方能对其作品进行客观的讨论。

终于到了五月，是时候考虑回纽约了。某天，我打电话到布卢明代尔百货商店，试图纠正连续几个月出现在我账单上的错误支付。电话那一头，那个收费部门的女人倒抽一口气说："菲利普·罗斯？你就是那个菲利普·罗斯？"我小心翼翼答道："我正是。""但你应该在疯人院才对啊！""噢，是吗？"我轻描淡写地回答，试图像他们说的那样兵来将挡，但我很清楚，假如古斯塔夫·冯·阿申巴赫打电话说明他的账户问题，布卢明代尔百货商店是绝不会这样回复他的。尽管他是美少年塔奇奥的热爱者，回答依然会是："是的，冯·阿申巴赫先生；哦，给您造成不便，我们深为抱歉，冯·阿申巴赫先生——哦，请原谅我们，大师先生，拜托了。"

而这，正如我所说的，才更像我在开启自己那一段通往荣誉的自觉自负的攀登时内心所想的。

为什么《波特诺伊的怨诉》畅销的同时又是一桩丑闻？首先，对于一部伪装成告白的小说，任何读者都会把它当成伪装成小说的告白接受和评判它。想象它的产生拜冲动或个人境况所赐导致其重要性遭到矮化，这样的解读并不新鲜；然而，在六十年代后期，自发性和率直受到追捧，它给哪怕最单调的生活染上色彩，随处可见于当时流行的表达中，比如"实话实说""尽情释放"，等等。当然，在越南战争的最后几年里，人们有充分的理由渴望原始真相，但尽管如此，这种渴望在个体意识中的根基往往很浅，充其量不过是迎合当时的社会心理罢了。

举一个"书话"（戈尔·维达尔起的好名字）世界里面的例子：《纽约时报》书评家克里斯托弗·莱曼-豪普特，一九六九年曾两度公开宣称自己是《波特诺伊的怨诉》的崇拜者，在他慷慨地称之为"岁末的一些思考"中宣称自己是那种百无禁忌的人，对第一人称叙述和自白式写作怀抱大胆和富有挑战性的支持。"我希望小说家，"他这样写道，"祖露他的灵魂，停止玩游戏，停止升华。"大胆，富有挑战性，然后在他抓住摆向伪装、诡计、幻想、蒙太奇和复杂的讽刺那一端的公众意见的钟摆时，他不可避免地遭到《纽约时报》每日评论员的断然反驳。到了一九七四年，莱曼-豪普特实际上可以用五年前称赞类似作品的同样理由，去反对格雷丝·佩利这部看似个人化（实际上高度风格化）的短篇小说集《最后一刻的改变》，他丝毫不理解，对于像格雷丝·佩利（或马克·吐温或亨利·米勒）这样的作家，就跟对于像马龙·白兰度这样的演员一样，营造一种亲密和自发性的幻觉可不单单是把头发放下来做你自己的问题，而是创造一个关于"做你自己"听起来和看起来是什么样子的全新想法；"自然性"恰巧不是自己从树上长出来的。

"你会发现佩利女士越来越接近自传，"莱曼—豪普特在评论《最后一刻的改变》时写道，"越来越依赖她称之为'信仰'的虚构自我，越来越多地揭示她想象的来源。简言之，现在看来，她已经丧失了将生命转化为艺术的力量和意志……那么到底是哪里出了问题？是什么剥夺了她变经验为小说的意志——如果说那正是症结所在的话？"症结？出问题？好吧，愚蠢继续挺近。不消说，沿着莱曼—豪普特的"思考"轨迹一路走下来，这些年来我们不难看出，是哪一种流传下来的不被理解的文学教条在起作用，它在特定的文化时刻，让小说对像他这样麻木不仁的读者来说更好理解，更加重要。

就我自己的"告白"而言，那个本该袒露自己的灵魂、停止升华的小说家从前却板着一张相当严肃甚至庄重的脸，记住这一点并没有减少我的窥淫欲（对其正确的命名）。同样，这个所谓的告白聚焦于尽人皆知却遭公开否认的自慰主题，知道这一点也没什么害处。之所以吸引了很多过去对我的作品不感兴趣的读者，肯定是因为书里对这个可耻的孤独的瘾细致入微、津津有味的刻画。《波特诺伊的怨诉》之前，我的小说精装本从未卖超过两万五千册，我的第一部短篇小说集的精装本只卖了一万两千册（甚至艾丽·麦古奥主演的同名电影——在《波特诺伊的怨诉》出版几个月之后上映——的加持都未能让它引起全国性的关注）。至于《波特诺伊的怨诉》，足足四十二万人——我前三本书的购买人数之和的七倍——拿着六元九角五分，外加税，走到书店收银台前，其中一半是在书上市后的十周之内购买的。

自慰似乎是一个比亚历山大·波特诺伊想象的还要肮脏的小秘密。事实上，我认为，促使许多从不买书的人去买书，和鼓励他们去嘲笑一个来自体面阶层的（从而减轻他们对自己的放纵可能抱有的任何担忧）"女阴迷狂"的自慰者的是同一种高度关注，这种关注在那个传遍全国的谣言中也显现出来，谣言向任何需要保证的人保证，作者本人因其极端行为而不得不被送往那个神秘的疯人院，而从人类开始有自虐行为以来，民俗学家就一直在将不知悔改的自慰者送往那里。

可以肯定的是，对自慰的滑稽处理并不能完全解释购买甚至阅读这本畅销书的狂热。我现在认为，作品出版的那个特定时刻——因持续的社会迷失而与二战初期以来的其他任何时候都不相同——很大程度上解释了他们的狂热以及我随之而来的名气和恶名。如果没有一九六八年的灾难和动荡——六十年代是以亵渎权威和对公共秩序失去信心为标志的十年，我怀疑我的书是否会在一九六九年获得如此盛名。即使在三四年前，一部现实主义小说若以喜剧式的冒犯态度对待家庭权威，并将性描绘成看似体面的公民生活中滑稽的一面，对于那些买书的美国中产来说可能也是难以忍受和理解的，媒体报道也会将其边缘化（甚至敌对它）。但是，到了六十年代的最后一年，我们的"约翰逊博士"将非理性和走极端的国民教育做得如此出色，在朋友和敌人的帮助下，以至于像《波特诺伊的怨诉》这样的书，尽管它不雅地揭示了日常的性瘾和家庭罗曼史不浪漫的一面，但还是忽然进入了人们可以容忍的范围。对相当多的读者来说，发现自己居然能够容忍它，或许也是它受欢迎的一个缘由。

尽管如此，如果不是因为另一个关键因素，《波特诺伊的怨诉》中的不虔诚和不体面亦不会那么吸引人（或者对于很多人来说太过冒犯），这个因素使书中任性的主人公在那些心理防御受到六十年代重创的美国人眼里变得更可玩味。那就是，这个承认自己有不可告人的性行为，严重违反家庭秩序和日常体面的男人是犹太人。不论你把这部小说当作小说，还是把它当作一部几乎未加掩饰的自传，这一点都千真万确。

是什么令那些行为和冒犯给波特诺伊带来了特殊的意义，是什么让它们因充满危险、乐趣和羞耻而变得多姿多彩，即便在他看来它们不合时宜到了好笑的地步？我相信，是同一种东西让波特诺伊这个人物在广大的犹太读者和异教徒读者中间都如此令人着迷。简言之，人们普遍认为，犹太人最不可能干的事就是在公共场合举止放肆，那个犹太人自己、他的家人、其他犹太人以及广大的基督教社群也这么认为。基督教社群对他的容忍度一开始就很脆弱，他却还屡屡冒着心理上的风险，甚至置其他犹太人的身心健康和社会福祉于不顾，公然蔑视或破坏他们的体面守则。或者历史和根深蒂固的恐惧如是争论道。不管是唾液飞溅还是精液四射，人们不曾想他出洋相，更别提唾液飞溅地说着精液四射的事了。那简直拔得头筹。而我的书就是拔得头筹。

"作为西方社会外来者的典范，犹太人当然已经深谙社会适应之道。"戴维·辛格在《犹太教》一九七四年冬季刊上一篇主题为"犹太黑帮"的文章中这样写道。辛格说，难怪"美国的犹太机构（防御、学术以及历史方面的组织）"跟"美国犹太人（总体来说）一直在系统地否认对他们历史的（这一）重要方面的认识"，因为其中涉及的主要人物，据辛格所说，组成了"美国犯罪史上名副其实的名人录，在这方面的贡献可媲美其他任何族群"。

当然了，波特诺伊可不是阿诺德·罗斯坦、利普克·布切尔特、巴格斯·西格尔或者梅耶·兰斯（辛格名单上的超级恶棍）。然而，他认为自己是犹太罪犯，这种自我认知在他自我谴责的矛盾情绪中作为主题反复出现。比如小说最后几页，在即将结束他疯狂的咏叹调的时候，他想象 B 级片里的警察朝他靠近，而他就是这个 B 级片里一个名叫"疯狗"的敲诈者。不需要任何犹太"防御组织"来谴责波特诺伊的行为，他本人的自我防御已足够让他觉得，他对肉体的痴迷简直和阿诺德·罗斯坦搞的职棒冠军赛造假事件——犹太男人能做的愚蠢的事情那么多，他偏要做这件———一样，会对犹太人在美国的安全和幸福造成伤害。

身为犹太人，哪怕可能是社会上最会算计和谈判的学生代表，拥有让对手眼红的最具价值的财富，即基辛格式的智慧，他也无法成功地对抗粗暴的反社会欲望和攻击性的幻想那些不容置疑的需求……在我看来，这也许正是小说吸引了大量中产阶级读者的原因。十年来，那些令人不安的遭遇严重挑战了他们对社会的适应。很显然，对许多人来说，当他们听到芸芸众生中有这样一个犹太人，其公共生活本该完全围绕公序良俗展开，但他却用斜体的大写的感叹词坦承他内心的渴望，他渴望的不是防护墙高筑，越来越好（任何意义上的好），而是放弃挣扎，做个坏人——或者至少，如果可能的话，比现在的他更坏时，他们受到了某种启示。而这也许正是他们近期在犹太人写的关于犹太人的小说里未曾读到的。

2. 犹太作家想象的主人公

大屠杀之后几十年，美国小说里的犹太人往往以正义、克制的形象出现，他们的反应公正、克制，与那些好色好斗以及为社会所不齿甚至可能构成犯罪的行为无涉，这点从索尔·贝娄的小说开始便可以看出。贝娄是美国犹太作家的老前辈，也是我心目中这个国家还在创作的作家中成就最高的一位。读贝娄的小说，我们会发现什么呢？我们会发现，当他的主人公在有关良知的剧中扮演角色，面临原则或德行上的问题时，他们几乎无一例外是生动鲜明的犹太人身份。而当小说的核心是欲望冒险和类似或完全的性欲冒险时，主人公即便是犹太人，他们身上的犹太印记相较之下也弱了很多。

贝娄第一个具有犹太身份的犹太人物（区别于非犹太身份的）是他第二本书《受害者》中的阿萨·利文撒尔。他对这部优秀的小说评价是，这是一本"恰当的"书，我认为他的其中一个意思是，小说更多地带有传统的而不是他个人特色的印记。犹太身份在小说中意味着更容易（病态地）受到良心的谴责，出于粗暴的同情和一种有时几近偏执的敏感，将他人的痛苦和不幸视作自己的责任。对阿萨·利文撒尔来说，犹太人身份至多是一个负担，至少是一种刺激，而事实证明，写这样一个犹太人，对贝娄来说同样既是负担又是刺激，仿佛圈住了一颗受害的犹太人良心也恰好约束了他的创造力，并将大部分令人愉悦和兴奋的事物，包括欲望和激情的而非伦理的生活，从他富有想象力的考量中排除出去。

　　这一点贝娄的"恰当的"一词即可证明，他的下一本书《奥吉·马奇历险记》也是证明。毫无疑问，这位活泼迷人的主人公的性格特质中最无关紧要的，就是他对自己犹太人身份的自我认同。事实上，你可以将犹太人身份从爱冒险的奥吉·马奇身上剔除，这不会对全书造成太大伤害，而将芝加哥从男孩身上剔除则不然。（将犹太人身份从利文撒尔身上剔除则是另一码事了。）我们只能揣测，写作《受害者》，在多大程度上帮助了贝娄在有关幸存和成功的敏感问题上获得良知上的安慰（这件事和犹太人自卫的事都让利文撒尔备受折磨），又能让他以清晰、健谈的方式，愉快地展现他的吸引力，也就是奥吉的魅力。但有一点再清楚不过的就是，贝娄在将利文撒尔病态、阴郁、犹豫、易怒和道德敏感的根源锁定在他的犹太身份上的同时，也将奥吉的健康、快乐、活力、毅力和渴望，连同他让库克县人见人爱的个人魅力，和他的芝加哥出身联系在一起，一个内核是"美国的"芝加哥，在那里，犹太人身份并不会让一个男孩子在德行方面跟其他移民孩子有多大区别。尽管有人可能会争辩说，是感性和语言的活力在最本质的层面上赋予了小说犹太性，但也许奥吉本人都会对此不屑一顾吧。"瞧瞧我，"他在书的结尾处兴奋地喊道，"走遍天涯海角！"本质上，那种感性和活力属于一个精力充沛又贪得无厌的折衷主义者，属于，正如他所描述的那样，一个"那些近在眼前的哥伦布式的人物中的一员"，永远都要向外跑。

从执着于犹太身份的犹太人利文撒尔到犹太性相对较弱的犹太人奥吉，从令人窒息的天选之子的束缚到令人陶醉的充满喜悦的选择，这种转向在贝娄的下一部小说《雨王亨德森》中达到高潮。小说的主人公贪得无厌，精力充沛，但他的活力跟利文撒尔的在意义上完全不同。他是这样一个在感官上和精神上受到古怪贪婪的欲望的驱使的生物，以至于贝娄甚至找不到最弱化其犹太性的路径。让他的犹太身份悬于一线，这将非常适用于《抓住时机》中的汤米·威尔姆，因为他最想要的就是爸爸。但对于一个想要以自己的方式得到他想要的东西的主人公来说，这就完全不适用了。

那他想要的是什么呢？做好人，行好事？不，那更像是利文撒尔的雄心壮志，而他的似乎跟"心意"无关，而是和他跟复仇之神达成的交易有关——与超我合作。然后呢？被收养、被拐走再到被宠爱？不，那更像是聪明、英俊、自负的奥吉的路数（如果你停下来想一想，你就会发现奥吉就是汤米·威尔姆想要成为的一切，但他的内在缺少那个能助他成功的芝加哥；汤米的故事是一个自我被压制的故事）。那亨德森追求的是什么呢？"我要！"感叹号。"我要！"就这样。那是本我的心声——原始、奔放、不妥协、不餍足、非社会化的欲望。

"我要。"在贝娄的小说里，只有异教徒可以这么说且免受处罚，而亨德森做到了，因为小说结尾让他通过寻求压力和高潮的释放而重获新生。贝娄的书里还有谁比他更快乐吗？这个未被选中的人既没受到惩罚也没成为受害者。相反，《雨王亨德森》之所以能成为一部不折不扣的喜剧作品，就在于小丑得到了他想要的："这一切的混合是多么丰富多彩！"亨德森喊道，非洲让他欣喜若狂。他原来所不足够的拥有，如果那还谈得上拥有的话，现在多到不知如何处理。他是雨水之王，是喷涌之王，是间歇泉之王。

如果说这个异教徒拥有这足够多，足够让他沉睡的灵魂爆发，贝娄接下来的两个主人公，两个都具有强烈犹太性的犹太人，得到的远远少于他们应得的。这跟欲望无关。这里否认的是道德寄托和期望。其他人本该那样做，但他们没有，于是犹太主人公感到痛苦。在摩西·赫索格和亚瑟·塞姆勒身上，贝娄从亨德森那里一路回到受害者的世界，似乎是不可避免地回到了犹太人那里。那个犹太人生性敏感，有着强烈的自尊心和与生俱来的美德，他在这本书中的理智和在那本书中的同情心，不断受到任性、疯狂和罪恶的人的性欲贪念的考验。

亨德森贪婪的"我要!",事实上就好像那些让赫索格和塞姆勒痛苦的人振臂高呼的口号,赫索格呻吟着"我真不理解",而塞姆勒在目睹了所有的不幸却又幸存下来之后,终于在一九六八年的纽约承认"我吓坏了"。养猪的异教徒在非洲成了高贵的耶胡,品行高洁的犹太人在日渐黑暗的上西区却成了遍体鳞伤、悲痛欲绝的慧骃。芝加哥冒险家奥吉以血淋淋、受罚的赫索格回归,这个魅力十足的自大狂,被他咬下来的东西咬伤,摩西训练师玛德琳在伯克夏跟她的"鸟儿"可比驯鹰师西娅在墨西哥跟她的老鹰运气好得多了。而脾气暴躁又总受良心折磨的利文撒尔化身道德治安官塞姆勒,他的纽约不再只是偶尔有"像曼谷那样炎热"的夜晚,即便是百老汇的公交车和哥伦比亚大学的讲堂,也都变成了野蛮之地的曼谷。"大多数室外公用电话亭都被砸烂或毁坏,还有人在里面小便。纽约变得比那不勒斯和萨洛尼卡还糟糕,就像一个亚洲或非洲的小镇……"

　　利文撒尔的痛苦和塞姆勒的相比,是如此遥远,像隐喻一般如此抽象,又如此"恰当"。那个毁了利文撒尔的夏季独处时光的阿尔比,穷困潦倒却对利文撒尔曲意逢迎的异教徒,弄脏了后者的婚床,尴尬地抚摸后者的犹太头发,他是个多么温和的讨厌鬼。温和是相较于傲慢和不祥的黑人小偷来说的,他曾在曼哈顿掏出他未经割礼的亮闪闪的性器和"硕大的椭圆睾丸"给受超我控制的主人公看。然而,尽管先后两本书中受骚扰的程度不同(环境、意义也不同),但被攻击的对象都是犹太人,当欲望和愤怒变得恣意的时候，被动接受的一方总是犹太人：即如塞姆勒所言，最让他恐惧的便是"处于热烈状态的心灵"，或者更直白、更具体地说，是"与性相关的黑人身份"。同理，与它相对的，或许是可被描述为"与道德相关的犹太人身份"。

很显然，还有其他阅读索尔·贝娄的方式：这里的目的不是通过将他的小说简化为基本要素来贬低他的成就，而是要追溯他作品中标志性的（也是伯纳德·马拉默德作品中标志性的）犹太人和良知、异教徒和欲望之间的联系，从而点明，读者如何习惯于（或者说是被这些作家的创作权威所说服）将富有同情心的犹太主人公与道德相关的犹太身份而不是性欲相关的黑人身份联系在一起；与受害而不是报复联系在一起；与保持尊严的幸存而不是欣快或沾沾自喜的胜利联系在一起；与理智克己而不是极端欲望联系在一起，除非是做好人好事的极端欲望。

索尔·贝娄作为戴维·辛格所谓"美国犹太机构"的自豪和安慰的源泉（或者说很少或几乎不制造麻烦，这就相当于同一件事），我认为，跟我这里列出的基本要素而不是洋洋洒洒的小说本身有关，小说过于刻意地去制造多义，过于挑战自我，过于浓墨重彩，耽于反思以至于无法成为民族宣传或抚慰民心的工具。事实上，贝娄的人道主义具有深刻的讽刺性，他对古怪可疑的角色，对普通的芝加哥人以及落难公子型人物的自嘲自爱抱有广泛的同情，使他对其他犹太作家的影响比对犹太文化的受众的更加举足轻重。不同于埃利·威塞尔或艾萨克·巴什维斯·辛格，二者的作品关涉已故的犹太历史，对整个犹太社群有着很好的精神意义，但并不会唤起他们的作家同行的文学热情，贝娄通过弥合达蒙·鲁尼恩和托马斯·曼之间的鸿沟——或者略微借鉴一下菲利普·拉夫的划分，即"红皮"和"白脸"之间的鸿沟——激发了在对现时的经验世界的各种探索，若不是有这个近在眼前的哥伦布式人物所树立的天才榜样，那些在他之后的于美国出生的犹太作家也许会忽视这些经验，或者一直傻傻地盯着却无动于衷。

如果说索尔·贝娄的长篇作品①往往让有明显犹太性的犹太人为了其有关道德的犹太身份而挣扎，让犹太性微弱的犹太人及异教徒致力解放他的欲望和好斗天性（比如格斯贝奇·瓦伦丁，《赫索格》里的布伯鼓吹者和偷别人老婆的人，他是个假犹太人，

---

① 之所以说"长篇作品"，是因为像 1967 年初刊于《花花公子》上的《陈规旧制》那样的短篇小说，其有关生活艰难丑陋的现实之描写很可能让反诽谤联盟的电话响个不停。说难听点（划定界限后，事情往往走向不堪），短篇小说写的是有钱的犹太人和他们的钱：他们一开始如何通过幕后交易发迹（为了一块有赚头的乡村俱乐部地皮，十万块送到一个白人特权阶级老家伙那里，送钱的人被贝娄描述为一个持正统宗教信仰的犹太人），然后如何互相欺骗，意图将对方排挤到万能美钞之外；一个濒死的女人，嘴不饶人，向她做生意的兄弟索要两万块现金来交换在她临死前见她一面的特权。这个犹太家庭中，有关手足仇恨和金钱上相互算计的场面，事实上才是整个故事发展的高潮。
我们好奇，假如短篇由某个叫"舒尔茨"或"列维"的无名小卒，而不是《赫索格》的作者所写，那么犹太防御组织会对这个故事作何反应，特别是它还发表在《花花公子》上。好奇在六十年代政治动荡的余波中，在 1973 年 10 月的战争对犹太人的冲击中，假如有像《晃来晃去的人》那样的处女作突然问世，里面完全无依无靠、颇为抑郁的主人公最讨厌的就是他犹太兄弟那样的资产阶级家庭，或者有像《受害者》那样的于今横空出世，里面主人公的犹太人身份有时被塑造成某种精神障碍，那么犹太报纸和文化期刊的立场如何。

连意第绪语发音都不会；至于玛德琳，她毫无意外地戴着十字架，并在福特汉姆工作），那么在伯纳德·马拉默德的作品中，这些趋势都如此明显又生动，以至于小说呈现出了一种道德寓言式的面貌。对马拉默德来说，犹太人总体上是无辜的、被动的、善良的，这和他作为犹太人对自己的定义或别人对他的定义一致；而另一方面，异教徒又总是腐败的、暴力的、淫荡的，特别是当他进入一个有犹太人在的房间、商店或牢房的时候。

如今，从表面上看，通过这样一种传福音似的简化手法，作家似乎无法走得太远。然而，马拉默德的情况不同（正如耶日·科辛斯基《被涂污的鸟》情况不同一样），因为一个好犹太人和坏异教徒的形象从根本上脱胎于他深受民间传说和正统教导影响的想象力，他的小说只有在严格遵循那些简化手法时才最有说服力，而当他放弃或试图以任何方式巧妙挣脱它们对他的控制时，小说在道德上的说服力都会减弱。

他最优秀的一部作品——包含马拉默德式的道德范式——依然是《伙计》，小说提议，一个名叫莫里斯·博伯的穷困潦倒的杂货铺老板，应该以他的逆来顺受和心地善良为榜样去改造一个名叫弗兰克·阿尔派恩的年轻的意大利流浪汉兼小偷，将他改造成另一个穷困潦倒、受苦受难的犹太杂货铺老板，而这无疑是助人为乐，帮助阿尔派恩从此走上救赎之路——或者说，这就是本书严格的道德准则所提出的建议。

为何要获得救赎？因为他对一个优秀的犹太父亲犯下了欺骗

与暴力的罪行，对那父亲贞洁的女儿犯下了欲望之罪——这个异教徒偷窥她的裸体而后将她强暴。可是，噢，这个救赎带着多么强烈的惩罚性质啊！若不是马拉默德为这个改造故事涂上了一层悲怆的道德色彩以及温柔的宗教色彩，当坏异教徒落入好犹太人手里时，我们很可能会把它看作愤怒的犹太作者对他施行的《圣经·旧约》里的报复行动，以及作者从头到尾都清晰阐明的重点——是好犹太人落入了坏异教徒之手。我意识到，一个比马拉默德悲观的作家，比如科辛斯基，是不会花过多笔墨去写救赎的可能，而只会坚定地专注于无休无止的残酷和恶意，也许不会将阿尔派恩向犹太杂货铺老板和犹太父亲的转变（考虑到书中这两个角色所代表的全部意义）理解为一种道德上的进步，而是将其理解为博伯以残忍的方式实现了复仇："受苦去吧，你这个异教徒混蛋，像我之前那样。"

　　要看诺曼·梅勒一类的犹太作家如何表现《伙计》里面蕴含的寓意，可以读一读他那篇有名的《白色黑人》，文章于一九五七年（马拉默德小说出版的同一年）发表在《异见》杂志上。尽管所有的想象都独立于马拉默德，但梅勒却构想出了一个和《伙计》开场惊人地相似的场景。在梅勒版的故事里，也有两个流氓猛击一个手无寸铁的店主头部并抢走了他的钱；然而，梅勒以自己典型的方式——往往能将他的关注点与马拉默德或贝娄的关注点区别开来——将他对恶行的评价导向恶行对侵犯者康乐造成的影响，而不是恶行对被侵犯者造成的影响。

梅勒在括号里补充说，"如此无疑会助长个人的变态心理"，"表明两个十八岁的流氓暴击一个糖果店老板的脑袋并不需要什么勇气，这种行为本身——即使按照心理变态的逻辑来看——不大可能被证明具有治疗效果，因为受害者跟侵犯者并非势均力敌。然而，勇气仍然是必不可少的，因为谋杀的对象不单是一个五十岁的虚弱男人，而且是一个制度，一个人若侵犯了私人财产，那么他就进入了一种跟警察的新关系中，并将危险因素引进了自己的生活。流氓因而是在向未知挑战，所以不论他的所作所为多么残酷，它都不完全是懦弱的。"

这几行有关杀人给心理变态者带来的正面价值的文字，应该可以清楚表明，为什么犹太文化的受众通常乐于听到索尔·贝娄和伯纳德·马拉默德被评论家认定为犹太作家，而完全满足于有着相当大影响力和相当高地位的诺曼·梅勒，当他走上演讲台或电视台的脱口秀节目时，被简单地冠以作家称谓——一位"作家"，句号。很明显，对这位《鹿苑》和《一场美国梦》的作者来说，即便这样的称谓也无关紧要。在此举两部主人公名字不是"科恩"的作品为例，假如作者给性爱冒险家换个名字，不叫他奥肖内西，或者不叫那个在美国罪恶之都弑妻和挥舞铲子的人罗杰克，那么好奇犹太人（或异教徒）会如何看待这两本书就变得毫无意义。因为一个如此明显的犹太主人公，以如此高昂的兴致犯下如此壮观的罪行，却几乎没有自我怀疑和道德困惑，这不光对伯纳德·马拉默德来说不可想象，对诺曼·梅勒来说也一样。也许是因为同样的原因，作家心里的犹太人会对如此宏大的欲望和冲动说："不，不，克制你自己。"对这样的禁令，马拉默德会加上一句"阿门"，梅勒则会回应"那么回头见"。

我想梅勒肯定不会像马拉默德在《伙计》里那样，对流氓和手无寸铁的老板之间暴力场景的终结那么有耐心。《白色黑人》中有些句子，其实可以作为梅勒对发生在弗兰克·阿尔派恩身上的事情的描述，阿尔派恩系上莫里斯·博伯的围裙，每天在收银台后一站就是十八个小时。在每况愈下的杂货店已经开始步入坟墓的情况下，他担负起莫里斯的犹太女儿大学教育（而不是让她高潮迭起、羞涩不已的教育）的责任。"某类新胜利，"梅勒写道，"可以增强人的新的感知力；而失败，某类错误的失败，攻击身体，禁锢活力，直到你被他人的习惯，他人的失败、无聊、无声的绝望以及冰冷静默的自毁式的愤怒所营造的牢狱气氛所监禁……"

马拉默德正是以一次对身体的攻击——阿尔派恩对博伯女儿身体器官的攻击——来结束《伙计》的。马拉默德本人是否将其视为一种攻击，视为一种残忍和反常的惩罚而不是因果报应，就不得而知了；鉴于小说本身的各种指示，读者被期待将最后一段看作对弗兰克获得救赎的决定性行为的描述，看作他异教徒问题的最终解决方案。

四月的一天，弗兰克去了医院，切除了他的包皮。后来的几天，他不得不忍着两腿中间的疼痛走来走去。那疼痛令他气愤，也给他启示。逾越节过后，他成了犹太人。

对犯了罪的阴茎的救赎就此完成。关于自虐的危险，没有比这更生动、更尖锐的民间警示故事了，我先前试图在贝娄小说中寻找的联系也不会比这里表现得更明显了：克己是犹太人的特点，克己就是一切。跟《伙计》中统治一切的残暴的耶和华相比，写作《塞姆勒先生的行星》的贝娄就好比一位溺爱的家长，只要求孩子有避孕常识，不用烈性毒品就行。《伙计》体现了有关道德的犹太性，这种犹太性我们可以合理地称之为复仇。我们会再次看到，马拉默德在他表现的严酷与悲怆之下，也有他自己的狂怒。

《修配工》，第六十九页："修配工欣然承认他是犹太人，除此之外，他是完全无辜的。"第九十八页："我向你起誓，我没犯过任何严重的罪行……那不是我的本性。"什么不是他的本性？谋杀和性侵，报复性的攻击和残酷的欲望。所以，是因为弗兰克·阿尔派恩和沃德·米诺格的罪行，两个异教徒流氓对无辜又无助的犹太家庭的欺凌，使得《修配工》里无辜又无助的俄国犹太杂工雅柯夫·鲍克银锒铛入狱，关在一个比杂货铺地窖还差的地方。事实上，我不知道除了马拉默德、萨德侯爵以及《O 的故事》的匿名作者，还有其他严肃作家的小说如此细致入微、大费周章地记录下来施于肉体的残暴和屈辱，同样通过一个手无寸铁的无辜者，从他在残忍和变态的俘获者手中所遭受的无情侵犯来构建全书。《修配工》第五章的开头：

日子一天天过去，俄国官员们不耐烦地等待着雅柯夫的“月经期”的到来。格鲁贝索夫和那位陆军将军经常查看日历。假如他的月经不马上来，他们威胁要用一种专用的机器从他的阴茎里抽血。这种机器是铁制的一种抽血机，带有一个表示抽出了多少血的红色指示器。棘手的问题在于这部机器总不能准确地工作，有时竟把人体内的血抽得一滴不剩。这是专门给犹太人用的，因为只有他们的阴茎适宜这么抽。

　　《修配工》细致入微的社会和历史记录——马拉默德对民间素材直觉性的感知总能实现从研究型小说向想象型小说的转变——掩盖了小说的内核其实是一部无情的暴力色情作品，其中，一个纯洁无辜的犹太人，起初见到血就难受的感觉几乎如少女一般，后来遭到虐待成性的异教徒强暴，一个知识渊博的鬼魂告诉他，那些异教徒是一群“没有道德的男人”。

　　可以肯定的是，手无寸铁的犹太人被诬告杀死一个十二岁的男孩并喝了他的血，马拉默德花了三百多页写他因这项莫须有的罪名所受到的不公正的虐待，可到了小说结束之前的几个段落，报复的机会从天而降，而他抓住了。如果他们想要谋杀，那就让他们得到谋杀好了。他用一支左轮手枪射杀了沙皇！“雅柯夫将枪对准沙皇的心脏，扣动扳机……尼古拉二世在胸前画了十字，从椅子上栽了下来，倒在地板上，惊奇地看着血迹在他胸前晕开。”

雅柯夫丝毫不感到悔恨或愧疚，特别是在遭受了沙皇尼古拉的狗腿子们对他所做的一切之后。"他吃子弹总比我们吃子弹好些。"他想。短短一句话将自己对罪行的罪行一笔勾销：弑君罪，对异教徒君主的谋杀。

然而，这一切仅仅发生在雅柯夫的想象里，是他在去法庭审判的路上所做的一场英勇复仇的白日梦。他似乎注定在劫难逃。马拉默德的世界总是如此。雅柯夫的本性，同莫里斯·博伯（或摩西·赫索格）一样，不会让他真的扣下扳机，制造流血事件。还记得赫索格拿着手枪的那一幕吗？他对自己说："不是每个人都有机会问心无愧地杀人。是他们为正当的谋杀开辟了道路。"但是当他在浴室窗外看到情敌格斯贝奇给他的女儿琼妮洗澡时，他无法扣动扳机。"用这支手枪杀人，"贝娄在《赫索格》中写道（放在马拉默德《修配工》的结尾同样适用），"只不过是一个念头而已。"对这些备受欺凌的犹太人来说，如果有复仇的可能，那么也肯定要通过其他方式。复仇不是他们的本性，这在很大程度上使他们成为作者本人眼中的英雄。

在《费德尔曼的画像》中，马拉默德转而朝自己发难，他勇敢地从一贯痴迷的神话中出走，塑造了这样一个犹太主人公，他不知羞耻地活着，甚至以某种阳刚的（即便笨拙的）气概坚守在一个充斥着意大利黑帮、小偷、皮条客、妓女和流浪者的世界里，最后跟一个威尼斯玻璃吹制工（他情妇的丈夫）相爱，故事的绝大部分都不比雅柯夫·鲍克那颗对俄国沙皇射出的想象的子弹的冲击力更大。我认为，这很大程度上是因为，费德尔曼的故事也被当作一种类似的补偿性质的白日梦。然而不幸的是，《费德尔曼》中那些自然的反感和约束，以及对转变所要付出代价的一种真正意义上的认识，都流失在了华丽的修辞中，而不是像《伙计》和《修配工》里那样，通过马拉默德自己对事物的深刻认识所引发的那种人类挣扎表现出来。在他所有的长篇中，只有这一部缺乏任何内在的叙事张力（一种用来检验假设的手段），也缺乏一个推动故事自然而然向前发展的力量，一个帮他对抗失控幻想的必要的反作用力。而《费德尔曼》中那些有关任性、犯罪、越轨、欲望和性变态的顽皮白日梦是根本无法充当那样的反作用力的。

　　书中当然不乏引人入胜、风趣好玩之处。在马拉默德民间喜剧艺术运用最精妙的"艺术家画像"那一部分里，费德尔曼与会说话的电灯泡之间的对话可谓妙趣横生。但在第一部分"最后的莫希干人"过后，书中的大部分内容都带有一种不受控制、漫不经心的随意氛围。令"最后的莫希干人"与其随后的章节截然不同的是，前面的费德尔曼对自己一丝不苟，小心谨慎又极为克制，全然不似后面那个在妓院里刷厕所，和妓女同居，和皮条客单挑独斗的家伙。也许，作者说服了自己，认为在"最后的莫希干人"里和萨斯坎德的经历解放了费德尔曼，让他得以去做后面那些事，但是即便如此，这也有点偏离到魔幻思维的范畴了。尽管摆脱束缚的过程，争取释放的斗争，在书中任何适宜的地方都可能被戏剧化，但还是有一章的脱节，导致当叙述重新开始时，自由已成既定事实。

"最后的莫希干人"中对费德尔曼的描写如下："他在某些街上某个奇怪的时间点，好几次被妓女搭讪，那些妓女有的漂亮得令人心碎，其中一个看起来闷闷不乐的苗条女孩，眼袋突出，让他渴望非常，但他担心自己的健康。"这个费德尔曼渴望那个看起来闷闷不乐、憔悴不堪的女孩。这个费德尔曼担心自己的健康，他还有很多其他担心。这个费德尔曼不仅仅是名义上的犹太人。"隐藏的犹太人的真面目被揭开"，这是《修配工》故事开始时雅柯夫·鲍克惧怕的事，也可以用来形容"最后的莫希干人"里，费德尔曼在他的"博伯"，那个诡计多端的难民萨斯坎德的帮助下所遭遇的事。"最后的莫希干人"讲述了一个良心被考验、同情心被释放的故事，它脱胎于和书中后面几篇故事截然不同的兴趣点，充斥着大量对犹太历史和生活的谦逊的、滑稽的、庄严的引用。但总的来说，对于犹太人而言，这就是全部了。然后在名为"静物"的第二章，性登场，萨斯坎德和被揭开真面目的犹太人费德尔曼退场。在书中剩下的章节中，将被揭开的是费德尔曼的真面目——如果可以的话，那会是某种"反—伙计"的面目，一个隐藏的异教徒，他隐蔽的饥渴和欲望缠身的"未割包皮的狗"阿尔派恩密切相关。

如果怀疑马拉默德创作中的犹太人与克己、异教徒与欲望之间的认同到底有多强烈、多自反的话，那么只需将标志着"最后的莫希干人"故事结尾的自我屈从的可悲气氛和"静物"富有喜剧性的胜利的结局比较一下即可。前者是这样的：

　　"萨斯坎德，回来，"他叫道，声音几乎变成了哭腔，"这衣服是你的。一切都可以原谅。"
　　他停了下来，但那逃难的家伙继续跑。最后见到他的时候，他还在跑。

第二章以费德尔曼第一次成功插入结束，在经过了许多挫折之后，他能够通过不经意间将自己伪装成一位牧师而在一个意志坚强的意大利画家身上获得成功。这个场景，既有超出马拉默德预期的部分，又有没有达到他预期的地方：

　　她抓住他的膝盖。"帮帮我，神父，看在基督的分上。"
　　费德尔曼感到一阵煎熬，然后，他用颤抖的声音说："我原谅你，我的孩子。"
　　"赎罪，"她哭着说，"首先要赎罪。"
　　他想了一下，回答道："圣父和万福马利亚，各念一百遍。"
　　"更多，"安娜玛丽亚哭道，"更多、更多。再更多些吧。"
　　他的膝盖被抓得那么紧，以至于在颤抖，她把头埋进他扣着黑扣子的大腿。他吃惊地发现自己开始勃起。

但他穿着牧师衣服时发生的勃起真没什么好让人惊讶的。假如费德尔曼伪装成萨斯坎德，并发现这样做有春药的效果，甚至可能是在海伦·博伯那样的犹太姑娘身上，那才会令人惊讶。因为这样便会产生危机，带来挑战。而如今，让费德尔曼性交时戴着牧师的四角帽而不是犹太人的小圆帽，并不能给小说带来任何进步，特别是在我看来，小说最后一句将这里所开的玩笑的含义完全理解错了。它是这样的："他慢慢地抽送，将她钉在了十字架上。"但是，这难道不是这个犹太人被钉在——如果不是他的十字架上的话——抑制他的体系上吗？

像这样的一章里的最后一句台词，它的问题在于，在一个争议获得生命力之前，它就已经被用清晰的表达解决掉了。就在作者显得最有力和最坦率的那一刻，他其实是在回避自己的主题，用看似聪明但本质上含混的修辞，压制住了那些心理上丰富或道德上棘手的问题。前面描述的关于费德尔曼软下来的段落就是一例。早泄让他败下阵来，这令女画家沮丧，那时候他还没有在不经意间披上让他重振雄风的神职伪装，但是我们注意到，性能力的恢复像往常一样，是跟基督教联系在一起的；另一件值得注意的事是，在《费德尔曼的画像》中，有性行为的地方，就有天马行空的隐喻。"虽然他意欲重振雄风，但他枯萎的花朵却一败涂地。"这时主人公发现自己是同性恋。"费德尔曼有生以来还从未向任何人毫无保留地说过'我爱你'。他跟贝波说了。如果事情就是那样发生的话，事情就那样发生了。"但事情根本不是那样发生的。那一切的发生如梦似幻，一切都与超我和其他防御机构整洁无垢地共生共处，且伴随着那个令人安心的字眼"爱"。

"想想爱，"贝波说着从后面跳到费德尔曼赤裸的身上，"你一生都在逃避它。"然后，我们可以说，几乎是奇迹般地，费德尔曼仅仅通过"想想"就立马开始爱了，因而在同性肛交——社会仍普遍视其为令人作呕的越轨行为——和它变成理想行为的转化之间，读者甚至来不及叫一声"哎哟"。或者，给费德尔曼——这个传统拘谨的家伙——时间去思考随他踏入那个禁忌世界而来的一些困惑，考虑到他在开头精彩的"最后的莫希干人"一章里，甚至不愿正眼看萨斯坎德。

人们不禁要问，为什么禁忌必须如此迅速地被理想化？为什么费德尔曼必须扮成牧师的样子才能得手，且第一次与同性做爱就可以立马想想爱并坠入爱河？为什么他不想想欲望，想想那卑劣的不合时宜的欲望并向它臣服？毕竟我们都知道，人们一生都会逃避它，逃得越快越好，越远越好。甚至最后一次见到的时候还在逃。"在美国，"小说最后总结道，"他作为一名玻璃工人，爱男人也爱女人。"

回忆一下《伙计》里的最后几句话。弗兰克·阿尔派恩本该游刃有余地应对自己的欲望。但在《伙计》中，这个好色的异教徒对犹太女孩充满激情和富于攻击性的爱欲之举采取了强奸的形式，因而需要最严酷的忏悔（或报应）。然而在《费德尔曼的画像》中，犹太人最任性的（尽管是令人欣慰的被动）性行为，全然不似阿尔派恩巨大的个人挣扎，当场转化为爱。如果说这样表现犹太人和性饥渴还不够让人安心的话，小说最后成功地将双性恋的费德尔曼跟犹太相关的事物隔离开来，而与此相对的《伙计》结尾，却给即便没有完全丧失性能力但也受到限制的阿尔派恩永久性地贴上了犹太人的标签。在马拉默德所有的犹太主人公里，还有谁像费德尔曼那样表现出如此显著的"非犹太性"（撇开第一章不谈），对犹太性如此不屑，且极少被异教徒世界提醒自己的犹太身份？还有谁在结尾比他还高兴？

简言之，费德尔曼就是马拉默德的亨德森，意大利就是他的非洲，而"爱情"，鉴于目前看来显而易见的原因，就是马拉默德书中那种你以你想要的方式获得你想要的东西的理想状况的别称。而这一切恰恰揭示了，是行动和自我认识之间的脱节导致《费德尔曼的画像》轻浮的梦幻色彩，也造成它与《伙计》《修配工》这两部说服力贯穿始终的小说之间的巨大落差，后者在作者的想象和他为之愤怒的对象之间并没有制造令人费解的矛盾情绪。

现在，回到《波特诺伊的怨诉》以及我这个犹太作家创造出的犹太主人公。显然，亚历山大·波特诺伊的问题与阿瑟·费德尔曼的不同，对波特诺伊而言，没有什么能像恣意妄为地进行性探险那样点燃他对犹太身份的自我认知，即身为犹太人却想要他想要的东西，对他来说最任性的行为莫过于此。他体内深藏的那个犹太人会在他看到自己勃起时暴露无遗。他无法为了其中一个而压抑另一个，也无法让双方和平共处，永远幸福地生活在一起。他和我们所有人一样，也读了索尔·贝娄、伯纳德·马拉默德以及诺曼·梅勒。他的情况也许可以和弗兰克·阿尔派恩的相提并论，如果后者在痛苦的割礼（对他而言这意味着高尚的克己）之后，一下子发现了过去那个不光彩的自己——那个未割包皮的狗样的，渴望禁忌的梅勒式的流氓——从单独监禁中出走，跟新近割除了包皮并画地为牢的自己近身肉搏。在波特诺伊心里，当那个性欲至上、高喊着"我要"的懒汉出现时，那个说着"我吓坏了"的持反对意见的卫道士并不会消失。他内心那个粗俗、不爱社交的阿尔派恩，同样不会被他本性中那不管是莫里斯·博伯还是他勤恳、善良的博伯式父亲的部分永远抑制。这个想象中的犹太人同样忍着两腿之间的疼痛，拖着脚走，只不过那疼痛激发了疯狂的令他无地自容的欲望之举。

一个欲望缠身的犹太人。一个亵渎性爱的犹太人。结果却在近期的犹太人小说里成了一个异类，因为通常在犹太小说里有亵渎行为的都是异教徒；不仅如此，人们还指责小说提供了"反犹主义传说里最残酷和最权威的刻板印象"之一。这句话来自玛丽·瑟尔金的一封信。她是美国犹太复国主义的著名领袖，也是二十世纪早期非常杰出的社会主义犹太复国主义组织者和辩论家的女儿。这封信发表在一九七三年三月版的《评论》杂志上，是她对几个月前两次不同的攻击的改进，其中一次是欧文·豪发起的，针对我的作品（主要是《再见，哥伦布》和《波特诺伊的怨诉》），另一次由杂志主编诺曼·波德霍雷茨主导，批判对象即他所认为的我的文化立场和文化声誉。(《评论》杂志副主编彼得·肖在《波特诺伊的怨诉》刚问世时也曾发表过一篇书评，刊登在《评论》上，抨击其"狂热地仇恨犹太事物"。)

为了说明《波特诺伊的怨诉》令她反感的地方，瑟尔金引用大量历史典故，暗示对某些人来说，我在这本书中的表现已经超出了离奇古怪，甚至超出了豪口中那种"严重破坏了"我的小说（在这里及别处）的低配的"粗俗"，已经接近病态。瑟尔金描述了波特诺伊对异教徒世界及其女人甚至是报复性的好色企图，描述了他所寻求且求得的满足感皆来自那些富有貌美的白人特权阶级女孩，那些他希望能为他口交的异教徒女孩。

希特勒，戈培尔，施特赖歇尔。如果不是受篇幅所限，瑟尔金最后大可将我跟所有的纳粹战犯共置于纽伦堡的审判席上。而从另一方面来说，她并没有意识到，犹太男人和异教徒女人在性方面的纠葛，可能在任何情况下都已打上了反犹主义历史的烙印，因而很明显地决定了她的措辞和视角，至少在这封信中是这样。她同样不会承认最显而易见的一点：这个波特诺伊不可能在进入一段性爱关系时对自己的犹太身份毫不自觉，也不可能对他的受害者或伴侣的异教徒身份毫无概念，就像博伯在他跟阿尔派恩的关系里，即便不像《波特诺伊的怨诉》里的那样激烈，彼此也不会对各自的身份毫无知觉，利文撒尔跟阿尔比亦然。问题在于，在瑟尔金看来，一个犹太人拥有亚历山大·波特诺伊的那种性欲

（通常充斥着矛盾和自我挫败），这对除纳粹分子以外的任何人来说都是不可想象的。

现在，像她一样争论说，除非本身是个病态的纳粹种族主义者，否则犹太人不该也不可能是这个样子，这就可以看出，瑟尔金自己对犹太人事实上是什么样子的有着确定无疑的看法。跟她一样的还有西奥多·赫茨尔、魏茨曼、亚博京斯基、纳曼·瑟尔金，希特勒、戈培尔、施特赖歇尔，让-保罗·萨特、摩西·达扬、梅厄·卡哈尼、勃列日涅夫，以及美国希伯来会众协进会……更别提我童年时，犹太男孩成人礼上的标准演讲开头列出的那些没那么重要的历史人物和机构了："我尊敬的祖父母、父母，欢聚一堂的亲朋好友、教友们。"这样的一个时代，它见证了数以百万计背井离乡的犹太移民和难民狂热而辉煌的美国化，见证了数以百万计的欧洲犹太人被当作人类垃圾般消灭，也见证了一个朝气蓬勃、不畏强权的现代犹太国家在古老神圣的土地上的建立和发展，可以肯定地说，想象犹太人是什么、应该是什么绝非少数美国犹太人小说家无足轻重的活动。这项小说事业——特别是在《受害者》、《伙计》和《波特诺伊的怨诉》这样的书里——可以说是一种想象犹太人如何被他们自己，也被他人想象的事业。考虑到犹太人的存在所引起的所有那些投射、幻想、幻觉、计划、梦想、解决方案，就一点也不会奇怪这三本书，不管它们在文学价值和方法上有多大不同，它们在很大程度上都是关于束缚的噩梦，每一本都以一种困惑的、幽闭恐惧症似的纠结情绪告终。

依我看，犹太小说家的任务，不是从他的灵魂工厂中锻造出他的种族尚未成形的良知，而是从仅在本世纪就已被无数次创造又无数次毁灭的良知中寻找灵感。同样地，他要从那些无数的原型中寻找历史或环境赋予其"犹太人"称谓的独行者，这位独行者似乎不得不去想象他是什么和不是什么，必须做什么和必不能做什么。

认定自己的"犹太人"称谓，想象自己就是这个称谓所指代的那个人，这并非易事。那些最严肃的美国犹太小说家似乎表明，从事关作者思想核心的对主题和重点的选择中即可看出，有些充满激情的生活方式，哪怕是靠完全不受约束的想象你也无法直接通过一个犹太人的身份将它们呈现出来。

"我一直在希望你们能赞赏我的饥饿表演"；
或凝视卡夫卡[①]

致宾夕法尼亚大学一九七二年秋季学期"英语二七五"课上的同学

"我一直在希望你们能赞赏我的饥饿表演。"饥饿艺术家说。"我们也是赞赏的。"管事迁就地回答说。"但你们不应该赞赏。"饥饿艺术家说。"好，那我们就不赞赏，"管事说，"不过究竟为什么我们不应该赞赏呢？""因为我只能挨饿，没有别的办法。"饥饿艺术家说。"瞧，多怪啊，"管事说，"你到底为什么没有别的办法呢？""因为我，"饥饿艺术家一边说，一边把小脑袋稍稍抬起一点，撮起嘴唇，直伸向管事的耳朵，像要去吻它似的，惟恐对方漏听了他一个字，"因为

---

① 写于 1973 年。

我找不到适合自己口味的食物。假如我找到这样的食物，请相信，我不会这样惊动视听，并像你和大家一样，吃得饱饱的。"这是他最后的几句话，但在他那瞳孔已经扩散的眼睛里，流露着虽然不再是骄傲却仍然是坚定的信念：他要继续饿下去。

——弗兰茨·卡夫卡，《饥饿艺术家》

1

当我写卡夫卡的时候，我正看着这张他四十岁（我的年纪）时拍的照片。那是一九二四年，是他作为一个男人可能经历过的最甜蜜和充满希望的一年，也是他去世的一年。他长着一张骨骼尖锐、棱角分明的，一个穴居人的脸：特别是耳朵的形状和角度使它们像一对天使的翅膀；眼里流露出一种强烈的、生气勃勃的、镇定自若的目光——既有巨大的恐惧，也有巨大的克制；一层黎凡特人的黑发裹着头骨，这是照片中唯一感性的特征；鼻梁有令人熟悉的犹太人特征，鼻子本身长长的，鼻尖处稍微宽厚些——我高中朋友中一半的犹太男孩都长着这样的鼻子。数以千计像这样轮廓鲜明的头骨从焚化炉中被铲出；如果他那时候还活着，他的头骨会和他三个妹妹的一起，置于那数以千计的头骨中间。

当然了，想象弗兰茨·卡夫卡在奥斯威辛，跟想象其他任何人在那里一样令人恐惧不已——想象本身就让人不寒而栗。但他死得太早，没赶上大屠杀。如果他那时还活着，也许他会跟好友马克斯·布罗德一起逃走，布罗德后来在巴勒斯坦避难，直到一九六八年逝世之前都是以色列公民。但是卡夫卡逃难？对于一个如此着迷于以痛苦死亡为高潮的困境和遭遇的人来说，这似乎不太可能。即便如此，我们还有卡尔·罗斯曼，他笔下初登美国大陆的角色。既然卡夫卡能想象出卡尔逃到美国以及在那里遭遇好运厄运的故事，难道他就不能为自己找条逃生之路吗？让纽约的社会研究新学院变成他的伟大的俄克拉何马自然剧场？或者，也许可以通过托马斯·曼的影响力，给他在普林斯顿的德语系找份工作……但是，如果卡夫卡还活着的话，他那些托马斯·曼在新泽西避难时大加赞赏的书就不一定能够出版了；卡夫卡最终可能不是毁掉他的手稿，这些手稿他曾让马克斯·布罗德在他弥留之际销毁，就是至少继续把它们当成他的秘密。这个一九三八年抵达美国的犹太难民，彼时是不会成为托马斯·曼口中"虔诚的幽默大师"的，只会是一个羸弱、书生气质的五十五岁单身汉。他过去曾是布拉格一家政府保险公司的律师，希特勒上台时在柏林退休，靠养老金生活。他是个作家不错，但他只写了几篇古怪的小说，多半关于动物，这些故事在美国没人听说过，在欧洲也只有少数读者。他只会是一个无家可归的 K.，但又缺乏 K. 的固执任性和不达目的誓不罢休；一个无家可归的卡尔，但又缺乏卡尔年轻气盛的精力和不屈不挠的精神。他将不过是一个侥幸逃生的犹太人，带着一个旅行箱，箱子里装着几件衣服、家人的照片和布拉格的纪念品，以及一些尚未发表和完成的手稿，包括《失踪的人》《审判》《城堡》和另外三部未完成的长篇小说，后者丝毫不逊色于他那些光怪陆离的杰作，而那些杰作，他出于近乎俄狄浦斯式的胆怯、完美主义的疯狂以及对独处和精神纯洁极端的渴望，全都自己留着，不予示人。

一九二三年七月，卡夫卡在维也纳一间疗养院去世前十一个月，他不知怎的有了勇气，永远离开了布拉格，离开了父亲的家。此前，他从未成功地在外生活过，从未曾离开过父母、妹妹独立生活，只有在从布拉格工伤事故保险公司的法律部门下班后的几个小时里才从事写作。自从大学拿到法律学位，他一直是众人眼里最负责、最谨慎的员工，尽管他觉得那份工作枯燥乏味、令人萎靡不振。但是一九二三年六月——几个月前他因病被迫退休——他在德国的一个海滨度假地认识了十九岁的犹太女孩朵拉·迪亚曼特，她在柏林的犹太人民之家的度假营地工作。朵拉离开了她笃信正统犹太教的波兰家庭，出来独立生活（年纪只有卡夫卡一半大）；她和卡夫卡——那时刚刚四十岁——相爱了……卡夫卡到那时为止已经跟两个更为传统的女孩订过婚——跟其中一个还订过两次——都是匆忙、痛苦的订婚，最后大都因为他的恐惧而告吹。"我精神上没有能力结婚，"他在一封交由母亲转给父亲的四十五页的信中这样写道，"……自从决定结婚的那一刻起，我就再也睡不着觉，脑袋日夜发烫，我没法再过日子。"他这样解释原因。"婚姻对于我是块禁地，"他告诉父亲，"因为它恰恰是非你莫属的地盘。有时我觉得这就像一张铺展开的世界地图，你舒展四肢横卧在上面。于是我觉得，只有在你没盖住或鞭长莫及的地方，才可能有我的生活。根据我对你的身躯高大的想象，这样的领域寥寥无几，不能给我多大慰藉，而婚姻尤其不在此列。"这封解释了父子之间问题的信写于一九一九年十一月，许是因为母亲没有勇气，或者跟儿子一样不抱希望，她觉得信还是不要转交为好。

　　随后的两年，卡夫卡试图跟米莱娜·杰森斯卡-波拉克发生婚外情。米莱娜二十四岁，感情热烈，已将他的一些故事译成捷克文，当时住在维也纳，婚姻生活非常不快乐。他和米莱娜的婚外情如火如荼，但大体上通过书信进行，比起跟好犹太女孩的可怕订婚更让他沮丧。那些婚约只是唤起了一些他不敢尝试的对父权的渴望，那被他对父亲的极端敬畏（布罗德所说的"家庭的魔咒"）所压抑的渴望以及对自己独处的着迷，但是捷克的米莱娜冲动狂热，对传统束缚漠不关心，无惧欲望和愤怒，唤起了他更多的原始的欲望和恐惧。布拉格批评家里奥·普莱德纳声称米莱娜有"精神障碍"，但玛格丽特·布伯-诺依曼却表示，自己曾在德国的集中营和米莱娜比邻而居两年，一九四四年米莱娜因肾脏手术于集中营逝世，米莱娜精神再正常不过，而且极为善良、勇敢。米莱娜为卡夫卡写的讣告是布拉格报章上唯一有些影响的，她的文笔强劲，为卡夫卡的成就所作的声明也很有力。她才二十多岁，即便死者的作家身份在他很小的朋友圈子之外鲜为人知，米莱娜还是写道:"他对这个世界有着既特别又深刻的认识,他本身就是一个既特别又深刻的世界……[他有着]近乎奇迹般的敏锐直觉,思维清晰、一丝不苟到令人敬畏,而反过来他又把精神上对生活的恐惧负担加于他羸弱的病体……他写出了近代德语文学中最重要的作品。"我们可以想象,这个活力四射的年轻女人舒展四肢横卧在床上,对卡夫卡来说,就像他自己的父亲舒展四肢横卧在地图上一样让人敬畏。他给她的信都是断断续续的,丝毫不像他的其他任何作品,"恐惧"一词在其中反复出现。"我们都缔结了婚约,你在维也纳,而我跟我的恐惧在布拉格。"他渴望把头枕在她的胸脯上,他叫她"米莱娜妈妈";在他们两次短暂的幽会中,至少一次,他无可救药地阳痿了:他最后不得不请求她离开,尽管痛苦失落至极,米莱娜还是尊重了他的请求。"不要写信,"卡夫卡对她说,"也不要再见面。我请求你默默遵循,因为只有这样我才可能活下去,其他一切则会让我继续毁灭。"

后来,一九二三年初夏,卡夫卡在去探望带孩子在波罗的海度假的妹妹时认识了年轻的朵拉·迪亚曼特,接着不到一个月,弗兰茨·卡夫卡就和她在柏林郊外的两居室同居,终于摆脱了布拉格和家庭的"魔爪"。可怎么会这样呢?他怎么能如此迅速而果断地完成他在最健康的日子里也无法完成的别离?这个激情洋溢的写信人,可以没完没了地对搭乘哪班火车去维也纳跟米莱娜会面(前提是他应该跟她在周末见面的话)模棱两可;这个穿着高领衣服的资产阶级追求者,在跟门当户对的鲍尔小姐订婚的漫长痛苦中，偷偷为自己拟定备忘录，列举"支持"和"反对"婚姻的各种理由；这个写不可捉摸和悬而未决之事物的诗人，笃信愿望与其实现之间存在着不可撼动的屏障，这是他极度痛苦的失败愿景的核心所在；这个卡夫卡，他的小说用想象力极为丰富的、嘲笑所有解决方案和逃跑努力的"反梦境"去驳斥任何一个关于救赎、正义和实现的轻松感人的人文主义白日梦。这样一个卡夫卡却逃了。连夜逃走！K.穿透了城堡的墙壁——约瑟夫·K.逃离了对他的指控——"彻底从中脱身，找到一种法庭管辖范围之外的生活方式"。没错，约瑟夫·K.曾看到这种可能性在大教堂里闪现，但他既无法理解也无法实现——"不是……对案件的有力操纵，而是……对它的规避"——卡夫卡在他生命的最后一年意识到了这点。

是朵拉·迪亚曼特还是死亡为他指明了这条新道路？也许二者缺一不可。我们清楚，在K.初次抵达村子的时候，他透过雾霭和夜色仰视通向城堡的那片"虚无缥缈的空间"，不比年轻的卡夫卡眼中自己成为丈夫和父亲的前景更广阔、更费解。但是现在看来，一个永恒的朵拉，一个永恒的妻子、家庭和孩子的前景，已经不再像以前那样可怕，那样令人无所适从，因为现在"永恒"无疑不过是几个月而已了。没错，濒临死亡的卡夫卡决意结婚，他写信给朵拉信仰正统犹太教的父亲征得同意，但化解了卡夫卡所有矛盾与不安的即将降临的死亡正是年轻女孩的父亲在他新道路上设置的障碍。即将死去的弗兰茨·卡夫卡，在病榻上向他提出娶年轻健康的朵拉·迪亚曼特为妻，却被无情拒绝！

　　如果没有这个父亲挡了卡夫卡的路，那么还会有另一个，以及下一个等在后面。马克斯·布罗德在卡夫卡传记中写道，朵拉的父亲"拿着（卡夫卡的）信到他最尊敬的、其权威对他来说高于一切的犹太拉比那里去咨询。拉比读了信，扔在一边，只说了一个字：'不'。"不。克拉姆本尊都不会这么唐突无礼或对请愿者这么冷淡。"不"意味着终结，跟格奥尔格·本德曼，那个备受打击的未婚夫，从他父亲那里听到的诅咒般的威胁一样强势，让人无处遁形。"你只管挽着你的未婚妻，走到我面前来吧！我会把她从你身边赶走，你还不知道是怎么回事呢！"不。你将不能拥有，父亲们说，卡夫卡只得同意，因为服从和克己的习惯，因为对疾病的厌恶和对力量、欲望、健康的尊崇。"'好，归置归置吧！'"管事说，于是人们把饥饿艺术家连同烂草一起给埋了。笼子里换上了一只小豹，即使感觉最迟钝的人，看到在弃置了如此长时间的笼子里有只野兽活蹦乱跳，他也会感到赏心悦目，心旷神怡。小豹什么也不缺。看守们用不着思考良久，就把它爱吃的食料送来，它似乎都没有因为失去自由而惆怅；它那高贵的身躯，应有尽有，不仅具备利爪，仿佛连自由也随身携带。它的自由好像藏在牙齿的某个地方。它生命的欢乐随着喉咙发出如此强烈的吼声而产生，以至于观众对它的欢乐很是受不了。但他们振作精神，挤在笼子周围，舍不得离去。"所以，不就是不，他自己也知道。一个健康的十九岁女孩不能也不应该嫁给一个比她大一倍的病夫，他咯血

（格奥尔格·本德曼的父亲大叫道："我现在就判你投河自杀！"），在病榻上发高烧，打冷战。卡夫卡那时候做的是什么不像卡夫卡的梦呢？

和朵拉一起度过的那九个月还有其他卡夫卡式元素：在一个暖气不足的地方度过严冬；通货膨胀令他本就微薄的退休金更加捉襟见肘，因通胀而流落柏林街头的饥寒交迫的人，用朵拉的话说，让卡夫卡"面如土灰"；他那生了结核的肺，肉体变形，受到惩罚。朵拉像格里高尔·萨姆沙的妹妹照顾变成甲虫的哥哥那样尽心尽力地照顾病榻上的作家。格里高尔的妹妹小提琴拉得如此优美，以至于格里高尔"觉得通向他所渴望的不知名食物的道路展现在他面前了"，在那样的情况下，他还梦想着送有音乐天赋的妹妹去音乐学院！朵拉的音乐是希伯来语，她用希伯来语为卡夫卡朗诵，她的朗诵技巧如此娴熟，以至于据布罗德所说，"令弗兰茨认识到她的戏剧天赋；在他的建议和指导下，她后来自学了戏剧艺术……"

只不过，卡夫卡对朵拉·迪亚曼特或他自己来说，可不是害虫。离开了布拉格，离开了父亲的家，四十岁的卡夫卡仿佛终于摆脱了自我厌恶、自我怀疑以及那些对依赖和自我贬低的内疚倾向，这些在他二三十岁的时候几乎将他逼疯；忽然之间，他似乎摆脱了弥漫在《审判》《在流放地》和《变形记》那些惩罚性幻想中的绝望感。很多年前在布拉格，他就让马克斯·布罗德在他死后销毁他的所有文稿，包括三部未出版的长篇小说；而如今在柏林，当布罗德把卡夫卡介绍给一个对他作品很感兴趣的德国出版商时，他却同意将四个短篇小说结集出版，而且据布罗德所说，"说服他并未花费太多口舌"。在朵拉的帮助下，他孜孜不倦地继续学习希伯来语；他甚至拖着病躯，冒着严寒，参加了柏林犹太研究学院一系列关于犹太法典的讲座；这样的卡夫卡跟原来那个忧郁疏离的他有天壤之别，他曾在日记里写道："我和犹太人有什么共同点？我跟自己都几乎没有任何共同之处，我应该安静地站在角落，满足于自己还能呼吸。"他的转变还体现在和女人相处时的轻松愉快：和这个年轻可爱的伴侣在一起时，他幽默风趣、循循善诱，而且可想而知，由于他的病（从他的愉快也能看出），他们之间肯定保持着纯洁关系。如果说他不是一个丈夫（他曾努力试图成为传统的鲍尔小姐的丈夫），也不是一个情人（他曾无望地挣扎着成为米莱娜的情人），现在的他似乎成了他的自我筹划中跟丈夫或情人同样神奇的存在：一个父亲，这个似姐妹又似母亲的女儿的父亲。一天清晨，弗兰茨·卡夫卡从一串不安的梦中醒来，发现自己在床上变成一个父亲、一个作家以及一个犹太人。

"我造好了一个地洞，"那个冬天，他在柏林写的那篇漫长、精致、乏味的故事这样开始，"似乎还蛮不错……由于照计划安排所确定的这个场地恰恰土质很松，而且充满砂粒，因此必须把这地方夯实，才能建造起美丽的大穹顶和圆形广场。从事这样一种劳动，我只能靠额头。所以，我不分昼夜，成千成万次地用前额去磕碰硬土，如果碰出了血，我就高兴，因为这是墙壁坚固的证明，而且谁都会承认，我的城郭就是用这样一种办法建成的。"

《地洞》讲述了一个具有敏锐的危险意识的动物的故事。它的生活围绕着防御原则展开，它最深切的渴望就是安全和平静。这个挖洞者用牙齿和爪子——还有前额——建造了一个由地下室和走廊组成的精巧复杂的系统，目的是让自己安心。然而，尽管地洞成功减轻了对外来危险的担忧，但它的维持和保护却同样令它焦虑不安："那是另一种的、更为骄傲的、内容更为丰富的、深深压抑着的忧虑，可是它对于身心的消耗并不亚于生活在外面的时候所产生的忧虑。"故事（结尾遗失）以挖洞者专心听从地下远处传来的噪音而告终，噪音让它"相信有一个大动物的存在"，正朝着它的城郭方向挖洞。

又一个关于受困和痴迷的阴暗故事，那痴迷是如此彻底，以至于无法分清人物和困境。不过，这篇卡夫卡在他生命最后几个月的"幸福"时光中创作的故事，多了一些自我和解的精神，一些自嘲式的自我接受，以及一些对自己招牌式的疯狂的容忍，这在《变形记》中并不明显。早先的动物故事——如《判决》和《审判》——中那种尖锐的自虐式反讽在这里让位于对自我及其关注的批判，虽然这种批判近乎嘲讽，但它的关注点已不再是从对极度屈辱和失败的刻画中寻求解决办法……然而，这里有的不单单是对疯狂所捍卫的自我的隐喻，自我为了努力不受伤害而营造的防御系统就必定成为其永久关注的对象，还有一个关于如何及为何创造艺术的非常不浪漫且顽固的寓言，一幅关于艺术家所有独创性、焦虑、孤立、不满、无情、痴迷、隐秘、偏执和自我成瘾的肖像，一幅神奇的思想者穷途末路时的肖像，卡夫卡的普洛斯彼罗……这个关于洞中生活的故事，有着无穷无尽的含义。最后，我们还应该记住，卡夫卡在那间冰冷的两居室，即他们那个不被承认的家里，创作《地洞》的那几个月，朵拉·迪亚曼特始终陪在他身边。当然了，像卡夫卡这样的梦想家，他不一定需要进入年轻姑娘的身体，才能让她温柔的存在在他心中点燃关于一个能"满足欲望"、"实现理想"，并带来"沉睡"的隐蔽洞口的幻想。而一旦进入并占有，就会引起对报应和失去最骇人和最令人心碎的恐惧。"此外，我很想破解那头动物的计划的谜团。它是在漫游的途中呢，还是在营造它自己的地洞？如果它是在漫游，那么和它取得谅解也许是可能的。如果真的在朝我这边挖掘，就把我的储藏分一些给它。这样它准会离开这儿，继续往前走的吧！在土堆中我自然可以梦见各种各样的事情，包括梦见和它取得谅解这件事，虽然我心中有数，诸如此类的事情是不可能见之于现实的，而且就在我们相遇的那一刹那，甚至就在我们仅仅感到彼此距离已很接近的那一瞬间，会立即互相——分不出谁先谁后——以一种新的异样的饥饿扑向对方……"

他于一九二四年六月三日死于肺部和喉部结核，距他四十一岁生日还有一个月。那之后好几天，伤心欲绝的朵拉依然不住地低语："我的爱，我的爱，我的好人……"

2

一九四二年。我九岁；我的希伯来学校老师，卡夫卡博士五十九岁。对必须每天下午上他"四点到五点"课的小男孩来说，他的名字——部分因为他陌生、忧郁的异域气质，但更多是因为在球场上呐喊的时间被学习古代书法占据所产生的怨恨——是"犹太肠"①博士。我承认，那绰号是我起的。我想，他嘴里的酸臭味，到下午五点时因内脏的消化系统变得更加刺鼻，使得意第绪语里的"内脏"一词尤为生动形象。多残忍的想法。但事实上，如果我曾经想象过那个名字会成为传奇，我宁愿割掉自己的舌头也不会这么叫他的。我一个娇生惯养的孩子，还不认为自己有说服力，或者说，认为自己是这世上的一股文学力量。我的玩笑不会伤害别人，怎么会呢？我这么可爱，不相信的话，问我的家人、我的学校老师好了。九岁时，我已一只脚踏进大学，另一只脚踩在卡茨基尔②。课堂之外，我就是红菜汤地带的喜剧之星。从希伯来学校放学回家的路上，天已暗了下来，我模仿"犹太肠"老师逗我的朋友施洛斯曼和拉特纳开心，模仿他精准而挑剔的专业态度，他的德国口音，他的咳嗽，他的阴郁。"犹太肠博士！"施洛斯曼大叫着冲向糖果店老板的书报亭，他每天晚上都会让老板更

---

① Kishka，一种烤制的牛肠或鸡肠，里面填塞调过味的面粉、洋葱和板油等的混合物。
② Catskill，美国纽约州的一个小镇。

抓狂一点。"弗兰茨博士——弗兰茨博士——弗兰茨博士——弗兰茨·犹太肠博士！"拉特纳也跟着一起叫。这个胖乎乎的小朋友就住在我家楼上，除了巧克力牛奶和巧克力棉花糖豆以外什么都不吃。他又叫又笑，直笑到他习惯性地（他母亲为了这原因还让我"照顾他些"）尿湿裤子。施洛斯曼趁拉特纳难为情的时候，从他的笔记本里抽出一张纸，在空中挥舞。那是卡夫卡博士打过分后归还给我们的作业。他让我们用直线、曲线和点，自己设计一张字母表。"直线，曲线和点，这些就是字母表的全部，"他解释说，"也是希伯来语的全部，英语的全部。"拉特纳的字母表得了一个C，它看起来像是一根线上拴着的二十六个骷髅，我的花体字母表得了A，基本上（正如他所推测的那样，根据卡夫卡博士写在表顶部的评语）是从数字8得来的灵感。施洛斯曼完全忘了还有作业，所以只得了个F，不过反正他也不在意。他满足于——欣喜于——事物本来的面目。他在空中挥舞那张纸，尖叫着"犹太肠！犹太肠！"，这让他欣喜若狂。我们都应该如此幸运。

回到家，当我一个人坐在鹅颈台灯（晚饭后插入厨房的插座）的光辉中，我们那位穿着磨旧的蓝色三件套，瘦得像竹竿一样的犹太难民老师的形象就不再滑稽可笑了，特别是在初级希伯来语班（我学得最用功）全班学生都把"犹太肠"这个名字牢记在心之后。我的内疚唤醒了英雄主义的救赎幻想，我时常想营救的是"欧洲的犹太人"。现在，我必须拯救他。除了我，还能靠谁拯救他，靠捣蛋的施洛斯曼还是长不大的拉特纳？现在不救，更待何时？又过了几个礼拜，我听说，卡夫卡博士寄居在一个犹太老太太家的一个单间，就在埃文路相对偏远破败的南段。那里有轨电车还在运行，纽瓦克最穷的黑人们拖着步子在街上游荡，就像他们过去在密西西比那样。一个单间。而且在那个地段！我家的房子虽算不上豪宅，但只要每月付38.5美元租金，它至少就是我们的；邻居虽不富裕，但他们也并非游手好闲。想到这里，我便因羞愧和悲伤而热泪盈眶，我冲进客厅，把我听说的告诉了父母（不过没提是在教堂后院墙玩课前一分钟的扑克牌游戏时听说的，以及更糟糕的，是在印有死者名字的彩色玻璃正下方玩的）："我的希伯来语老师寄住在别人家的一个单间里。"

在我看来，我父母和世上所有人相比，都更加不怕麻烦。请他来吃饭吧，母亲说。在这儿？当然，就在这儿，星期五晚上，我敢说一顿家常便饭以及友善的陪伴还是可以忍受的吧，她说。与此同时，父亲打电话给我那位叫罗达的姨妈，她和我外婆一同住在街角的公寓，负责照顾外婆和她的盆栽。二十年来，父亲一直在给母亲这个现年四十的"宝贝"妹妹介绍北新泽西的犹太单身汉和鳏夫们。到目前为止，还没什么运气。罗达姨妈在工业城伊丽莎白一个叫"大熊"的大宗商品和农贸市场公司任纺织品部的室内装潢师，她戴假胸垫（据我哥说），穿镶褶边的透明上衣，家里人说她每天在浴室花几个钟头搽粉，并把她硬邦邦的头发往上梳，堆一个引人注目的发髻在头顶。尽管她爱涂脂抹粉把自己打扮得光鲜靓丽，但照我父亲的话说，她"仍然害怕面对生活现实"。而他是无所畏惧的，因此他定期且无偿地为她提供心理咨询："让他们抱紧你，罗达，那感觉很棒！"作为他的骨肉，我已经习惯了我家厨房里这种丢人现眼的对话，可卡夫卡博士会作何感想呢？噢，但是现在做什么都来不及了。从不气馁的父亲那台庞大的婚介机器已经发动，自豪的家庭主妇母亲热情好客的温柔引擎也开始轰鸣。与其奋不顾身扑上去，试图阻止这一切发生，还不如期望挂上听筒就能让新泽西贝尔电话公司倒闭呢。如今，只有卡夫卡博士能救我了。但在听完我小声咕哝的邀请之后，他颇为正式地对我鞠了一躬，（这让我面红耳赤，因为除了在电影里，现实生活中谁会做这样的事？）回答说他非常荣幸能去我家做客。"我姨妈，"我赶紧说道，"也会去。"奇怪的是，好像我说了多少有点幽默的话，我看到卡夫卡博士微微一笑。他轻叹一声说道："我会很高兴认识她的。"认识她？他得和她结婚。我该怎么警告他？我又该怎么警告罗达姨妈（她一向欣赏我和我的分数）他的口臭，他的寄宿者身份，还有他那属于旧世界的言行，都跟她的时髦现代格格不入？当我看到卡夫卡博士在笔记本上记下我家地址，还在下面写了几个德文时，我觉得脸热得简直要烧起来了，这烧起来的熊熊烈火将吞没整个教堂，吞没包括摩西五经在内的一切。"晚安，卡夫卡博士！""晚安，谢谢你，谢谢你。"我转身跑开，但跑得还不够快。我听到街上施洛斯曼——那个魔鬼！——正向那些正在会堂台阶处路灯下打闹的同学宣布（已行过成人礼的男孩们组织的牌局也正在那里进行）："罗斯请了犹太肠去他家！去吃饭！"

　　我父亲给了卡夫卡什么样的打击啊！他是怎样宣传了家庭生活的巨大幸福！对于一个男人来说，有两个很棒的儿子、一个很好的太太意味着什么！卡夫卡博士能想象那是怎样的吗？那兴奋？那满足？那自豪？他告诉我们的客人自己母亲那边亲戚的关系网，有一个两百多人的"家族联合会"，遍布七个州，甚至包括华盛顿州！是的，连那么遥远的西部都有亲戚：这是他们的照片，卡夫卡博士；这本精美的书是我们自费出版的，五美元一本，里面有每一位家庭成员的照片，包括小婴儿。这部家族史是利希特布劳"叔叔"，我们家族八十五岁的族长写的。它是我们的家族通讯录，每年出版两次，发放给全国范围内的所有亲戚。这个相框里面装的是家族联合会宴会的菜单，联合会去年在纽瓦克青年会的舞厅举行，为庆祝父亲的母亲七十五岁生日。卡夫卡博士同时获悉，我母亲已连续六年出任家族联合会的财务主管了。父亲当过一任会长，任期两年，他三个兄弟也都当过。现在我们家族里共有十四个男孩在服兵役。菲利普每个月都用军邮给部队里五个表兄堂兄寄信。"特别认真。"母亲一边抚平我的头发，一边补充道。"我坚信，"父亲说，"家庭是一切的基石。"

　　此前卡夫卡博士一直耐心地听父亲滔滔不绝，他小心翼翼地接过所有递到他手上的文件，专心地阅读，那全神贯注的神情让我想到自己研究邮票上的水印时的样子，直到这时才第一次表达自己对家庭这个话题的看法，他轻声说了句"我同意您的观点"，然后就又看起我们家那部家族史。"一个人,"父亲总结道,"一个人,卡夫卡博士,跟一块石头没啥区别。"卡夫卡博士把书轻轻放在母亲擦得发亮的茶几上,点头表示赞同。母亲的手指正卷动我耳后的鬈发;当时我并没有意识到,她也一样。被她爱抚就是我的人生,而爱抚我、我父亲、我哥哥就是她的人生。

我哥哥去参加童子军会议,但只有在父亲让他站在卡夫卡博士面前,向他描述他为了赢得每一个徽章所掌握的技能之后。我被要求拿我的集邮册到客厅向卡夫卡博士展示我那套桑给巴尔的三角邮票。"桑给巴尔!"父亲兴高采烈地说,好像不到十岁的我已经去过那里又回来了似的。父亲还陪着卡夫卡博士和我走到我们的"日光室",那里有我用每星期的零花钱一点点搭建起来的通风、保温、卫生的热带鱼天堂,还有我的光明节金币。父亲鼓励我告诉卡夫卡博士我对神仙鱼习性、鲇鱼的功能以及黑色帆鳍鳉家庭生活的了解。这我知道的可不少。"他都是自学的,"父亲对卡夫卡说,"这里面随便哪条鱼,他都能给我上一课,真让我欢天喜地,卡夫卡博士。""我想象得出来。"卡夫卡回答道。

回到客厅,罗达姨妈突然对"苏格兰格子呢"发表了一通相当深奥的长篇大论,似乎只是为了启发我母亲,至少她说这些的时候是盯着母亲一个人的。我没看到她直接朝卡夫卡博士看,甚至在吃饭时他问"大熊"有多少员工的时候,她都没转向他。"我怎么知道?"她说完便继续跟我母亲聊天,聊她如果能给一个肉贩的老婆找些尼龙料子的话,那人就能"私下给她些好处"。我没想到的是，她不愿看卡夫卡博士是因为她害羞——在我的意识里，把自己打扮得花枝招展的人怎么会害羞呢。我只能想象她是在生气。一定是因为他的口臭、他的口音、他的年纪。

我错了。结果是因为罗达姨妈嫌他有"优越感"。"坐在那儿，那样嘲讽地看着我们。"姨妈自己以一副颇为高人一等的样子说道。"嘲讽？"父亲重复道，一脸不可置信。"不仅嘲讽，还笑话我们呢，真的！"罗达姨妈说。母亲耸耸肩："我可不觉得他在笑话我们。""噢，别担心，他自己坐在那里偷着乐呢——请客花钱的都是我们。我清楚这些欧洲男人。他们内心深处都觉得自己是大庄园主。"罗达说。"你知道吗，罗达？"父亲说着歪了歪头，用手指了指姨妈，"我想，你恋爱了。""和他？你疯了吗？""他对罗达来说太文静了，"母亲说，"我想他也许有点不太会社交。罗达性子活泼，她需要活泼的人在她身边。""不会社交？他才不是不会社交！他只不过是个绅士，而且很孤独。"父亲非常肯定地说，因为母亲在没先跟他通气的情况下就针对卡夫卡而有点生气，他瞪了母亲一眼。罗达姨妈都四十岁了，他试图推销的可不是全新的货。"他是个绅士，受过很好的教育，而且我告诉你们，如果能有一个老婆、一个舒服的家，他肯定什么都愿付出。""好啊，"罗达阿姨说，"既然他受过教育，那就让他去找啊。找个跟他一样层次的，一个他那双悲哀的难民大眼睛不会瞧不起的人！""没错，她恋爱了。"父亲宣布，胜券在握地捏了捏罗达的膝盖。"和他？"她大叫着，一下子跳起来，塔夫绸在她周身发出如同火苗燃烧一样的沙沙声。"和卡夫卡?"她气哼哼地说,"我才懒得理他那种老男人呢!"

卡夫卡博士给罗达姨妈打了电话,还带她去看了电影。我大吃一惊,既因为他居然会打电话,也因为她居然答应赴约,看样子生活中的绝望似乎比我在鱼缸里见到的多得多。卡夫卡博士带罗达姨妈去青年会看舞台剧,下午结束时,以他那特有的正式鞠躬礼接受了我外婆让他务必收下的一玻璃瓶大麦汤,然后坐上那辆载他回寄宿小屋的八路公交车。他显然很喜欢我外婆的盆栽林,而她也因此喜欢上了他。他们常一起用意第绪语聊园艺。一个星期三的早晨,商店刚开始营业一个钟头,卡夫卡博士就出现在"大熊"的纺织品部门前,他告诉罗达姨妈他只是想看看她工作的地方。那天晚上,他在日记里写道:"跟顾客在一起时,她坦率又愉快,对'品味'如此在行,以至于在我听她跟一个胖胖的新娘解释说绿色和蓝色不'搭'时,我自己都准备好相信,自然是错的而 R.[1]是对的。"

某天晚上十点钟,卡夫卡博士和罗达姨妈意外来访,一个小型的即兴派对就在我家厨房举行了。有咖啡和蛋糕,甚至还有一点威士忌在众人手里传来传去,这是为了庆祝罗达姨妈重返舞台。我以前只稍微听说过姨妈的戏剧理想。我听哥哥说,在我小时候,姨妈常常周日带着她的木偶来陪我们玩。她那时候受雇于美国公

---

① 指罗达(Rhoda)。

共事业振兴署，在新泽西的学校甚至教堂，做提线木偶巡回表演。她身兼数职，既给所有人物配音，又在一个女助手的帮助下操控木偶，同时还是纽瓦克合作社剧团的成员，剧团主要给各个罢工团体表演《等待老左》。纽瓦克所有人（我当时的理解）都对罗达·皮尔奇克寄予厚望，期待她能进军百老汇，不过我外婆除外。对我来说，那段历史就跟我在学校学的史前湖上居民的时代一样难以置信。人们说曾经是那样的，我也只好相信，但考虑到我周围的现实生活，很难去把那些故事当作真实的来看待。

然而我的父亲，一个非常狂热的现实主义者，正在厨房里，手拿杜松子酒杯，为罗达姨妈的成功干杯。她刚得到了俄罗斯名著《三姐妹》中的一个主要角色，六个星期后她所属的业余剧团就要在纽瓦克青年会公演那出戏了。一切，罗达姨妈宣布，一切都要归功于弗兰茨以及他的鼓励。一次谈话——"一次！"她开心地大叫——卡夫卡博士就说服我外婆放弃了她一直持有的"演员就是些混混"的想法。以他的才能——他是个多棒的演员啊，罗达姨妈说——他是怎样通过朗诵契诃夫那部名作，打开了她的视野，让她看到事物的意义。没错，他将剧本从第一句念到最后幕落，一个人饰演了所有角色，让她听得热泪盈眶。讲到这儿，罗达姨妈说："听着，听着——这是那出戏的第一句——这可是全剧的关键。听着，我觉得就像是爸去世的那晚，我那时就想啊，想啊，也不知道我们会怎么样，我们大家能做什么——而且，而且，听着——"

"我们在听呢。"父亲笑道。我躺在床上，也在听。

停顿。她一定是走到了厨房油毡地板的中心。她的声音里带着一些惊奇，她说道："'父亲死了整整一年了，恰好就是今天。'"

"嘘，"母亲发出警告，"你会让孩子们做噩梦的。"

不单单是我发现姨妈在排练的那几个星期像"变了个人似的"。母亲说她小时候就是那个样子。"脸颊泛红，小脸永远热乎乎、红彤彤的，什么事都能让她高兴，连洗个澡也能。""她会冷静下来的，别担心，"父亲说，"然后他就会提那个问题的。""但愿有这样的好运。"母亲说。"没事儿，"父亲劝道，"他知道面包哪一面抹了黄油——他进了这个门，知道了家庭生活是怎么回事，相信我，他已经等不及了。看看他坐在俱乐部椅里的样子就知道了。他的梦想成真了。""罗达说，他在希特勒上台前的柏林交过一个女朋友，两个人谈了好多年，但是后来她离开他跟别人走了，因为她不想再等了。""别担心，"父亲说，"等时机成熟，我会推一下他的。他也不能永远这么活着，他知道的。"

然后一个周末，为了从夜间排练的压力中喘口气——卡夫卡博士定期拜访，戴着帽子穿着大衣坐在礼堂后面看他们彩排，直到排练结束后送罗达姨妈回家——他们去大西洋城玩了一次。自从来到美国，他就一直想看看那著名的海滨栈道和从高台上跳水的马。但是，在大西洋城，发生了一些他们不能告诉我的事情；当着我的面，关于那件事的所有讨论，都是用意第绪语进行的。

卡夫卡博士三天内给罗达姨妈寄了四封信。她来我家吃饭，一直待到午夜时分，其间不住地哭泣。她用我们的电话打给青年会，（哭着）告诉他们她母亲还病着，她不能去排练，甚至可能不能参加正式的演出。不，她不能，她不能，她母亲病得太重，而她自己太难过了！再见！她打完后回到餐桌前接着哭。她没搽粉，也没涂口红，硬邦邦的褐色头发垂下来，又厚又翘，像一把崭新的扫帚。

我和哥哥就呆在我们的卧室，哥哥一声不响地把门错开一点，我俩透过虚掩的门偷听。

"你们遇到过这样的事吗？"罗达姨妈哭着说，"遇到过吗？"

"可怜的人。"母亲说。

"谁？"我小声问哥哥，"罗达姨妈还是——"

"嘘！"他说，"闭上你的嘴！"

厨房里，父亲咕哝着。"唔。唔。"我听见他站起来，来回踱步，然后又坐下，继续咕哝。我使劲偷听，甚至能听见那些信被折起又打开，一会儿被塞回信封，一会儿又被拿出来苦思冥想好一番。

"所以？"罗达姨妈问道，"所以？"

"什么所以？"父亲回答。

"所以你们现在想说什么？"

"他是个疯子，"父亲承认，"身上肯定有些地方不对劲。"

"但是，"罗达姨妈抽泣着说，"我要是那么说，没人会相信的。"

"罗蒂，罗蒂，"母亲轻轻喊道，用的是我缝针或者不知怎的哭着从床上掉下来时听过的那种语气，"罗蒂，别傻了，亲爱的。都过去了，乖，都过去了。"

我伸手够到哥哥的单人床，拽了拽他的毯子。我长这么大，还没有这么糊涂过，连死亡都没让我觉得如此困惑。事情发生的速度如此之快！所有好事一刹那都被毁了！被什么毁了？"什么，"我小声问，"到底是什么？"

我那当了童子军的哥哥，不怀好意地笑了笑，用一种不似回答胜似回答的嘶嘶声解决了我的困惑："是性！"

又过了多年，我在读大学三年级的时候，收到家里寄来的一个信封，信封里有一份卡夫卡博士的讣告，是从艾塞克斯县每周寄到犹太人家里的犹太事务小报《犹太人新闻》上剪下来的。那是夏天，学期结束后我留了下来，一个人在城里租住的小屋里尝试短篇创作。我帮一个年轻的英语系教授和他的太太看孩子，以换取食物。那对夫妇很有同情心，还借钱给我付房租，我告诉了他们自己不能回家的理由。在他们的饭桌上，我止不住谈论的净是些跟父亲之间满含泪水的斗争。"让他离我远点儿！"我对着母亲尖叫道。"但是，亲爱的，"她问我，"你这是怎么了？到底因为什么？"我曾不停地质问过我哥哥同样的问题，现在被质问的是我，而质问的人是出于同样的无辜和困惑。"他是爱你的。"母亲解释说。

但在我看来，那正是所有事物之中阻挡我前进的东西。别人都是被父亲的批评压垮，而我却发现自己被他对我的高度评价所压迫！我因为他如此爱我而对他怀恨在心，这可能是真的吗（我能承认吗），因为他对我的高度赞扬？但这根本讲不通，因为它是如此忘恩负义，如此愚蠢，如此矛盾！被爱显然是一种福分，独一无二的福分，赞扬又是如此难得的馈赠。夜里只要听听我那些文学杂志社和戏剧社团里的密友说的话，便知道我有多大的福分，他们口中的那些可怕的家庭故事可以和《众生之路》媲美，他们从假期惊魂未定地回到学校，就像从战场上回来一样。他们该多羡慕我的处境啊！"你这是怎么了？"母亲恳求我告诉她。但我该怎么跟她说，事情变成这样，连我自己都觉得难以置信，我也难以相信，事实上是我让事情变成这样的。他们一起为我清除了前进道路上的所有障碍，现在却似乎成了我最后的障碍！难怪我的愤怒必须透过孩子似的眼泪、困惑和失落发泄出来。我们在仿佛长达两个世纪的几十年里共同构建的一切，看我如何以我称之为"我的独立"那暴虐的需求的名义将其摧毁！我的母亲，为保持我和他们通讯线路的畅通，寄了一张便条到学校："我们想念你"，外加那份简短的讣告。在剪报底部的空白处，她写道（这同一只手曾给我的老师留言，并在我的成绩单上签名，为我前进的道路扫清障碍）："记得罗达姨妈的男友，那个可怜的卡夫卡吗？"

"卡夫卡博士，"那则讣告是这样说的，"生前于一九三九年至一九四八年在施莱街犹太会堂的犹太教学校任希伯来语教师，于六月三日在新泽西布朗斯·米尔斯的德博拉心肺中心病逝。卡夫卡博士自一九五〇年起就是该院的病人。享年七十岁。卡夫卡博士生于捷克斯洛伐克的布拉格，曾是纳粹难民，身后未留下任何子女。"

也未留下任何作品：没有《审判》，没有《城堡》，没有日记。逝者的手稿无人认领，就此消失，除了那四封"疯子"的信，据我所知至今还保留在我那嫁不出去的姨妈家，在她收集的纪念品中，和那些百老汇节目单、"大熊"市场的销售单据，以及横渡大西洋的轮船贴纸放在一起。

于是，所有有关卡夫卡博士的印记都消散殆尽。命运就是命运，除此之外，它还能是别的什么吗？土地测量员抵达城堡了吗？K.逃离法院的判决了吗？格奥尔格·本德曼逃离他父亲的判决了吗？"'好，归置归置吧！'管事说，于是人们把饥饿艺术家连同烂草一起给埋了。"不，命中注定卡夫卡不可能成为那个卡夫卡，为什么呢？因为那会比一个人变成昆虫更离奇。没有人会相信，卡夫卡自己就更不用说了。

Philip Roth
READING MYSELF AND OTHERS
Copyright © 1961, 1963, 1969, 1970, 1971, 1972, 1973, 1974, 1975, 1985, Philip Roth
Simplified Chinese Edition Copyright © 2023
SHANGHAI TRANSLATION PUBLISHING HOUSE (STPH)
All Rights Reserved

图字：09-2018-727号

图书在版编目（CIP）数据

阅读自我及他人/（美）菲利普·罗斯
（Philip Roth）著；麦熙雯译. — 上海：上海译文出
版社，2023.4
（菲利普·罗斯全集）
书名原文：Reading Myself and Others
ISBN 978-7-5327-9147-7

Ⅰ.①阅… Ⅱ.①菲…②麦… Ⅲ.①随笔—作品集
—美国—现代 Ⅳ.①I712.65

中国国家版本馆CIP数据核字（2023）第062045号

阅读自我及他人

[美]菲利普·罗斯 著 麦熙雯 译
出版统筹/赵武平 责任编辑/王源 装帧设计/COMPUS·汐和

上海译文出版社有限公司出版、发行
网址：www.yiwen.com.cn
201101 上海市闵行区号景路 159 弄 B 座
杭州宏雅印刷有限公司印刷

开本 890×1240 1/32 印张 11 插页 5 字数 181,000
2023 年 5 月第 1 版 2023 年 5 月第 1 次印刷
印数：0,001—5,000 册

ISBN 978-7-5327-9147-7/I·5689
定价：78.00 元